루팡의 딸

DAUGHTER OF LUPIN

루팡의 딸

DAUGHTER OF LUPIN

요코제키 다이 지음

루팡의 딸이 경찰 남친을 만났다!

상상치도 못할 범인의 정체는?

DAUGHTER OF LUPIN

DAUGHTER OF LUPIN

제 1 장

형사와 결혼하는 방법

미쿠모 하나코는 아직 마음의 준비가 되지 않았다. 당연하다. 사귀고 있는 남자친구 집에 이렇게 갑자기 인사를 드리러 가게 된다면 누구라도 마음의 준비가 좀 더 필요할 것이다.

"어쩌지? 나 너무 긴장 돼. 속이 안 좋아."

하나코는 옆에 있는 애인을 원망스런 눈빛으로 째려본다. 그러자 하나코의 남자친구 사쿠라바 카즈마가 웃으며 대답한다.

"그렇게 긴장하지 않아도 돼. 내가 사귀고 있는 사람을 가족들에게 보여주고 싶을 뿐이야. 그냥 평소처럼 하면 돼."

하나코와 카즈마는 스미다구(區) 히가시무코지마 주택가를 걷고 있다.

"카즈마 아버님도 공무원이셔?"

"응. 그리고 아버지뿐만이 아니야. 엄마, 여동생도 그래. 참고로 할아버지, 할머니도 전직 공무원이야."

카즈마는 그렇게 말하며 해맑게 웃었다.

카즈마는 공무원이다. 정확히 어떤 공무원인지는 모르지만, 법률 관련 부서에서 일하고 있다고 했었다.

카즈마와 하나코가 사귄 지 이제 갓 1년이 넘었다.

오늘은 금요일이다. 일을 마친 하나코가 카즈마와 데이트를 하자고 했다. 그녀의 직장 근처 카페에서 함께 식사를 하던 중에 갑자기 카즈마가 자기 집으로 가자고 제안한 것이다. 정말 청천벽력과도 같은 말이었다.

청바지에 검은 블라우스를 입은 옷차림은 수수하기 그지없었고, 머리카락도 대충 뒤로 묶은 상태였다. 미리 이야기해주었다면 옷차림도 좀 더 단정하게 신경 썼을 것 아니냐고 하나코가 불평을 늘어놓자, 카즈마는 웃으며 답했다.

"괜찮아, 걱정하지 마. 지금 모습 그대로도 좋아. 억지로 차려입는다 해도 언젠가는 들통 나게 돼 있어."

하지만 하나코는 배가 살살 아프다. 발걸음도 무겁다. 반면, 카즈마는 가벼운 발걸음으로 앞서 나간다.

어느덧 어떤 집 앞에서 카즈마가 발걸음을 멈추었다. 명패에는 '사쿠라바'라고 적혀 있었다.

"여기야. 어서 들어가자."

카즈마가 현관문을 열었다.

현관 너머에 복도가 있고, 그 옆에는 2층으로 이어지는 계단이 보였다.

"다녀왔습니다."

카즈마가 복도를 향해 인사를 하고는 뒤를 돌아 하나코에게 말했다.

"하나코가 온다는 걸 가족들에게 미리 말해뒀어. 그러니까 그렇게 긴장하지 않아도 돼."

하지만 하나코는 조심스레 카즈마의 집에 들어선다.

"시, 실례합니다."

신발장에는 트로피들이 죽 늘어서 있었다. 카즈마가 어릴 때부터 검도를 했다는 것은 이미 들어 알고 있었다. 어쩌면 검도

대회에서 받은 트로피일지 모른다.

신발을 벗던 하나코의 시선이 벽에 걸린 사진 한 장에 고정된다.

'어? 이건 뭐지…?'

순식간에 머릿속이 새하얘진다. 그것은 카즈마의 가족사진이다.

이상한 낌새를 눈치챈 카즈마가 하나코에게 물었다.

"왜 그래?"

"어? 아, 미안. 잠깐 딴생각을 했어."

하나코는 대충 둘러댔다. 그러고는 잠시 머뭇거리다 카즈마에게 물었다.

"카즈마는 공무원이라고 했잖아?"

"응, 그렇지."

그제야 가족사진을 발견한 카즈마가 밝게 웃으며 답한다.

"아, 이 사진…? 그래, 난 경찰이야. 어쨌든 공무원은 공무원이잖아. 지금까지 말 못해서 미안해. 어쩌다 보니 타이밍을 놓쳤어. 혹시 화났어?"

화가 나고 안 나고의 문제가 아니다. 하나코는 아무 말도 할수 없었다. 하나코는 이대로 그냥 집으로 돌아가 버리고 싶었지만 꾹 참았다. 마치 롤러코스터가 본격적으로 내려가기 직전같은 기분이었다.

하나코는 크게 숨을 들이쉬고는 카즈마에게 물었다.

"그런데 왜 다른 가족들까지 경찰 제복을 입고 있어?"

그렇다.

가족 사진 속에 있는 카즈마의 가족 모두가 경찰 제복을 입고 경례를 하고 있었다. 사진 중앙에 위치한 카즈마의 얼굴을 토대로 짐작해볼 때 그렇게 오래된 사진은 아닐 것이다.

"그래, 맞아. 우리 집은 대대로 경찰 집안이고, 우리 가족 전부가 경찰관이야. 할아버지와 할머니는 현재 은퇴하셨지만. … 자, 어서 들어와."

하나코는 그 말을 듣자 이판사판이라는 생각에 차라리 기분이 차분해졌다. 마음속으로 '아자-'라고 기합을 넣고 카즈마의 집 안으로 들어갔다.

"호오, 하나코 양은 도서관에서 사서로 일하는구나."

바로 앞에 앉은 50대 남성이 그렇게 말하며 상냥하게 웃었다.

카즈마의 아버지 사쿠라바 노리카즈였다. 눈매는 살짝 날카로웠지만, 이야기를 나눠보니 사근사근 다정한 성격이었다.

"우리 카오리도 하나코 양을 보고 좀 배웠으면 싶어요. 여자는 역시 여자다워야지."

노리카즈 옆에 앉은 여성이 한숨을 쉬며 말했다. 그녀는 노리카즈의 아내인 미사코, 즉 카즈마의 어머니이다. 안경을 낀 서글서글한 인상의 여성이었다.

하나코는 다다미방으로 안내를 받았다. 그곳에서 카즈마의 식구들이 다 같이 둘러앉아 식당에서 배달되어 온 초밥을 먹었다.

"카즈마! 카오리가 누구야?"

하나코가 옆에 있는 카즈마에게 작은 목소리로 소곤거렸다.

"내 여동생. 아직 안 왔어. 그 녀석은 항상 늦어."

"여동생도 경찰이야?"

"그렇다네, 하나코 양."

카즈마의 아버지 노리카즈가 끼어들었다.

"카오리는 현재 스기나미 경찰서 교통과에 있어. 참고로, 난 경찰청 경호 부서에서 일하고 있네. 아내는 과학수사대 비정규직으로 재직 중이고. 결혼 전에는 정규직이었는데, 카즈마를 낳게 되면서 그만두고 현재는 비정규직으로 일하고 있다네."

하나코는 카즈마에게 다시 묻는다.

"그러면 자기는?"

"뭐야? 카즈마, 너 하나코 양에게 아직 아무 말도 하지 않은 거냐?"

또 노리카즈가 끼어들었다.

"카즈마는 말이지, 경찰청 본청 소속 수사1과 소속 형사란다. 수사1과라고는 해도 아직 애송이야. 철이 없어도 너무 없어 문제지. 하나코 양, 앞으로도 우리 카즈마를 잘 부탁하네."

경찰청 수사1과, 그 단어를 들은 것만으로도 하나코는 머리가 욱신거린다.

"자자, 하나코 양. 사양 말고 많이 들지."

"그래요, 많이 드세요."

두 사람의 권유에 하나코는 음식을 입에 넣는다.

"아, 참! 아직 소개를 안 했네."

자리에서 벌떡 일어난 카즈마가 커튼을 치고는 거실 유리문을 열었다.

뒤를 돌아보자 개집이 하나 보였다. 그 앞에 셰퍼드 한 마리가 앉아 있었다.

"이 녀석은 '돈'이야. 원래 경찰견이었는데 작년에 은퇴한 후로 우리 집에서 지내고 있어. 꽤 우수한 경찰견이었대."

기르는 개조차 경찰견이라니…, 한숨이 절로 나왔다. 그 순간 하나코와 돈의 눈이 마주쳤다. 그러자 돈이 하나코를 향해 맹렬히 짖어대기 시작했다.

"인마, 조용히 해! 갑자기 왜 이러는 거야!"

카즈마가 제지했지만 돈은 멈출 기미가 없다. 오히려 더욱 기세 좋게 하나코를 향해 짖어댄다. 묶여 있지만 않았더라면 하나코에게 당장이라도 달려들 기세였다.

'설마, 경찰견의 본능으로 내 정체를 이미 알아차린 건가.' 하나코가 속으로 생각한다.

"반가워요, 하나코 양."

그때 문이 열리며 나이 지긋한 할머니 한 명이 다다미방에 들어온다. 앞치마를 입고, 헤어밴드로 머리를 묶은 차림새이다.

"할머니, 돈 좀 어떻게 해주세요. 흥분해서 그런지 내 말을 안 들어요. 평소엔 이러지 않는데…." 카즈마가 투덜거렸다.

그러자 카즈마의 할머니는 마당에 있는 돈을 향해 명령했다.

"돈. 조용히 하렴."

위엄 있는 목소리였다. 그러자 돈은 거짓말처럼 얌전해졌고, 다음 명령을 기다리기라도 하는 것처럼 얌전히 카즈마의 할머니를 올려다보았다.

"안녕하세요. 카즈마의 할머니, 노부에라고 합니다."

노부에가 고개를 숙여 인사했다. 하나코도 자세를 바르게 하고 고개를 숙인다.

"미쿠모 하나코입니다. 잘 부탁드립니다."

"어머님은 원래 경찰견 훈련사였어. 일본 첫 여성 훈련사라 젊었을 때 엄청 유명했다고 해." 노리카즈가 설명했다.

"그, 그러시군요."

과학수사대, 교통과, 경호부, 경찰견, 그리고 경찰견 훈련사. 이제 다른 뭐가 더 나와도 놀라지 않을 것 같았다.

"할머니도 뵀으니 집 좀 소개할게. 하나코, 잠깐 따라올래?"

카즈마는 복도로 나섰다. 하나코는 카즈마의 가족들에게 살짝 목례하고는 카즈마를 따라 나간다.

"집이 좀 낡았지? 벌써 50년이 넘었어."

카즈마의 말처럼 조금 낡긴 했지만, 삶의 흔적이 느껴지는 아늑하고 정겨운 느낌의 집이다.

"2층에 있는 방에는 할아버지가 계셔. 그런데 2개월 전에 넘어지면서 대퇴골이 골절되셨어. 그 후유증으로 최근에는 주로 방에서 지내고 계셔."

2층으로 올라가는 좁은 계단을 오르며 카즈마가 설명했다.

"할아버님은 연세가 어떻게 돼?"

"78세. 은퇴하기 전에는 경찰청 수사1과의 과장이셨어. 우는 아이도 뚝 그치게 만들 정도로 굉장히 무서운 형사였대."

하나코는 본청 수사1과 과장이 얼마나 대단한 것인지 모른다. 가끔 읽는 추리소설 속에서밖에 본 적이 없다. 하지만 경찰 조직 중에서도 본청 소속 수사1과라면 수사의 프로페셔널일 것이다.

둘은 2층 복도 끝에 있는 방 앞에서 멈춘다. 카즈마는 문을 똑똑 노크하고는 말한다.

"들어갈게요, 할아버지."

카즈마가 살며시 문을 연다. 하나코도 카즈마를 따라 방 안으로 들어간다.

방에 커다란 침대가 하나 있다. 전자동으로 높이나 각도를 조절할 수 있는 침대였다. 그 침대 위에 파란 잠옷을 입은 머리가 벗겨진 노인이 누워 있다. 얌전히 잠든 모습임에도 그에게선 왠지 모를 카리스마가 느껴진다. 수염이 제멋대로 나 있는

야윈 노인이지만, 눈에 보이지 않는 무시무시한 기운과 아우라
를 풍기는 사람이다.

"할아버지, 주무세요?"

노인은 대답하지 않았다. 얕은 숨소리만이 들린다.

"앗, 물이 없네."

침대 머리맡 테이블에 0.5리터짜리 빈 페트병이 있었다. 카즈
마는 그 페트병을 들고는 하나코에게 속삭인다.

"오늘은 그냥 돌아가자. 내가 차로 데려다줄게."

카즈마는 먼저 방을 나갔다. 하나코도 그 뒤를 따르려는데,
갑자기 누군가가 강한 힘으로 하나코의 손목을 잡았다.

카즈마의 할아버지였다. 그런데 그 힘은 도저히 70세를 넘긴
노인의 힘이라 보기 힘들었다.

노인의 손목에 오래된 손목시계가 보였다.

"빨리 와, 하나코."

밖에서 카즈마가 불렀고, 하나코는 노인의 손을 뿌리치고 달
아났다.

하나코는 자신의 손목을 내려다보았다. 카즈마의 할아버지
가 순간적으로 자신을 노려본 것만 같아 덜컥 겁이 났다.

'내가 잘못 본 건가?'

"오늘은 정말 미안했어. 많이 당황했지?"

카즈마가 하나코에게 사과했다. 차 안이 어두워 하나코의 얼

굴이 제대로 보이지 않는다. 그래도 그녀의 마음이 상했음을 그 분위기로도 충분히 알 수 있다.

"아냐, 괜찮아."

하나코는 멍한 얼굴로 고개를 저었고, 카즈마는 애써 밝은 말투로 말했다.

"하하, 그래도 다행이야. 우리 가족은 전부 경찰이잖아. 하나코 같은 여자를 데려가면 어떨지 걱정 많이 했는데, 생각보다 다들 반겨주어서 안심했어."

"나 같은 여자란 게 무슨 소리야?"

"경찰이 아닌 여자란 뜻이야."

"카즈마, 무슨 말이 그래?"

쌀쌀맞은 말투로 하나코가 답했다. 역시 하나코의 마음이 제대로 상한 게 틀림없다.

그런데 오늘 하나코를 갑작스레 집으로 데려간 것에는 그럴 만한 이유가 있었다. 사실 카즈마에게 최근 선이 들어왔다. 상대는 여경이었다. 카즈마 주위에도 사내 커플이 많았고, 그 대부분이 중매결혼으로 맺어진 커플이다. 잦은 출동과 야근으로 이성을 만날 기회가 없다보니, 같은 일을 하는 짝을 찾는 게 자연스러운 일이 된 것이다.

그러나 카즈마는 하나코와 결혼하고 싶었다. 이 사실을 부모님에게 제대로 알리기 위해 오늘 급작스레 하나코를 집으로 초대한 것이다.

"정말 미안해. 경찰이라는 걸 숨긴 건 사과할게. 하지만 믿어 줘. 하나코와의 결혼을 진지하게 생각하고 있는 건 진심이야."

"나 화 안 났어."

'아니야, 화났잖아.' 카즈마가 속으로 중얼거린다.

물론 경찰이라는 직업을 숨긴 것은 잘못된 행동이지만, 과거에 자신이 경찰이라는 이유만으로 이별을 고한 여자들이 많았기 때문이다.

"파란불로 바뀌었어."

하나코의 말에 카즈마는 액셀을 밟는다.

하나코와 알게 된 지 벌써 1년 반 정도 지났다. 처음 만난 장소는 하나코가 일하는 도서관이었다. 빌린 책을 반납하기 위해 도서관을 몇 번 찾았다가 그곳에서 사서로 일하는 하나코와 처음으로 이야기를 나누게 되었다.

수수하고 얌전한 여자, 그것이 하나코의 첫인상이었다. 하나코는 이제껏 카즈마가 사귄 적 없는 스타일의 여성이었는데, 그 점이 오히려 신선하게 느껴졌다. 만난 지 6개월 후 둘은 사귀게 되었고, 하나코는 보기보다 심지가 굳고 확실한 주관을 가진 여자였다.

카즈마는 반년 전부터 하나코와의 결혼을 생각해 왔다. 물론 하나코에게 정식으로 프러포즈를 하지 않았다. 다만, 하나코도 같은 생각일 것이라 지레짐작했다.

아무튼 오늘 하나코를 집으로 데려간 것은 완전 실패였다.

하나코의 마음이 풀릴 때까지 기다려야 한다. 그런 다음에 정식으로 프러포즈를 할 계획이다.

"나 여기서 내릴게."

하나코의 말에 카즈마는 츠키시마 거리에 차를 세웠다. 초고층 주상복합아파트들이 즐비하게 늘어선 곳에서 약간 떨어진 단독주택가였다.

하나코는 말없이 차에서 내렸고, 그 모습을 보던 카즈마가 말했다.

"연락할게."

"응."

길을 걸어가던 하나코는 한 단독주택 안으로 들어간다.

하나코는 그곳에서 혼자 살고 있다. 하나코의 아버지는 전근이 잦은 건축회사에서 일했는데, 그 바람에 하나코의 가족은 어릴 때부터 자주 이사를 다녔다고 한다. 하나코에게는 오빠가 한 명 있는데, 오빠 역시 도쿄 어딘가에서 혼자 살고 있다고 했다.

카즈마는 몸을 뒤로 기대며 크게 한숨을 쉬었다. 마음이 너무 무거웠기 때문이다.

그래서 운전석 창문 너머로 하나코가 들어간 집을 계속해서 바라보지 않을 수 없었다.

하나코는 2층 창문으로 밖을 내다본다. 카즈마의 차가 아직도 보인다. 평소에는 바로 돌아갔는데, 오늘은 영 돌아갈 기미가 보이지 않는다.

설마 오늘 일을 사과한답시고 이 집에 다시 찾아오면 어떡하지 하는 걱정 때문에 가슴이 조마조마했다.

하나코는 집이 지저분하다는 핑계로 카즈마를 이곳에 들인 적이 없다. 하지만 집은 지저분하기는커녕 아무것도 없이 텅 비어 있다. 가구 하나 없는 빈집이다. 이 집은 하나코의 아빠 명의로 되어 있지만, 지금은 아무도 살고 있지 않다.

드디어 카즈마의 차가 돌아가는 모습이 보였다. 하나코는 안도의 한숨을 쉬었다.

계단을 내려온 하나코는 다시 밖으로 빠져나간다. 그리고 현관에 세워둔 자전거를 타고 밤길을 달려 초고층 주상복합아파트들이 하늘 높이 치솟아 있는 거리로 이동한다.

그중 한 동 앞에 선 하나코는 자전거를 세우고, 입구에 서서 비밀번호를 입력한다. 자동문이 스르륵 열리자, 하나코는 그 안으로 들어간다.

1층 로비홀이 마치 고급호텔 같다. 2년 전에 완공된 아파트니 아직 신축 건물이라 할 수 있다.

엘리베이터를 탄 하나코는 52층 버튼을 누른다. 단번에 엘리베이터가 위로 움직인다. 같은 아파트 안에서도 50층부터는 펜트하우스라서 평수가 좀 더 넓어진다. 하나코가 사는 집은 총면적이 무려 130평이며 야외 테라스까지 갖춘 초고가 아파트이다.

엘리베이터에서 내린 하나코는 문 앞에서 다시 비밀번호를 입력하고 집 안으로 들어간다.

"다녀왔어요."

넓은 거실은 흰색 인테리어로 깔끔하게 통일되어 있었다. 거실 중앙에 나이트 가운을 입은 우락부락한 근육질의 남자가 앉아 있다.

그가 앉아 있는 소파 역시 스웨덴 명품이다. 남자는 와인을 홀짝이며, 무릎에 앉아 있는 고양이를 쓰다듬는다.

"아빠, 고양이는 어디서 났어?"

그러자 하나코의 아버지 타케루가 고개를 든다.

"으음, 이거? 긴자에 있는 펫샵에서 발견했어. 너무 귀여워서 나도 모르게 데려왔지 뭐야."

"이 아파트에서는 애완동물을 키우지 못하게 되어 있어."

"당연히 알지. 내일 돌려주러 갈 거니 걱정하지 마. 너도 와인 한 잔 할래? 타나카 씨 집에서 슬쩍 가져온 거야. 무려 샤토 무통 로쉴드야!"

"됐어!"

하나코는 단칼에 거절하고 자신의 방으로 향한다. 그러던 중에 욕실로 향하는 한 여성과 마주친다.

목욕 가운을 걸친 섹시한 여성이 하나코에게 달콤하게 속삭인다.

"어머, 왔니? 오늘 남자친구랑 데이트했다며?"

"…"

하나코는 대답하지 않았다.

하나코의 어머니 에츠코가 요염한 표정으로 웃어 보인다. 가운 사이로 보이는 가슴골은 딸인 하나코가 보기에도 정말 야하게 느껴졌다. 올해 51세지만, 30대라고 해도 믿을 만한 외모이다. 그런 터라 나이를 속이는 일도 종종 있다.

"계속 그런 수수한 차림만 하고 다니면 남자친구가 떠나버릴 거야. 다음번 데이트 땐 엄마한테 미리 말하렴. 10캐럿짜리 다이아몬드 반지를 빌려줄게."

'우리 가족은 정말…'

하나코는 고개를 절레절레 흔들고는 방으로 들어간다. 12평 정도의 방이라 공간이 생각보다 꽤 많이 남는다. 방 안에 침대와 책상만 있기 때문이다.

하나코는 침대 위로 벌렁 엎어진다. 피곤한 하루였다. 카즈마, 그리고 카즈마의 가족 모두가 경찰이라는 사실이 아직까지 믿어지지 않았다.

'이제 어떡하지…?'

나오는 건 한숨뿐이다. 경찰 집안인 카즈마의 집안과 자신의 집안은 결코 맺어질 수 없다.

아빠 타케루, 엄마 에츠코, 할아버지 이와오, 할머니 마츠, 그리고 오빠 와타루.

하나코 집안 식구 모두가 도둑이기 때문이다.

미쿠모 가(家)는 대대로 도둑질을 가업으로 삼았으며, 지금
도 그 명맥을 잇고 있다.

아빠인 타케루는 미술품 전문 도둑, 엄마 에츠코는 귀금속
전문이다. 할머니 마츠는 못 따는 자물쇠가 없으며, 할아버지
이와오는 전설적인 소매치기이다. 그리고 오빠 와타루는 유능
한 해커인데, 하루 종일 방에 틀어박혀 있어서 얼굴을 마주칠
일이 거의 없었다.

가족 중에서 유일하게 제대로 된 직업을 가진 사람은 하나
코뿐이다. 그렇지만 하나코도 특별한 기술을 가지고 있다. 하나
코 역시 3살이 되던 해부터 할아버지 이와오에게 소매치기 기
술을 교육받았다. 그리고 10살이 되었을 때 이미 천재로 인정
받았다.

그래서일까, 세 살 버릇 여든까지 간다고 하나코는 무의식중
에 다른 사람의 지갑을 훔칠 때가 종종 있다. 예를 들어 전철
에서 무심코 딴생각에 잠겼을 때, 하나코의 의지와 상관없이
손이 제멋대로 움직이곤 했다.

하나코는 침대에서 일어났다. 살짝 목이 말랐기 때문에 마실
것을 찾으러 주방으로 향했다.

그때 에츠코가 거실로 들어왔다. 화장이 다 지워진 맨얼굴이
지만 여전히 아름답다. 타케루 옆에 앉은 에츠코는 그의 어깨

에 얼굴을 기대고 단번에 와인을 들이켰다. 이 두 사람의 모습을 보고 있노라면, 부부가 아니라 마치 재벌 기업의 거물급 회장과 비밀의 내연녀 같다.

"에츠코, 내 말 좀 들어봐. 하나코의 사춘기는 대체 언제 끝나는 거야? 맨날 불평만 가득한 표정이야."

"신경 쓰지 마요, 여보. 저 애는 원래부터 좀 유별났어요."

'아니야, 유별난 건 당신들이야.'

하나코가 마음속으로 반박했다.

"잘 들어라, 하나코." 타케루가 고양이를 쓰다듬으며 말한다.

"우리는 선량한 사람들 물건은 절대 훔치지 않아. 나쁜 사람들 물건만 훔치는 거야. 내가 와인을 훔쳐온 타나카 씨만 해도 의뢰인의 탈세를 적극적으로 조장하는 회계사야. 지난번에 캐비아를 훔쳐온 스스키 씨는 야쿠자의 고문변호사야. 우리는 그런 사람들의 재산만 노리는 거라고. 너도 그 정도는 알잖아!"

그렇다. 그 점은 하나코도 잘 알고 있다.

미쿠모 집안의 가훈 중 하나가 '훔칠 대상을 엄선하라.'라는 것이다. 무언가를 훔치기 전에 상대방의 눈을 보고 그 사람의 물건을 훔쳐도 될 지를 판단하라는 것이다.

"괜찮다니까요, 여보." 에츠코가 잔에 와인을 따르며 말했다.

"나도 저 나이 때는 고민이 많았어요. 하나코도 조만간 깨달을 날이 올 거예요."

"그렇게 되면야 다행인데…."

"그것보다 여보, 이것 좀 들어봐요. 아오야마의 곳토도리에 있는 귀금속점을 중국인 절도단이 습격한다고 하네요."

"흠, 우리가 그걸 가로채자는 거지? 재미있겠군. 자세히 좀 얘기해 봐."

'에휴.'

하나코는 한숨을 쉬면서 방으로 돌아왔다.

하나코의 가족들이 특별하다는 것은 초등학교 5학년 때 알았다. 반 친구들과 이야기를 하던 중 다른 부모님들은 물건을 훔치지 않는다는 사실을 처음으로 알게 된 것이다. 그들은 제대로 돈을 지불하고 생필품과 먹거리를 산다고 했다. 그 사실은 하나코에게 큰 충격이었다.

'그래, 그렇다면 나라도 제대로 살자.'

하나코는 그렇게 맹세했었다.

그때 핸드백 속에서 벨소리가 들렸다. '루팡 3세'라는 드라마의 테마곡이다. 하나코는 핸드백에서 핸드폰을 꺼내 확인한다. 카즈마의 문자였다.

'오늘은 미안. 다음에 만나서 이야기하자.'

지금은 답장을 보낼 기운조차 없다. 하나코는 핸드폰을 책상 위에 내려놓았다.

하나코는 카즈마의 모습을 떠올린다. 키도 크고 잘생긴 카즈마는 정말 뭐 하나 부족한 것이 없는 남자이다. 자신에게 과분

할 정도로 훌륭한 남자임에 틀림없다.

하지만 이제 모든 것이 끝났다. 그와 그의 가족들은 모두 경찰이다. 카즈마와의 미래를 생각하니 암울하기 짝이 없었다.

그때 노크도 없이 불쑥 문이 열리더니 에츠코가 들어온다. 에츠코는 화사한 미소를 지으며 하나코에게 말한다.

"얘, 나 이태리 명품 속옷을 우연히 구했어. 근데 나는 가슴이 좀 답답하네. 원한다면 네가 갖다 입어."

"됐어. 내 속옷은 내가 살 거야!"

"쳇! 그러니? 알았다."

문이 쾅 닫힌다. 멍하니 핸드백 안을 보던 하나코는 그 안에서 낯선 물건 하나를 발견한다. 손목시계였다.

'이…, 이런!'

하나코는 이마에 손을 대고 탄식한다.

카즈마의 할아버지 와이치에게 손목을 붙잡혔을 때였다. 그때 하나코는 저도 모르게 와이치의 손목시계를 빼서 핸드백에 넣은 것이다. 버릇이란 게 이렇게 무섭다.

하나코는 손목시계를 보았다. 고풍스런 분위기의 시계이다. 시곗줄은 색이 바랬지만, 시곗바늘은 정확히 작동 중이었다.

그때 다시 문이 열렸다. 이번엔 타케루다.

"46층에 사는 미야타 씨 집에서 스테이크를 가져왔어. 고베산 쇠고기야. 지금 구울 건데 같이 먹을래?"

"안 먹어. 그리고 문 열기 전에 노크 좀 해."

하나코는 타케루를 밖으로 내쫓는다.

'아, 정말…. 우리 가족은 최악이야.'

하나코는 머리를 감싸고 그 자리에 주저앉았다.

카즈마는 냉장고에서 캔맥주를 꺼냈다. 하나코를 집까지 바래다줄 생각에 아까 집에 있을 때까지는 마시지 않았었다.

캔맥주를 들고 복도를 서성이고 있는데, 아버지 노리카즈가 카즈마를 불러 세웠다.

"카즈마, 잠깐 이리 와봐."

방에 들어가자 미사코와 노부에가 그곳에 모여 있었다.

"무슨 일이에요? 다들 모여서…."

"무슨 일이긴. 너는 정말…! 하나코 양을 데려올 거면 데려온다고 미리 말을 했어야지."

어머니 미사코가 날카롭게 쏘아붙인다.

"그래서 문자했잖아요."

"고작 30분 전이었잖아."

"괜찮아요."

"그럼 안 돼. 자식의 연인에게 제대로 대접하고 싶은 게 부모 심정이야."

하지만 카즈마의 생각은 달랐다. 격식을 차리기보다 평소 가족들의 모습을 보여주고 싶었고, 가족들에게도 하나코의 평소 모습을 보여주고 싶었다.

"다녀왔어요. 뭐야? 이미 다녀갔어?"

복도에서 커다란 목소리가 들린다. 여동생 카오리가 돌아온 모양이다.

카오리는 스기나미 경찰서 교통과에서 근무 중이다. 하지만 조만간 기동수사대로 가기를 희망하고 있다. 그래서 근무를 마친 후에도 근처 헬스장에 다니며 체력을 단련하고 있다.

"와, 오빠, 여친 있었어? 이렇게 빨리 갈 줄 알았으면 좀 더 일찍 올 걸 그랬네."

카오리는 의미심장한 표정을 짓더니 씩 웃는다.

"근데 여기 왜 모여 있었어?"

그러자 노리카즈가 헛기침을 하더니 말을 하기 시작한다.

"자, 지금부터 가족회의를 시작한다."

카즈마는 속으로 한숨을 쉰다.

이것은 카즈마 가족의 철칙이다. 어떤 화두가 생길 때마다 가족 모두가 모여서 회의를 하는 것. 오늘 의제는 보나마나….

"오늘 의제는…, 하나코 양이 카즈마의 아내로서 어울리는지 아닌지야. 다들 솔직하게 말해줘."

"근데 난 오빠 여친을 본 적이 없잖아. 그러니까 오늘은 패스. 먼저 아빠 의견부터 얘기해."

"…나? 으음, 나는 일단 찬성이다."

"여보, 진심이에요?"

놀란 미사코가 노리카즈에게 물었고, 노리카즈는 고개를 끄덕였다.

"웅. 하나코 양은 착한 사람이야. 요즘 보기 드문 가정적이고 야무진 여자지. 난 마음에 들었어."

"증거는요? 그 애가 착하다는 증거라도 있어요?"

과학수사대 요원이라는 직업 때문인지 미사코는 눈에 보이는 증거를 필요 이상으로 중시한다.

"그, 그게 증거는 없어. 굳이 말하자면 육감이지. 오랜 시간 경찰로서 일해 왔던 나의 감이야."

"그런 건 믿을 수 없어요. 감으로 모든 걸 판단한다면 과학수사 따윈 사라질 거예요."

"그렇다면 미사코는 어때?"

"저는 일단 보류예요. 물론 첫인상은 괜찮지만, 지금 섣불리 판단하기에는 일러요. 어머니는 어떠세요?"

"나 말이니? 글쎄, 나도 괜찮은 것 같구나. 분위기도 나쁘지 않았고. 하지만 내 의견은 큰 도움이 안 될 거야. 개를 보는 눈은 정확한데, 사람 보는 눈은 그렇지 않으니까."

창가에 앉아 차를 마시던 노부에가 고개를 들고 말했다.

카즈마는 가슴을 쓸어내렸다. 찬성이 2표, 보류가 2표.

만약 나중에 어머니와 카오리가 반대를 한다고 쳐도 찬반이 반반이다. 이 정도면 승산이 보였다.

"설령 모두가 반대한다고 해도 내 마음은 변하지 않아요."

카즈마는 서둘러 방에서 빠져나왔다. 가족들에게 큰소리는 쳤지만, 사실 불안해 견딜 수가 없었다.

방으로 들어온 카즈마는 핸드폰을 확인한다. 하나코의 답장은 아직 오지 않았다. 카즈마는 힘없이 의자에 주저앉는다.

그때 핸드폰에서 벨소리가 울린다.

'혹시 하나코가⋯?'

다급히 핸드폰을 들었지만, 발신자는 하나코가 아니었다.

"네, 카즈마입니다."

"나야, 마키."

전화를 건 사람은 수사1과 선배인 마키 에이치였다. 그는 현재 카즈마의 직속상관이자 사수였다.

"지금 당직을 맡은 형사한테서 전화가 왔어. 아라카와 카센지키에서 한 남성의 시신이 발견되었대. 타살이라는군. 바로 현장에 집합한다. 주소는⋯."

"알겠습니다. 바로 가겠습니다."

카즈마는 곧바로 자리에서 일어났다. 시간은 오후 11시였다. 몇 시든 상관없다. 살인사건이라면 서둘러야 한다. 만약 수사본부가 설치된다면 며칠 동안은 경찰서에서 지내야 할 것이다.

카즈마는 넥타이를 다시 맸다.

"다녀왔어요."

하나코는 작은 소리로 말하고는 신발을 벗는다.

타케루가 코를 골며 거실 소파 위에서 자고 있다.

하나코는 손에 든 도시락통을 냉장고에 넣는다. 그 안에는 할머니 마츠가 만든 유부초밥이 들어 있었다.

문득 뒤를 돌아보자 마츠가 서 있었다. 할머니의 발걸음은 늘 아무 기척도 느껴지지 않는다. 역시 타고난 도둑이다.

"할아버지는 계셨니?"

하나코가 카즈마에게 자기 집이라고 소개한 츠키시마 거리에 있는 주택에 할아버지가 있었는지 묻는 말이다.

"없었어요. 오늘도 다른 데서 주무시나 봐요." 하나코는 한숨을 쉬며 대답한다.

할아버지 이와오는 이 아파트에 거의 오지 않는다. 그는 도쿄 곳곳을 전전하며 살고 있다. 가끔 츠키시마 집에도 머무는데, 오늘은 그곳에도 없었다.

"마지막으로 할아버지가 여기 오신 게 언제였죠?"

"언제였더라? 지난달에 본 것도 같고."

"어휴, 할아버지는 대체 어디서 뭘 하고 계신 건지."

"알면서 뭘 묻니? 네 할아버지가 할 줄 아는 게 하나밖에 더 있어?"

그렇다. 이와오는 소매치기다. 오늘도 어딘가에서 소매치기를 하고 있을 것이다. 올해 78세가 된 이와오는 아직까지도 현역으로 왕성하게 활동 중이다.

"근데 할머니, 외롭지 않아요?"

"뭘, 이 나이쯤 되면 남편 얼굴 안 보고 사는 게 더 좋아."

말은 그렇게 하지만 마츠가 이와오를 깊이 사랑하고 있는 걸 잘 알고 있다. 다 먹지도 못할 양의 유부초밥을 만드는 것도 유부초밥을 좋아하는 이와오를 위해서이다.

"할머니, 할머니는 왜 할아버지와 결혼했어요?"

"갑자기 그런 걸 왜 물어보니?"

"그냥 궁금해서요. 프러포즈는 누가 한 거예요?"

"다 잊었단다, 그런 건."

그렇게 말하며 마츠는 얼굴을 붉혔다.

하나코는 그런 마츠가 귀여웠다. 이런 괴짜 가족들 속에서 유일하게 말이 통하는 사람이 바로 마츠였다.

"이제 슬슬 자야지? 내일도 일하러 가잖아."

"네."

싱크대를 정리하던 하나코는 주머니에 넣어둔 핸드폰이 없어진 것을 눈치챘다.

"할머니도 참."

뒤를 돌아보자 마츠가 장난기 가득한 표정을 지으며 핸드폰을 살랑살랑 흔들어 보인다. 아무튼 이 집에서는 방심하면 안 된다. 조금만 틈을 보이면 이렇게 된다.

"멍하니 있으니까 그렇지. 할아버지가 있었으면 분명 한 소리 하셨을 거야."

"너무해요."

하나코는 핸드폰을 빼앗아 방으로 돌아온다. 그러고는 침대

위에 앉아 핸드폰을 본다. 아직 카즈마에게 답장을 하지 않았
다.

'뭐라고 답장을 보내지?'

카즈마와의 관계가 틀어진 것은 분명하다. 여전히 카즈마를
좋아하지만, 그와 그의 가족들이 경찰이라는 사실을 안 이상
이대로 계속 만남을 지속할 수 없다. 어쩌면 가족 전부가 체포
당할 수도 있기 때문이다.

하나코는 한숨을 쉬면서 카즈마에게 '잘 자'라는 짧은 메시
지만 보낸다.

출구가 보이지 않는 터널 속을 헤매는 기분이었다.

"카즈마, 왜 이리 늦었어?"

"죄송합니다, 마키 형사님."

마키는 벌써 현장에 도착해 있었다.

그때 도착한 하나코의 문자를 본 카즈마는 내용을 대충 확
인하고, 핸드폰을 주머니에 넣은 뒤 마키에게 달려간다.

이곳은 코마츠가와 공원이다. 이 공원에서 한 남성의 시신이
발견된 것이다. 이미 지역 경찰서의 수사관들이 여럿 모여 있
었다.

10월의 초입이지만 밤이라 그런지 쌀쌀하다. 마키와 카즈마
는 노란색 접근금지 테이프를 넘어 들어간다.

그러자 한 중년 남성이 마키를 돌아보았다. 반장인 마츠나가

다.

"왔나? 여기다."

현장 보존을 위해 바닥에는 비닐시트가 깔려 있었고, 과학수사대 요원들이 수풀 안을 이리저리 둘러보고 있었다.

수풀 속에 놓인 시신은 하늘을 보고 똑바로 누워 있었다. 시신을 본 카즈마는 저도 모르게 헉 소리를 내며 손으로 입을 틀어막았다. 발견된 시신의 얼굴이 누군지 알아볼 수 없을 정도로 처참하게 구타당한 상태였기 때문이다.

마츠나가 반장이 설명하기 시작했다.

"첫 번째 목격자는 이 근처에 사는 30대 남성이다. 조깅을 하던 중에 발견했다는군. 시신은 남성으로, 고령의 노인일 것으로 추정된다. 보이는 것처럼 얼굴을 무참히 두들겨 맞아 형체를 알아볼 수 없을 정도이고, 신분증 등은 가지고 있지 않다. 사인은 뇌출혈이고, 뒤통수를 강타당한 흔적이 있다. 흉기는 아직 발견되지 않았고."

카즈마는 시신을 자세히 관찰한다. 시신은 곤색 점퍼와 검정색 바지를 입고 있다. 노숙자가 아닐까 잠깐 생각했지만, 신고 있는 운동화가 비교적 깨끗한 새것이라서 노숙자는 아닐 거라고 결론지었다.

"현장 주변에 이런 것이 떨어져 있었습니다."

수사관 하나가 가죽 지갑을 들고 그들에게 다가온다.

"안에 들어 있는 면허증을 통해 이 지갑의 소유자를 알아냈습니다. 카메이도 역에서 소매치기를 당해 역 앞 파출소에 신고했다고 하더군요."

"그렇다면 이 시신의 주인공은 소매치기란 건가. 시신의 지문을 전과자 리스트와 대조해보지. 의외로 빨리 신원을 알아낼지도 모르겠군."

마츠나가 반장이 혼잣말을 하듯이 중얼거렸다.

형사들은 그전에 일단 주변을 탐문하기로 했다. 카즈마를 포함한 수사관들이 이곳저곳으로 흩어진다. 밤 12시가 넘은 시간이라 탐문이라고 해도 조사할 곳은 편의점이나 심야영업을 하는 몇몇 가게뿐이었다. 그래도 아침까지 손가락만 빨고 있을 순 없었다. 초동수사의 중요성은 형사들이 누구보다도 잘 알고 있었다.

"카즈마, 범인이 누군지 알겠어?"

마키가 카즈마에게 묻는다. 카즈마는 미소를 살짝 짓고 있지만, 안색이 창백하다. 시신을 본 충격에서 완전히 벗어나지 못한 모양이다.

"그렇게 쉽게 알 수는 없죠. 지금부터 탐문수사를 할 겁니다. 마키 형사님도 같이 가시죠."

"알았어. 그런데 아무리 '명탐정'이라고 하더라도 이번 사건은 쉽지 않은 모양이네."

'명탐정'은 카즈마의 별명이다. 사건을 빠르고 명쾌하게 해결한 적이 많아 동료들 사이에서 불리게 된 자랑스러운 별명이었다.

공원에서 나온 그들은 500미터 떨어진 곳에 있는 패밀리 레스토랑부터 탐문하기로 했다. 마키와 카즈마는 그곳으로 향한다.

가족들이 다 함께 모여 아침 식사를 하는 것이 하나코네 집 안의 철칙이었다. 그래서 오늘 아침도 와타루를 제외한 모두가 식탁 앞에 모였다.

"역시 '지장보살 작전'으로 해야겠죠?"

에츠코가 타케루에게 물었다.

"상대는 중국인 절도단이잖아. 아마 권총을 가지고 있을 거야. 지장보살보다는 '올가미 작전'이 낫지 않겠어?"

아오야마 곳토도리에 있는 귀금속점을 터는 이야기이다. 타케루와 에츠코는 중국인 절도단이 훔친 귀금속을 다시 가로채려고 한다. '지장보살 작전'이나 '올가미 작전'처럼 의미를 알 수 없는 단어는 작전명이다.

"아버님이 계셨으면 지장보살 작전만으로도 충분했을 텐데."

"됐어. 아버진 어차피 나이도 많으신데, 뭐. 돌다리도 두들겨 보고 건너는 게 내 철칙이야. 한물간 소매치기의 도움 따윈 필요 없어."

타케루와 이와오, 두 사람은 사이가 좋지 않다. 이와오가 이 아파트에 자주 오지 않는 것도 그 때문이다.

타케루는 미술품 전문 도둑이다. 그래서 고전적인 소매치기 기법을 구사하는 이와오를 구닥다리라고 생각한다. 한편 이와오는 대대로 물려받은 기술을 무시하는 타케루가 마음에 들지 않는다. 그래서 두 사람은 만나기만 하면 싸워댔고, 결국 이와오가 가족들과 거리를 두게 되었다.

"그런데 녀석들은 어떤 식으로 귀금속점을 털 생각이래?"

"개점시간을 노린다고 하네요. 최면가스를 뿌리고 털려는 거겠죠."

"정말이지 중국놈들은 미학이 없어. 도둑질이란 것도 미학적 가치가 있어야 해. 정찰, 계획, 실행. 이 세 가지가 중요하지. 잘 기억해두렴, 하나코."

그러자 하나코는 어깨를 움츠리며 툴툴거렸다.

"무슨 소리를 하는 거예요? 난 도둑이 될 생각이 없거든요."

"아니, 넌 도대체 언제부터 이렇게 된 거니? 에츠코, 어디서부터 잘못된 걸까? 하나코도 그렇고, 와타루도 그렇고, 기술은 있는데 그걸 써먹으려고 하질 않아. 재능이 너무 아까워."

그때 거실에 한 남자가 들어온다. 하나코의 오빠 와타루였다. 와타루는 주방을 지나쳐 거실로 향한다.

"야, 와타루. 인사 정도는 하자. 야, 인마."

그러나 와타루는 타케루의 말을 들은 척도 하지 않는다. 머리는 제멋대로 자라 엉망이었고, 안색은 파리하다. 키는 크지만 빼빼 말라서 바람이라도 불면 날아갈 것처럼 생겼다. 입고 있는 곤색 추리닝은 고등학생 때부터 입던 것으로, '와타루'라는 이름표가 붙어 있다.

와타루는 테이블 위에 있는 리모컨을 들었다. 그리고 TV 채널을 계속 돌린다. 그러다가 마음에 드는 채널을 발견했는지 뚫어져라 TV 화면을 응시한다.

"지난밤 에도가와 구(區) 코마츠가와 공원에서 한 남성의 시신이 발견되었습니다. 지문을 대조한 결과, 피해자는 주소지가 불분명한 무직의 75세 남성 다테시마 마사오로 판명되었습니다. 살인사건일 가능성이 농후한 가운데 경찰청은 수사를 시작했다고 밝혔습니다."

바닥에 리모컨이 떨어진다. 와타루가 떨어뜨린 것이다. 와타루의 얼굴은 핏기 하나 없이 창백하다.

와타루가 비틀비틀 주방으로 걸어 들어온다. 타케루도, 에츠코도, 마츠도 조용히 와타루를 응시한다.

"하, 할아버지야."

와타루가 목소리를 쥐어짜내며 힘겹게 말한다. 그 입술은 부들부들 떨리고 있다.

"저 사람이 아버지라니? 그게 무슨 소리야?"

타케루가 외쳤고, 와타루는 고개를 절레절레 젓는다.

"할아버지가 맞아."

"바보 같은 소리 마. 다테시마인지 뭔지 하는 이름이었잖아. 아버지일 리가 없어."

"아, 아니라니까…."

와타루는 울먹이며 가슴을 쳤다.

그러자 에츠코가 와타루의 등을 쓰다듬으며 달랬다.

"일단 진정하렴, 와타루. 처음부터 천천히 이야기해봐."

"그러니까 저 사람이 할아버지란 말이야."

와타루가 말했다. 그 눈가에는 눈물이 그렁그렁 고여 있었다.

"죽은 사람이 할아버지라고. 내 말을 믿어줘."

'대체 오빠는 지금 무슨 소리를 하는 거야?'

하나코의 심장이 위아래로 격하게 요동쳤다.

"2개월 전이었나? 갑자기 할아버지가 부탁이 있다며 내 방에 들어오셨었어."

그때 이와오는 와타루에게 한 가지 부탁을 했다. 경찰청 데이터베이스에 몰래 접속해, 어떤 전과자의 지문과 증명사진을 이와오 자신의 것으로 바꿔달라는 요청이었다.

무슨 목적으로 이와오가 그런 부탁을 하는지 몰랐다. 하지만 경찰청 데이터베이스에 몰래 접근하는 일이 그저 재미있을 것 같아서 이와오의 요청을 순순히 따랐다.

"물론 처음에는 실패했어. 현직 경찰관의 ID와 비밀번호가 필요했거든. 그러자 할아버지가 어디선가 그것들을 구해왔어. 뭐, 그 다음은 간단했지."

"그럼 할아버지의 지문과 증명사진으로 바꿔치기한 대상이 그 타케시 뭐라는 남자라고?"

"맞아. 다테시마 마사오. 몇 번이나 확인했으니까 틀림없어. 할아버지는 돌아가신 거야. 살해당한 거라고."

하나코는 입안이 바싹바싹 마른다. 아까 전부터 심장 소리가 귓가에 쿵쿵 울리고 있다.

"와타루, 장난치지 마. 농담하는 거지?"

타케루가 와타루의 멱살을 잡는다.

"그만해요, 여보. 와타루는 거짓말할 애가 아니에요."

에츠코가 서둘러 타케루를 붙잡는다.

"에츠코, 당신마저…"

타케루는 망연자실한 얼굴로 바닥에 주저앉는다.

'할아버지가 죽었다니? 그런 말도 안 되는…'

"나도 와타루의 말이 맞겠다고 생각해."

긴 침묵을 깨고 할머니 마츠가 의연한 말투로 말했다.

"그이는 항상 나에게 이렇게 말했어. '난 도둑이야. 어차피 평범하게 죽지 못할 테니까, 죽을 때가 되면 누구에게도 폐를 끼치지 않는 방법을 택하겠어.'라고."

"어, 어머니까지…. 무슨 그런 말을…"

타케루는 힘없이 중얼거린다.

미쿠모 집안은 도둑 집안이다. 그러니까 무슨 수를 써서라도 경찰에게 신분이 발각되어서는 안 된다. 그런 이유로 이와오는 또 다른 신분까지 준비해두었던 것이다.

"그이는 와타루를 통해서 만약을 대비해 신분을 위장해둔 걸 거야. 경찰은 지문을 통해 신분을 파악하니까."

경찰이 지문을 대조해 신원을 파악했다면, 그 '다테시마 마사오'란 사람 역시 전과자일 것이다. 그렇다면 진짜 다테시마 마사오는 지금 어디에 있을까.

"하지만 아버지가 죽었다는 사실을 지금도 믿을 수 없어요. 확실한 증거를 보기 전까지는."

타케루는 반쯤 울먹거리며 주방에서 뛰쳐나갔다.

하나코가 무릎 위에 올려둔 손에서 따뜻한 감촉이 느껴졌다. 마츠였다. 마츠가 하나코의 손을 다정하게 잡아주었다.

"할머니…."

그때 조끼를 걸친 타케루가 나타났다. 주머니가 많은 조끼는 타케루의 작업복이다.

"갔다 올게."

"어딜?"

"어디긴, 그 시신 얼굴을 확인하러 가야지. 내 눈으로 보기 전까지는 절대 믿을 수 없어."

하나코는 마츠의 얼굴을 보았고, 마츠는 고개를 끄덕였다. 타케루 옆에 선 에츠코도 말없이 고개를 끄덕였다.

"나도 갈래."

그러자 타케루가 얼굴을 찌푸리며 말했다.

"하나코, 넌 방해만 돼. 오지 마."

"나도 갈 거야. 그럴 리가 없어. 할아버지가 죽었을 리가 없어. 나도 내 눈으로 똑똑히 확인해야겠어."

"그럼 2분 내로 준비해라. 안 그럼 두고 갈 거다."

타케루는 현관으로 터벅터벅 걸어갔고, 하나코는 서둘러 방으로 들어갔다.

흰색 승합차 한 대가 있었다. 이 흰색 승합차는 타케루가 작업할 때 쓰는 차로, 차 앞 유리에 상황에 따라 다른 스티커를 붙인다. 차 앞 유리에는 지난번에 작업을 하고 아직 스티커는 떼지 않았는지 '남(南)카마타 동사무소'라고 적힌 스티커가 붙어 있었다.

하나코는 낡은 건물을 올려다보았다. 이곳은 에도가와 구(區)에 있는 대학병원 앞이다.

그들은 20분 전에 이곳에 도착했다. 타케루의 친구를 통해 이와오, 아니 다테시마 마사오라는 남자의 시신이 이 병원에 안치되어 있다는 정보를 얻었다.

뒷좌석에는 타케루가 벗어놓은 옷가지와 손가방이 있다. 타케루는 의사 가운을 걸치고 차에서 내렸다. 의사로 변장해 병원에 잠입하는 일쯤은 타케루에게 아무것도 아니다.

하나코는 도서관에 미리 연락을 해두었다. 오사카에 사는 친척이 돌아가셔서 일주일 정도 쉬고 싶다고 말했더니 도서관 관장이 흔쾌히 허락해주었다.

"아, 아, 잘 들리니?"

귀에 꽂은 이어폰에서 타케루의 목소리가 들린다.

"네, 잘 들려요."

하나코는 무릎에 올려놓은 노트북 화면을 본다. 대학병원 남자화장실 안의 모습이 보인다.

"난 무사히 잠입했다. 이제 아버지가 안치되어 있는 곳으로 갈 거야."

"알았어, 조심해."

지금 승합차 안에 있는 모니터 화면에 보이는 것은 타케루의 안경에 장착된 소형 카메라로 촬영된 장면이다. 이런 고성능 기계를 능수능란하게 다루는 건 타케루의 특기 중 하나였다.

화장실 세면대 거울에 비친 타케루는 완벽한 의사의 모습이다. 어디서 훔쳤는지 명찰까지 목에 걸고 있었다.

"그럼 간다."

타케루는 복도를 걸어나갔고, 지나치는 간호사들이 타케루에게 살짝 목례를 한다. 큰 대학병원이라 그런지 의사들의 얼굴을 전부 다 알지 못하는 듯하다.

복도 끝에 제복을 입은 경찰이 서 있다.

"수고하십니다."

경찰은 타케루의 명찰을 확인하고는 경례를 한다. 의심하는 기색이라고는 찾을 수 없다.

타케루의 시선이 문에 붙어 있는 명패를 향한다. 명패에는

'영안실'이라고 되어 있다.

영안실 문을 열고 타케루가 들어간다. 넓지 않은 방에 침대 하나가 놓여 있다.

하나코의 심장이 요동치기 시작했고, 노트북을 잡은 손에는 땀이 찼다.

타케루가 침대 쪽으로 다가간다. 시신의 얼굴에 흰색 시트가 덮여 있다. 타케루의 손이 시트 끝을 잡고 시트를 천천히 걷어 낸다. 이윽고 화면이 갑자기 심하게 흔들린다.

"왜 그래? 말 좀 해봐, 아빠."

"그, 그게…, 미안."

타케루가 긴장한 목소리로 더듬더듬 말한다.

"어때? 다른 사람이지? 할아버지가 아니지?"

"…모르겠어."

"뭐? 그게 무슨 소리야?"

"누군지 알아볼 수 없을 정도로 얼굴이 망가져 있어."

누군지 알아볼 수 없을 정도라니…, 하나코는 당황한다.

"외, 왼손…."

"뭐라고?"

"시신의 왼손을 보여줘."

타케루는 시신 왼편으로 가서 시트를 살짝 벗긴다. 그러자 유난히 하얀 팔이 화면에 나타난다.

하나코는 숨을 삼킨다. 시신의 왼손 약지에 익숙한 반지가 끼워져 있다. 틀림없이 할아버지 이와오와 할머니 마츠의 결혼 반지이다.

"아니야, 거짓말이야. 거짓말이야, 이건⋯."

눈앞이 새하애진다. 하나코는 무릎을 힘껏 내려치며 흐느껴 운다.

"하나코, 진정해. 진정하라고. 일단 나부터 다시 돌아갈게. 기다리고 있어."

"바, 반지⋯."

"뭐?"

"바⋯, 반지를 가져와. 할머니에게 드려야지."

잠시 침묵이 흘렀다. 그러다 타케루가 대답한다.

"그건 안 돼."

"왜? 그 정도쯤은 일도 아니잖아. 유품으로 가져와."

"이 바보야."

타케루가 울음을 참으며 힘겹게 말했다.

"이 반지는 가져가선 안 돼. 부부의 증표잖아. 이 반지를 긴 채로 장례를 치러야 해."

그 말을 끝으로 모든 대화가 끊어졌다. 하나코는 코를 풀고, 눈물을 훔친다. 하지만 아무리 닦아도 눈물은 멈추지 않았다.

여전히 수사에 큰 진척은 없었다. 피해자의 신원은 파악했지만, 용의자를 특정할 만한 목격담이 없었기 때문이다.

카즈마는 마키와 함께 킨시쵸의 번화가를 걷고 있다. 한 여관에서 신고를 받았는데, 피해자가 이곳에서 숙박한 것 같다는 내용이었다.

"카즈마, 어째 분위기가 좋지 않아." 마키가 말했다.

"그게 무슨 뜻이죠?"

"피해자의 신원을 파악했는데도 다음 단계로 이어지지 않잖아. 이런 사건은 대개 미궁에 빠지기 쉽지."

마키의 말 그대로다. 특별한 거주지와 직업이 없는 피해자라 그가 살아온 궤적을 파악하기 힘들다. 다만, 다테시마 마사오라는 남자는 20년 전 절도범으로 체포되어 징역 5년, 집행유예 3년을 선고받았다는 사실만 파악된 상태이다. 즉, 그 이후 그가 살아온 길은 전혀 알 수 없었다. 가족이나 친척도 없고, 주민등록등본을 확인해도 15년 전부터 갱신되어 있지 않았다.

"여기군."

'타케야 여관' 앞에서 마키는 발걸음을 멈춘다. 그 안으로 들어가자 신문을 읽고 있는 나이 든 주인이 보였다.

"경찰청에서 나왔습니다. 주인 되시죠?"

마키가 경찰신분증을 보였다.

"연락주셔서 감사합니다. 여기에 다테시마 마사오라는 남자가 숙박했다고 들었습니다. 맞습니까?"

그러자 주인이 숙박 명부를 확인하고는 대답했다.

"네, 맞습니다. 여기 이름이 적혀 있죠? 오늘 아침 뉴스를 보고 어디서 본 것 같아서 확인해 봤더니 명부에 있었습니다."

정말로 명부에는 '다테시마 마사오'라는 이름이 적혀 있다. 주소와 전화번호도 있었기에 카즈마는 재빨리 그것들을 베껴 적었다.

"다테시마 씨는 언제 여기에 묵었습니까?"

"3일 전일 겁니다. 1주일 머문다고 해서 선불로 받았습니다."

벽에 붙어 있는 요금표에는 1박에 1,800엔이라고 적혀 있다. 일용직 노동자나 외국인 여행자들이 이용하는 싸구려 숙박 업소일 것이다.

여관 주인이 다테시마가 머물렀던 방으로 마키와 카즈마를 안내한다.

그들은 방 안을 둘러보았다. 좁은 방이다. 침대만 하나 있을 뿐, 그 외에는 아무것도 없다.

"청소는 했나요?"

"아뇨, 전혀. 청소는 투숙객들이 직접 하도록 맡기고 있습니다."

"혹시 다테시마 씨와 말씀을 나눈 적이 있나요?"

"네. 처음 요금을 받을 때 했습니다."

"이 남자가 맞나요?"

카즈마가 주인에게 사진을 한 장 보여준다. 경찰청 데이터베이스에 등록된 다테시마의 20년 전 사진이다.

"으음, 글쎄요. 당시 그 사람이 마스크를 쓰고 있어서 잘 모르겠습니다."

"다테시마 씨에게 무슨 문제가 있었는지 혹시 아십니까?"

"저야 모르죠. 투숙객의 사생활에는 일절 관여하지 않으니까요. 아무튼 무슨 일이 있으면 불러주세요. 저쪽에서 기다리겠습니다."

이래서는 수사에 진전이 있을 턱이 없다. 카즈마는 한숨을 쉰다.

시신의 얼굴 형태가 거의 남아 있지 않은 점이 가장 이상했다. 피해자에게 큰 원한이 있지 않고서야 그렇게까지 할 이유는 없을 것이다.

침대 시트, 베개 밑도 살폈지만 다테시마의 머리카락은 나오지 않았다.

그들은 주인에게 감사 인사를 하고 여관을 나왔다.

"지금부터 이 주변을 탐문해 보자. 뭔가 나올지도 몰라."

마키는 그렇게 말하고 건너편에 있는 편의점으로 향했다.

"마키 형사님, 그런데 죽은 사람이 정말 다테시마 마사오일까요?"

"그게 무슨 소리야?"

"이상하지 않아요? 발견된 시신이 다테시마 마사오라는 걸 증명하는 자료는 경찰청 데이터베이스에 등록된 지문뿐이에요. 겨우 그거 하나로 피해자의 신원을 단정 지을 수 있을까요?"

"당연히 있지. 그 이상의 증거가 어디 있겠어?"

그렇다면 이건 카즈마의 착각인가, 카즈마는 머리를 긁적이며 마키를 따라 편의점 안으로 들어간다.

"왜? 왜 장례식을 치르면 안 되는 거야?"

"아버지는 다른 사람의 신분으로 죽었어. 시신이 없기도 하고 말이야. 미쿠모 이와오는 공식적으로 아직 살아 있으니 함부로 장례를 치를 수 없지."

집으로 돌아온 타케루와 하나코는 가족들에게 사실을 전했다. 그러자 가족 모두가 큰 충격을 받았다. 마츠와 와타루는 방에 틀어박혀 나오지 않았고, 에츠코는 거실 소파에 앉아 하염없이 눈물을 흘렸다.

이제 곧 정오가 되어 가는 시간인데도 그 누구도 점심 식사 얘기를 하지 않았다.

"그건 그렇지만…. 그래도 장례식은 해야지."

"장례식은 안 돼. 미쿠모 이와오는 공식적으로 아직 살아 있어."

"그러면 병원에 있는 할아버지의 시신은 어쩔 건데? 이대로 그냥 둘 거야? 그건 절대 안 돼!"

할아버지의 시신을 이대로 병원에 내버려둔다는 건 절대로 용납할 수 없는 일이다.

"잘 들어, 하나코. 아버지의 시신을 이대로 병원에 내버려두자는 게 아냐. 사태가 잠잠해지면 가짜 진단서를 만들어서 공식적으로 아버지의 사망신고를 할 거야. 그런 다음에 아버지의 유골함을 훔치면 돼. 우리들은 최고의 도둑이야. 납골당에 안치된 유골함 하나쯤 훔치는 건 식은 죽 먹기야."

"그래도 싫어."

"떼쓰지 마라." 타케루가 강한 말투로 나무랐다.

그때 거실에 마츠가 들어왔다. 마츠는 그대로 주방으로 들어가서 큰 냄비에 물을 받고 끓이기 시작한다.

"할머니, 뭐 하세요?"

"점심을 만들려고."

"괜찮아요. 다들 식욕도 없고."

하나코의 만류에도 마츠는 파를 잘게 썰기 시작한다. 파를 송송 써는 소리만이 집 안에 울려 퍼진다.

"아마 소면이 좀 남았을 거야. 금방 될 테니 조금만 기다리렴."

"할머니, 정말 괜찮아요."

"먹어야지. 산 사람부터 먹고 살아야지. 어차피 죽은 사람은 이제 이곳에 없어."

마츠의 깡마른 등이 오늘따라 유난히 더 가녀리게 보인다. 그녀는 소리 없이 울고 있었다.

하나코는 거실로 되돌아왔다. 거실 소파에는 타케루와 에츠코가 앉아 있었다.

"대체 누가 아버님을 죽인 거지…?" 에츠코가 물었다.

"몰라. 하지만 원한 때문이겠지. 이래저래 미움받을 짓을 하며 살았잖아. 물론 내가 그런 말을 할 처지는 못 되지만…."

"하지만 할아버지는 다른 사람에게 단 한 번도 들킨 적이 없었어."

"그건 전성기 때 얘기지. 아버지도 나이를 먹었어. 어딘가에서 실수를 하셨을 거야. 뭐, 기다리다 보면 범인이 밝혀지겠지."

"우리가 범인을 찾자. 할아버지를 살해한 범인을 찾아요!" 하나코가 말했다.

"그건 경찰이 할 일이야. 우린 도둑이야. 도둑이 경찰 흉내를 낼 순 없어."

"맞아, 우리들은 절대로 경찰과 엮여서는 안 돼. 아버님을 살해한 범인을 찾는 건 경찰이 할 일이야." 에츠코도 거들었다.

하지만 난 도둑이 아닌걸, 하나코는 마음속으로 반론했다.

"다 됐어, 얘들아."

마츠의 말에 다들 부스스 자리에서 일어났다.

"와타루도 부르렴."

그전에 이미 와타루는 문을 열고 나와 있었다.

다들 말없이 국수를 먹는다. 앞에 앉은 타케루를 흘깃 보니 눈물을 흘리고 있다.

일주일 후, 하나코는 도서관에 복귀했다. 아직 충격에서 완전히 벗어나지 못했지만, 그래도 제법 괜찮아졌다.

퇴근한 하나코는 카즈마의 집으로 향했다. 그 시계…, 실수로
훔친 카즈마 할아버지의 손목시계를 돌려주기 위해서였다.

어떻게 돌려줘야 할지 딱히 좋은 작전이 있지는 않았다. 하
지만 현관만 돌파하면 어떻게든 될 거라고 생각했다. 카즈마
가족들의 눈을 피해 집 어딘가에 두고 오면 된다. 현관 신발장
에 몰래 넣어두어도 좋고.

카즈마의 집 앞에 도착했다. 초인종을 누르려는 순간 갑자기
개 짖는 소리가 들린다.

"애, 돈. 조용히 해."

셰퍼드를 끈 여성이 나타난다. 카즈마의 할머니 노부에였다.

문 틈으로 노부에를 본 하나코는 재빨리 시선을 돌린다. 이
전에는 헤어밴드를 하고 있어서 몰랐는데, 노부에의 이마에 눈
에 띌 정도로 큰 흉터가 있었다.

"어머, 하나코 양 맞죠?"

"네, 안녕하세요. 저번에 식사에 초대해주셔서 감사했습니다.
답례가 늦어서 죄송합니다."

하나코는 역 앞에서 산 만주 봉투를 노부에에게 건넨다.

"아휴, 뭘 이런 걸 다."

"약소한 거예요. 받아주세요."

"고마워요. 그나저나 오늘은 무슨 일로 왔어요? 카즈마랑 무
슨 약속이라도…?"

"아뇨, 아니에요. 근처를 지나다 들렀어요."

"그렇구나. 근데 어쩌죠, 지금 아무도 없는데. 난 돈과 함께 장을 보려던 참이에요. 아, 시간 괜찮으면 나랑 같이 시장에 가는 건 어때요?"

"네? 저도요?"

하나코는 주저했다.

돈은 적대감에 불타는 눈빛으로 하나코를 노려보고 있었다.

"돈도 하나코 양이 좋다고 하네요. 같이 가죠."

'아니, 전혀 그렇지 않은데요.'

노부에는 모자를 눌러쓰고 돈과 함께 성큼성큼 걸어가기 시작했다.

"돈은 경찰견이었죠?"

그러자 노부에가 웃으며 대답한다.

"맞아요. 우수한 경찰견이었어요. 하지만 내가 훈련시키진 않았어요. 은퇴하는 돈을 키우면 어떻겠냐고 후배가 권유해 키우게 되었어요."

"경찰견이면 범죄자를 바로 알아볼 수도 있나요?"

"그럴 수는 없죠. 하지만 후각이 좋아서 그 사람이 어떤 사람인지는 어느 정도 판단할 수 있죠."

문득 좀 전에 보았던 노부에의 흉터가 생각난다. 정말 큰 흉터였다. '그래서 이렇게 모자를 눌러쓰고, 헤어밴드를 하는 거겠지?'

하나코의 속마음을 알아차리기라도 했는지 노부에가 모자를 살짝 들어 흉터를 보여준다.

"이 상처는 바다에서 사고를 당했을 때 생긴 거예요. 젊었을 때 일어난 사고였는데, 아직까지도 흉터가 꽤 크죠?"

"…."

하나코는 아무 대답도 할 수 없었다.

"후후, 하나코 양. 그렇게 멍하니 있으면 두고 갈 거예요."

"아, 죄송합니다."

노부에와 나란히 상점가를 걷는다.

"나 말고 돈을 산책시킬 수 있는 사람은 몇 없어요. 돈이 하나코 양을 따라 나선 걸 보니, 일단 합격이네요."

"네? 뭘 합격했는데요?"

그러나 노부에는 대답 없이 콧노래를 부르며 걸어간다.

그나저나 오늘 저녁 카즈마의 가족들과 식사를 또 하게 되다니, 하나코는 자신의 경솔함을 탓하며 하늘을 올려다보았다.

"다녀왔습니다."

카즈마는 거의 일주일 만에 집에 왔다. 다테시마 살인사건은 아직도 해결되지 못한 채 난항을 거듭하고 있다. 지난 일주일 간 경찰서에 머물면서 수사를 했는데, 반장의 명령으로 오늘은 일단 귀가하였다. 물론 내일 아침에 다시 수사회의가 열린다.

주방을 지나던 카즈마는 순간 자신의 눈을 의심하지 않을 수 없었다. 하나코가 집에 와 있었기 때문이다. 주방에는 앞치마를 걸친 하나코가 노부에와 함께 서 있었다.

카즈마를 본 노리카즈가 말했다. "어서 와라, 카즈마. 빨리 손 씻고 와서 밥 먹어라."

하나코가 뒤를 돌아보며 카즈마에게 '미안'이라고 입 모양으로 말한다.

"저번 초대에 대한 답례로 하나코 양이 만주를 사왔단다. 그래서 내가 같이 저녁 먹자고 한 거야."

기뻐하는 얼굴로 노부에가 말했다. 그 옆에서 하나코는 머쓱한 얼굴로 웃는다.

카즈마는 서둘러 욕실로 향한다. 거울에 비친 자신의 얼굴에 미소가 한가득이다. 이렇게 기쁠 수가 없었다.

카즈마가 다시 주방으로 돌아오자, 노리카즈가 맥주병을 들어 카즈마의 잔에 맥주를 따른다.

"카즈마, 한잔해라."

카즈마는 단번에 맥주를 들이켠다. 맥주가 술술 잘도 넘어간다.

"근데 카즈마, 이번엔 무슨 사건이냐?" 노리카즈가 묻는다.

"코마츠가와 공원에서 한 남성의 시신이 발견되었어요. 그런데 단서가 전혀 없어서 진척이 안 되는 상황이에요."

"얼굴이 무참하게 짓이겨졌다는 그 사건 말이냐? 피해자는 전과자라고 하던데…"

쨍그랑.

순가락이 떨어졌다. 돌아보니 하나코가 하얗게 질린 얼굴로 부들부들 떨고 있다. 그 모습을 본 카즈마가 노리카즈에게 말했다.

"아버지, 밥 먹는 자리에서 사건 얘기는 그만하죠. 하나코가 놀랐나봐요."

"그러네. 하나코 양, 미안해. 용서해주세용."

노리카즈는 머리를 식탁까지 크게 숙이고는 호탕하게 웃는다.

"다녀왔어요."

마침 그 때 귀가한 카오리가 인사하며 주방으로 들어왔다. 하나코를 발견한 카오리는 히죽거리며 말했다.

"설마…, 오빠 여친?"

"그래."

무뚝뚝한 얼굴로 카즈마가 답한다.

"너 어차피 저녁 안 먹잖아. 빨리 방에 들어가!"

"무슨 소리야? 나 오늘 너무 바빠 점심도 못 먹었어. 그리고 내가 카레 엄청 좋아하는 거 알잖아. 오늘은 저녁 먹을 거야. 할머니, 나도 줘요!"

노부에가 카오리 몫의 카레를 담아 건넸고, 그릇을 받아 든 카오리는 입술을 삐죽이며 툴툴댄다.

"하나코 언니, 그런데 나 한 가지 궁금한 게 있는데, 해도 돼

요? 우리 오빠 만나기 전에 몇 명이랑 사귀었어요?" 카오리는
실례되는 질문을 집요하게 해댔다.

하나코는 위축된 얼굴로 어깨를 움츠렸다.

"뭐야, 손님이 오셨나?"

그때 주방에 할아버지 와이치가 들어왔다. 3일 전부터 다시
걸어 다니게 되었다고 한다. 아직도 약간 다리를 끌었지만, 혈
색은 좋아 보였다.

"할아버지, 소개할게요. 제 여자친구인 미쿠모 하나코예요."

하나코는 허둥지둥 자리에서 일어나 고개를 숙인다.

"하나코라고 합니다. 잘 부탁드립니다."

"사쿠라바 와이치입니다. 나야말로 잘 부탁해요."

와이치의 입가에 미소가 번진다. 그 모습을 본 카즈마는 가
슴을 쓸어내린다. 와이치는 여전히 사쿠라바 집안의 가장 큰
어른이다. 할아버지 마음에 들었다면 이제 만사형통이다.

"할아버지도 카레 어떠세요? 하나코가 만들었어요."

카즈마는 싱글벙글 웃으며 숟가락을 들었다.

"오늘은 정말 고마웠어. 하나코 덕분에 다들 즐거웠어."

하나코와 함께 역까지 걷는다.

"카레도 맛있었어. 빈말이 아니라 진짜로."

"고마워."

하나코는 무표정한 얼굴로 답했다. 그리고 급격히 말수가 줄

었다. 아마 남자친구 가족들 앞에서 애써 밝게 행동하느라 피곤했던 모양이다. 카즈마는 그렇게 짐작하며 하나코에게 계속 말을 걸었다.

"아까 카오리 때문에 기분 나빴지?"

하나코는 그 말에 답하지 않고 엉뚱한 질문을 던진다.

"그 코마츠가와 공원 사건을 카즈마가 담당하는 거야?"

"응? 그래, 맞아. 내가 속한 수사반에서 담당하고 있어. 왜?"

"아니, 그냥. 아침에 TV에서 봐서…. 피해자에게 가족은 없대?"

"응, 없어. 사실 수사가 좀 어려워. 킨시쵸에 있는 여관에 묵었다는 것까지는 알아냈는데 더 이상 진전이 없어."

"킨시쵸…."

하나코가 따라서 중얼거린다.

어느덧 역에 도착했다. 마침 지하철이 막 지나간 직후였는지 회사원 무리가 역에서 쏟아져 나온다. 인파에 휩쓸리지 않도록 카즈마는 하나코의 손을 잡는다.

"여기까지면 충분해. 이제 나 혼자 갈게."

"괜찮아. 개찰구까지 같이 가."

"정말 괜찮아. 화장실도 가고 싶고."

"그렇다면…."

하나코는 발걸음을 돌려 역 안으로 걸어 들어갔다.

"하나코, 우리 다음 주에 같이 저녁 먹으러 가자. 연락할게."

카즈마는 다음 주에 정식으로 청혼할 생각으로 그렇게 말했다. 그런데 그 때 누군가가 말을 걸었다.

"뭘 그렇게 혼자서 히죽거리고 있어?"

돌아보자 카오리가 서 있다. 조깅이라도 하고 왔는지 카오리는 추리닝 차림이다.

"오빠, 저 언니 좀 위험할지도 몰라."

카오리가 카즈마의 팔을 툭 치며 말했다.

"그게 무슨 소리야?"

"정확히는 나도 잘 몰라. 하지만 분명히 숨기는 게 있어. 엄마도 나랑 같은 생각이야. 아빠와 할머니는 완전히 속아 넘어간 것 같지만."

그러고 보니 어머니는 하나코에게 내내 차가운 태도였다. 카오리가 하나코를 어떻게 생각하는지는 아무래도 상관없지만, 어머니의 속마음은 궁금했다.

"오빠, 수사1과에서 명탐정이라고 불린다며? 오빠가 우수한 형사일지는 몰라도 사생활에서는 다를 거야. 눈에 콩깍지가 쓰이면 장님이 된다잖아."

"쓸데없는 소리 하지 마."

"치, 기껏 생각해서 충고 해주는 건데, 감사 인사는 못할망정…."

카오리는 콧방귀를 뀌고는 달려간다.

카오리의 말이 아주 틀린 건 아니다. 카즈마는 보통의 연인들과 달리 하나코에 대해 아는 게 너무 없다. 하지만 그것은 하나코 때문이 아니라 자기 때문이기도 하다는 사실이 문제였다. 그동안 형사라는 직업을 숨기고 하나코를 만나왔기 때문이다.

내일부터 다시 수사본부에서 살아야 한다. 그러니 오늘만이라도 편히 쉬자, 카즈마는 늘어지게 하품을 하며 집으로 향했다.

자정이 가까운 시간이다. 이제 슬슬 지하철이 끊길 것이다.

하나코는 중간에 목적지를 바꾸어 킨시쵸로 향했다. 이와오가 머물렀던 여관 이름조차 모르지만, 그래도 가만히 앉아만 있을 수는 없었다. 할아버지의 생전 궤적을 조사해볼 필요가 있었다.

지하철이 출발한 직후, 하나코는 열차 안에서 한 남자를 발견한다. 나이는 60대 초반, 회색 점퍼를 입고 검은 야구 모자를 눌러쓴 남자다. 자리가 많이 비어 있음에도 남자는 손잡이를 잡고 서 있다.

남자의 앞에 회사원이 앉아 있다. 술을 마셨는지 회사원은 고개를 위아래로 흔들며 열심히 졸고 있었다.

지하철이 킨시쵸 역에 도착해 완전히 멈추려는 그 순간, 야구 모자를 쓴 남자가 비틀거리며 회사원에게 다가가더니, 회사원의 품에서 뭔가를 낚아 채 곧바로 열린 문으로 뛰쳐나갔다.

소매치기범이었다!

남자를 따라 하나코도 지하철에서 재빨리 내린다. 야구 모자를 쓴 남자를 쫓아가 그를 붙잡고 말을 걸었다.

"저기, 잠깐만요!"

남자는 잠시 하나코의 얼굴을 뒤돌아 보더니 다시 돌아서 걷기 시작했다. 그의 등에 대고 하나코가 다시 말한다.

"이거 어떻게 할까요?"

손을 들어 검은 지갑을 보여준다. 남자는 순간 놀란 표정을 지었지만, 이내 실실 웃으며 말했다.

"그거 내 지갑이군. 어디서 떨어졌나?"

남자는 빨리 지갑을 달라는 의미로 손을 내밀었고, 하나코는 지갑을 뒤로 감춘다.

"무슨 짓이야, 내놔."

"아까 지하철에서 훔친 거잖아요. 내가 봤어요."

"웃기지 마. 그건 내 지갑이야."

"그럼 경찰서에 갈까요? 한번 조사해보죠."

남자가 잠시 하나코를 노려보자, 하나코는 핸드백에서 또 다른 지갑을 꺼내 남자에게 보인다.

"이것도 당신 지갑이죠?"

"뭐, 뭐야! 어느 틈에…"

하나코는 순식간에 남자의 주머니에서 지갑 두 개를 슬쩍했다. 하나는 남자가 훔친 지갑이고, 다른 하나는 진짜 남자의 지갑이다.

"내놔, 어서!"

하나코는 지갑을 얼른 다시 핸드백에 넣는다.

남자는 얼굴을 붉히며 숨을 거칠게 몰아쉬었고, 하나코는 자세를 낮춰 남자의 공격에 대비한다. 남자의 오른손이 허공을 가르는 순간, 하나코는 남자의 팔을 꺾으며 벽으로 밀어붙인다.

"당신, 이런 일을 얼마나 한 거죠?" 남자의 귓가에 대고 하나코가 속삭였다.

"뭐야, 넌. 경찰이냐?"

"내 질문에 대답이나 해요."

하나코는 남자의 팔을 다시 세게 꺾는다.

"언제부터 이런 일을 한 거예요?"

"아앗, 알았어. 말할게. 30년이다. 됐지? 이제 좀 풀어줘."

그제야 하나코는 남자의 팔을 풀어준다.

"넌 대체 누구야?"

남자가 시뻘게진 얼굴로 팔을 문지르며 물었다.

"미쿠모 이와오를 아시나요?"

그 말에 남자의 얼굴색이 갑자기 변했다.

"너, 넌…. 어디서 그 이름을…?"

이와오의 이름을 모르는 소매치기는 없다. 소매치기들 사이에 이와오는 살아 있는 전설이나 마찬가지이기 때문이다.

"제 이름은 미쿠모 하나코입니다. 미쿠모 이와오의 손녀예요."

"뭐?"

남자는 5초 정도 입을 떡 벌리고 있다가, 그 자리에서 땅에 엎드려 하나코에게 절을 한다.

"죄, 죄송합니다. 이와오 씨라면 예전에 한 번 뵌 적이 있습니다. 당신이 이와오 씨의 손녀였다니…"

지나가는 사람들이 무슨 일인가 싶어 쳐다본다. 하나코는 서둘러 남자의 어깨를 잡아 일으킨다.

"여기서 이러지 마세요. 사람들이 보잖아요. 가요."

하나코가 먼저 지하철역을 빠져나간다. 그리고 잔뜩 주눅이 든 남자가 하나코의 뒤를 따른다.

남자의 이름은 곤도였다. 그게 진짜 이름인지 아닌지는 모르지만.

"곤도 씨, 우리 할아버지를 잘 아시나요?"

그러자 곤도가 야구 모자를 벗으며 말했다.

"네. 그분은 신적 존재입니다. 최근에도 뵌 적이 있습니다. 감히 제가 말을 붙이지는 못했습니다만."

할아버지를 살해한 범인을 찾기 위해서는 할아버지가 살아 계셨을 때의 행적을 알아야 했다. 경찰은 도움이 안 된다. 할아버지와의 연결고리를 찾으려면 초록은 동색이라고 소매치기 동료들에게 묻는 것이 가장 빠를 것이라고 예상했다. 그래서 하나코는 킨시쵸 일대에서 활동하는 소매치기를 찾은 것이다.

"어디서 할아버지를 보았죠?"

"술집입니다. 이 근처에 있어요."

이와오는 평소 술을 좋아했다. 그러므로 당연히 단골 술집이 있을 것이다.

손목시계를 보니 마침 자정이다.

"그 술집에 데려다주실 수 있나요?"

"네? 지금요?"

"네. 안 되나요?"

"아뇨, 안 되는 건 아닙니다. 아가씨 부탁이라면 뭐든지 들어드려야죠. 이쪽입니다."

할아버지의 단골 술집은 붉은 연등이 걸린 '코마츠야'라는 이름의 가게였다. 늦은 시간임에도 가게에는 손님들이 많았다. 그중에서도 특히 회사원들이 많았다. 하나코와 곤도는 가게 안쪽 자리로 향했다.

"아가씨, 맥주 괜찮으신가요?"

"네."

곤도가 점원을 불러 맥주를 주문한다.

"정말이지 영광입니다. 이와오님의 손녀분과 함께 술을 마시다니요. 저기, 동료들에게 오늘 일을 자랑해도 되겠습니까?"

"그건 안 돼요."

"알겠습니다. 그런데 아가씨도 이쪽이신지요?"

곤도는 검지를 구부려 하나코에게 보인다. 소매치기를 뜻하는 손가락 모양이다.

"아니에요. 전 일반 직장인입니다."

"하지만 아까 전에 제 지갑을 감쪽같이 훔치셨잖아요? 이래 봬도 저 역시 이 일대에서는 꽤 알아주는 놈입니다. 저한테서 지갑을 훔치는 건 웬만한 기술 없이는 불가능하죠."

"할아버지한테 교육은 좀 받았어요."

"역시 그렇군요. 피는 못 속이는 법이죠. 그나저나 아가씨, 이름이 뭐라고 하셨죠?"

"하나코예요. 화려하다고 할 때 '화(華)'자를 써서 하나코라고 읽어요."

"좋은 이름입니다. 아가씨에게 딱 맞는 이름이군요."

그러나 하나코는 자신의 이름을 그리 좋아하지 않는다. 그 이름에 비해 자신은 너무 수수하기 때문이다.

"할아버지에 대해 더 알고 계신 건 없나요? 누군가에게 원한을 샀다든지 그런 이야기를 들어보신 적 없어요?"

"갑자기 왜 그런 질문을 하세요? 혹시 이와오 씨에게 무슨 일이라도 생겼나요?"

이와오가 사망했다는 사실은 비밀로 해야 한다. 코마츠가와 공원에서 발견된 시신은 다테시마일 뿐 이와오가 아니다.

"아뇨, 아니에요. 사실은 최근에 도둑이 들었거든요. 그래서 혹시 할아버지에게 원한을 가진 사람의 짓인가 해서요."

"그거 대박이네요. 이와오 씨 집에서 도둑질이라니, 간이 배 밖으로 나온 녀석이네요. 아가씨, 이 이야기를 동료들에게 해도 될까요?"

"안 돼요."

딱 잘라 거절한 뒤 하나코는 맥주를 마신다.

그때 가게 문이 열리더니 노인 한 명이 들어왔다. 노인은 약간 다리를 끌고 있다. 노인의 얼굴을 흘깃 돌아본 하나코는 저도 모르게 입안의 맥주를 뿜을 뻔했다.

하나코는 서둘러 곤도의 뒤로 몸을 숨긴다.

"아가씨, 왜 그러세요?"

"쉿, 움직이지 마세요."

이상한 낌새를 눈치챈 곤도 역시 노인을 바라본다.

노인은 카운터 자리에 앉았다. 아무리 봐도 틀림없다. 사쿠라바 와이치, 카즈마의 할아버지다. 그런데 카즈마의 할아버지가 왜 이런 데 있는 거지?

"분위기로 느껴집니다."

곤도가 잔뜩 긴장한 목소리로 말했다.

"카운터 자리에 앉은 저 노인 때문에 그렇게 놀라신 거죠? 확실합니다. 저 같은 삼류 소매치기도 알아챌 정도로 그 살기가 어마어마합니다. 조폭 우두머리, 아니면 베테랑 형사일 겁니다."

와이치는 컵에 담긴 전통주를 주문한다. 이윽고 컵 두 개가 그의 앞에 놓인다. 빈 옆자리에 컵을 놓은 그는 마치 거기에 누군가가 있는 것처럼 자신의 컵과 건배를 한다.

"아가씨, 이만 나갈까요?"

와이치에게 들키지 않도록 그들은 조심조심 가게를 나왔다.

"아가씨, 저는 예전부터 이와오 씨를 동경했어요. 우에노에서 소매치기를 할 때, 우연히 뵙고 술을 얻어 마신 적도 있었어요. 그게 벌써 20년이나 지났네요. 그때 이와오 씨는 저에게 정말 좋은 이야기들을 들려주셨습니다. 그 일은 지금까지도 제 자랑거리 중 하나입니다."

곤도의 얼굴이 제법 진지하다. 하나코는 말없이 곤도의 이야기에 귀를 기울인다.

"한 6개월 전이었나, 우연히 저 가게에 들어간 저는 이와오 씨를 발견했습니다. 이와오 씨는 이미 절 잊었겠지만, 그래도 저는 이와오 씨와 이야기를 나누고 싶었습니다. 그렇지만 말을 걸 만한 분위기가 아니었습니다. 좀 전에 본 그 노인, 바로 그 노인이 이와오 씨 옆에 앉아 있었기 때문입니다."

DAUGHTER OF LUPIN

제 2 장

형사는 도둑을 좋아해

카즈마와 마키는 키타센쥬에 있는 라면 가게에 있다. 탐문 수사를 위해 이곳에 왔다.

"이거 점점 분위기가 안 좋아지는데. 수사본부에서는 벌써 미제 사건이 될 거라고 떠들고 있어."

"아직 일주일밖에 지나지 않았습니다. 우는소리를 하기에는 너무 일러요."

"근데 피해자의 행적을 전혀 알 수 없잖아."

마키는 한숨을 쉬면서 볶음밥을 먹는다.

마키의 말처럼 킨시쵸의 여관을 찾은 이후로 수사는 전혀 진전이 없었다. 다테시마 마사오가 생전에 무엇을 하며 살았는지 전혀 파악하지 못하고 있는 상황이다.

다만, 20년 전 집행유예로 풀려난 다테시마가 한 신문배달점에서 근무했다는 사실만 겨우 찾아냈다.

카즈마는 마키와 함께 라면 가게를 나와 히로미츠라는 70세 노인의 집으로 향한다.

"경찰청에서 나왔습니다. 히로미츠 씨 되시죠?"

"네, 제가 히로미츠입니다."

"20년 전 신문배달점 이야기를 여쭙고자 찾아왔습니다."

카즈마는 히로미츠의 방 안을 살핀다. 약 10평 정도 되는 작고 간소한 원룸이다.

"당시 이야기를 좀 듣고 싶습니다. 기억하고 계신 게 있다면요."

"기억하고말고요. 잊지 못합니다. 갑자기 부도가 나서 손해가 이만저만이 아니었거든요."

투덜거리는 말과는 달리 히로미츠의 입가에 미소가 번진다. 힘들었던 과거였지만, 이제는 그것조차 그리운 추억이 된 모양이다. 요즘도 옛 동료들 몇몇과는 술자리를 갖는다고 했다.

"그렇다면 혹시 이 분을 보신 적이 있어요? 다테시마 마사오 씨라고 합니다. 20년 전에 거기서 근무했고요."

마키가 다테시마의 사진을 보여준다. 경찰청 데이터베이스에 등록되어 있던 사진이다.

사진을 유심히 보던 히로미츠는 이내 고개를 저었다.

"모르겠습니다. 아르바이트생까지 포함해서 입사했다가 그만둔 사람이 워낙 많았으니까요. 그런데 그 다테시마란 사람, 혹시 전과자인가요?"

"왜요? 뭐 좀 아는 게 있어요?"

"사실 요즘 그런 이야기가 저희들 사이에서 돌고 있거든요. 아, 잠깐 기다려주실래요?"

그러더니 히로미츠는 어딘가로 전화를 건다.

"여보세요? 나야. 지금 경찰서에서 사람들이 왔는데… 아니라니까, 내가 무슨 문제 일으킬 사람이 아닌 거 알잖아. 사실은…"

히로미츠는 헛기침을 몇 번 하더니 계속해서 이야기한다.

"이케부쿠로? 이케부쿠로에서 봤다고? 흐음, 그게 몇 년 전인

데? …2년? 2년 전이 확실한 거지? …니시구치 말이지, 니시구
치? 고마워, 또 연락할게."

통화를 끝낸 히로미츠가 마키와 카즈마에게 다가와서 말했
다.

"옛날 동료 여성과 지금 통화를 했는데요, 기억력이 무척 좋
은 여성입니다. 아무튼 전에 같이 술을 마셨을 때 그녀가 그런
이야기를 했던 게 생각이 나서 통화를 했습니다."

"그때 그분이 뭐라고 하셨는데요?"

마키가 묻자, 히로미츠가 자랑스러워하는 얼굴로 말했다.

"2년 전에 그 다테시마란 남자를 이케부쿠로에서 봤다고 합
니다. 노숙자였대요."

1시간 뒤, 카즈마와 마키는 이케부쿠로의 한 사무실을 찾았
다. 응접실에서 잠시 대기하던 중, 한 여성이 응접실 안으로 들
어왔다.

"오래 기다리셨습니다. 니시와키라고 합니다."

여성이 명함을 건네며 인사했다. 명함에 적힌 여성의 이름은
'니시와키'로, 직함은 '해바라기회 부회장'이었다.

"그러니까 이케부쿠로 니시구치에 있던 노숙자 분에 대해 알
고 싶다는 거죠?"

"네, 그렇습니다. 이름은 다테시마 마사오라고 합니다."

히로미츠와 헤어진 카즈마와 마키는 도시마 구(區)에서 노숙

자들을 위한 무료급식소를 운영하고 있는 '해바라기회'를 찾아
왔다.

"다테시마의 사진입니다. 상당히 옛날 사진이라…, 도움이 될
지 모르겠습니다."

마키가 건넨 사진을 본 니시와키는 고개를 가로저었다.

"물론 저희들이 노숙자 분들을 지원하고 있지만, 그분들 얼
굴 전부를 알지는 못합니다. 단, 무료급식을 제공할 때 명부를
간단하게 작성하고 있습니다."

그러더니 니시와키는 노트북 자판을 두드리기 시작한다. 잠
시 후, 니시와키가 고개를 들고 말했다.

"찾았습니다. 다테시마 마사오 씨, 맞죠? 명부에 이름이 있습
니다."

"그 명부를 보여주실 수 있나요?" 마키가 잔뜩 흥분한 목소
리로 물었다.

"네. 물론이죠."

니시와키가 노트북을 그들 쪽으로 돌린다. 이름이나 출신지
등이 적혀 있는 엑셀 파일이 화면에 떠 있다. 파일을 보니 다테
시마 마사오는 올해 75세로, 본적이나 최종 주소지는 적혀 있
지 않았다. 비고란에는 올해 6월부터 행방불명 상태라고 되어
있었다.

"당시 상황을 좀 더 잘 아실 만한 이곳 대표님을 만나뵐 수
있을까요?"

마키가 노트북을 가리키며 말했다. 마키는 가능하면 이곳의 대표를 만나서 직접 이야기를 들어야겠다고 판단했다.

"죄송합니다만. 나카후지 대표님은 현재 심포지엄에 참가하기 위해 출장을 가셨습니다. 아마 모레 돌아오실 겁니다. 크게 도움이 되지 못해 죄송합니다."

카즈마와 마키는 니시와키에게 인사를 하고 사무실을 나섰다.

"괜찮던데…, 아까 그 아가씨." 마키가 말했다.

"마키 형사님은 저런 스타일의 여자가 이상형인가요?"

"아마도…? 아직 20대일 거야. 어린 나이에 노숙자들을 지원하는 일을 하다니 대단하지 않아? 결혼을 한다면 저런 여자를 잡아야지. 카즈마, 넌 어때?"

"전 괜찮아요."

카즈마의 머릿속에 하나코의 얼굴이 떠오른다. 어젯밤 역 앞에서 헤어진 이후 아직 연락을 하지 않았다.

"그러는 마키 형사님은 어떤가요? 그녀에게서 연락이 올 수도 있잖아요."

"난 됐어. 어차피 중매로 결혼 상대가 정해질 거니까."

마키 역시 경찰 집안의 자식이다. 마키의 아버지와 남동생은 행정고시에 합격한 초엘리트이다.

그럼에도 마키가 평소 입버릇처럼 하는 말이 있다.

"난 낙오자야."

아버지가 워낙 엄격해 평소 집에서 숨도 제대로 못 쉬고 산다는 뜻이었다.

그때 카즈마의 핸드폰이 울렸다. 카즈마는 통화버튼을 누르고 전화를 받는다.

"네, 카즈마입니다."

"여보세요? 아까 전에 뵈었던 니시와키입니다."

"아, 안녕하세요. 아까 전에는 감사했습니다."

"네. …사실은 말이죠, 형사님들이 돌아가신 후에 나카후지 대표님에게 곧바로 연락을 했습니다. 대표님이 다테시마 씨의 사진을 보고 싶다고 해서, 형사님들이 오셨을 때 제 핸드폰으로 찍어두었던 다테시마 씨의 사진을 보내드렸습니다."

"대표님이 뭐라고 하시던가요?"

"다른 사람이라고 말했습니다. 그 사진 속 인물은 다테시마 마사오가 아니라고 말이지요."

7살의 하나코는 긴장된 표정으로 이와오 앞에 서 있다. 장소는 집 마당이다. 당시 하나코의 가족은 나카노 구(區)에 있는 단독주택에 살고 있었다.

초등학생 하나코는 매일같이 이와오에게 소매치기 기술을 전수받았다. 그때만 해도 하나코는 학교 공부보다 할아버지와의 훈련이 더 재미있었다.

"하나코, 준비되었니?"

그 말에 하나코는 고개를 끄덕이며 수건으로 눈을 가린다. 그러자 이와오도 눈을 가린다.

"좋아, 시작."

하나코는 신중히 앞으로 나아간다. 양손을 앞으로 내밀고 어둠 속을 걷는다. 모든 신경을 집중하여 이와오를 찾는다. 하지만 그가 어디에 있는지 알 수 없었다.

그때 문득 희미한 냄새가 코끝을 찌른다. 이와오의 왁스 냄새였다. 하나코는 냄새가 나는 쪽으로 몸을 돌린다. 냄새는 생각보다 가까운 곳에서 나고 있었다. 다음 순간, 하나코의 손가락이 무언가에 닿는다.

승부의 순간이다.

하나코는 이제껏 배운 기술을 거침없이 발휘한다. 마무리까지 3초도 걸리지 않았다. '그만!'이라는 이와오의 말에 하나코는 수건을 푼다. 그러자 이와오의 얼굴이 보인다.

"하나코, 몇 개니?"

그 말에 하나코는 쥐고 있던 손을 편다. 4개의 구슬이 손바닥에 쥐어져 있다.

"4개. 할아버지는요?"

"난 3개."

"우와, 이겼다. 할아버지를 이겼어."

하나코는 방방 뛰며 기뻐한다. 처음으로 이와오를 이긴 날이다.

이건 구슬 시합이다. 5개의 구슬을 옷 주머니나 양말 속에 숨기고 눈을 가린다. 그런 다음에 서로의 구슬을 빼앗는 시합이다. 기술의 정확성과 스피드, 숨긴 장소를 탐지하는 능력 등 소매치기로서의 기량을 파악할 수 있는 훈련법 중 하나이다.

이와오는 다시 한번 하나코의 구슬과 자신의 구슬을 세어본다.

"설마 내가 질 줄이야…."

이와오는 고개를 한 번 끄덕이고는 집 안으로 뛰어들어갔다. 그러고는 들뜬 목소리로 크게 외쳤다.

"여보, 이리 좀 와봐. 하나코가 날 이겼어. 하나코가 벌써 날 이겼다고."

그러자 집 안에서 마츠가 튀어나온다. 그녀는 평소와 같은 온화한 미소를 짓고 있다.

"그렇게 소리 지르지 않아도 다 보고 있었어요. 정말 멋진 승부였어요. 하나코의 손이 아주 날렵하던데요. 대견하구나, 하나코."

"고마워요, 할머니."

하나코는 마츠에게 싱긋 웃어보였다.

"아무리 내 피를 이어받았다고는 해도 정말 엄청난 재능이야. 타케루가 처음으로 날 이긴 건 15살 때였어. 게다가 와타루는 아직도 날 상대조차 못하고 있는데…. 와타루, 이 녀석아! 그런 쓸데없는 게임만 하지 말고 너도 하나코를 보고 좀 배워라!"

하지만 와타루는 이와오의 말을 들은 척도 하지 않고 게임기에만 눈을 고정하고 있다.

"할아버지, 그런데 도둑은 나쁜 사람이에요?"

뜬금없이 하나코가 물었다. 도둑은 나쁜 사람이라는 이야기를 며칠 전에 학교에서 들었기 때문이다.

"그래. 도둑은 나쁜 사람이야. 남들한테 당당하게 말할 수 있는 직업은 아니지. 하지만 이것만은 기억해두렴. 훔치는 것으로 무언가 의미 있는 것을 바꿀 수 있다면 그건 좋은 거란다."

그러나 고작 7살이었던 하나코가 그 말을 이해하기에는 너무 어려웠다.

"왜 그래? 요즘 도통 기운이 없어 보이네."

고개를 들자 하나코 앞에 동료가 서 있다.

점심시간이다. 하나코의 도시락은 아직 절반 이상이나 남았다. 도시락을 만들어준 마츠에게는 미안하지만, 요즘 식욕이 없어서 계속 도시락을 남기고 있다.

"요즘 다이어트 중이거든."

그렇게 둘러대며 겸연쩍은 얼굴로 웃었다.

"정말이야? 나도 다이어트나 할까."

동료는 웃으며 자기 자리로 돌아갔다.

손바닥에 놓인 구슬을 본다. 하나코의 주머니에는 할아버지가 준 이 구슬이 항상 들어 있다.

곤도를 만난 날은 그저께 밤이다.

'할아버지가 왜 카즈마의 할아버지 와이치와 그 술집에 있었을까?'

그것이 계속 마음에 걸렸다.

과연 우연일까? 만약 우연이 아니라면 그것은 무엇을 의미하는 걸까? 그 답을 알고 싶었지만 동시에 겁이 났다. 무섭다. 답을 알게 되면 무언가 큰일이 일어날 것 같다는 불길한 예감이 들었다.

그때 문자메시지가 왔다. 카즈마가 보낸 것이었다. 내일 점심에 보고 싶다는 내용이었다.

내일은 월요일이다. 도서관은 휴관이고, 딱히 다른 약속도 없다. 카즈마도 내일은 쉬는 날이라고 했다. 하나코는 그렇게 하자는 문자를 보냈다.

그가 싫어진 것은 아니다. 지금도 좋아한다. 하지만 카즈마가 형사라는 것을 알게 된 시점부터 상실감이 느껴졌다. 경찰 집안의 아들과 사귈 수는 없다. 이별을 고하려면 빠를수록 좋다.

그렇지만 진짜 두려운 것은 카즈마가 미쿠모 집안의 정체를 알아버리는 것이다. 하나코는 이미 카즈마의 가족들과 만났다. 정체가 들통 나는 것은 시간문제일지도 모른다. 그렇게 되기 전에 카즈마와 헤어져야 하는데, 이별의 이유로 적당한 명분이 떠오르지 않았다.

하나코는 터덜터덜 복도를 걷는다. 하나코가 이 구립도서관에서 일한 지는 벌써 2년째이다. 사서 자격증을 가지고 있지만, 하나코는 비정규직으로 일하고 있다.

"하나코 양!"

화장실에 들어가려는데 누군가가 하나코를 불렀다. 뒤를 돌아보니 나이 지긋한 사서가 서 있다.

"하나코 양, 손님이 왔어요."

"제 손님요?"

"네. 대출데스크 앞에서 기다리고 있으니까 빨리 가보세요."

"아, 네."

하나코는 빠른 걸음으로 복도를 나아갔다.

대출데스크 앞은 소란스러웠다. 그림책을 들고 있는 어머니와 아이들이 서 있었다. 그곳에서 약간 떨어진 곳에 한 남자가 있었다. 남자를 발견한 하나코는 곧장 그에게 다가간다.

"곤도 씨, 여기서 뭐 하세요?"

그러자 곤도가 히죽 웃으며 하나코에게 목례를 한다.

"아가씨, 안녕하세요. 일하시는데 방해해서 죄송합니다. 이 근처를 지나다 잠깐 들렀습니다."

"거짓말하지 마세요."

하나코는 곤도의 팔을 잡고 구석으로 데려간다.

"제가 여기서 일하는 걸 어떻게 아셨죠? 전 말해준 적 없는데요."

"헤어질 때 아가씨가 말씀하셨잖아요. 요츠야에 있는 도서관에서 일하신다고. 요츠야에 도서관은 여기밖에 없답니다. 아무튼 그건 그렇고…."

곤도가 심각한 표정으로 말을 잇는다.

"그 뒤로 제가 좀 조사를 해봤습니다. 기억나시죠, 그 술집에서 만난 노인 말입니다. 아가씨도 영 신경 쓰시는 눈치 같아서 말이죠. 어젯밤에 그 술집에 가서 노인에 대해 점원에게 물어봤습니다."

"그래서 알아내신 게 있나요?"

"네."

곤도는 의기양양하게 말했다.

"점원 말에 따르면, 그 노인과 아가씨 할아버님은 옛날부터 그 술집의 단골이라고 하네요. 그렇지만 친구 사이는 아닌 것 같다고 합니다."

하나코는 안도의 한숨을 내쉰다. 그렇다. 그 두 사람이 아는 사이일 리 없다.

하지만 이어진 곤도의 말에 하나코는 크게 놀라지 않을 수 없었다.

"그런데 좀 이상합니다. 이와오 씨와 그 노인은 약속이라도 한 것처럼 한 달에 한 번, 옆자리에 앉아 함께 술을 마셨다고 합니다. 두 사람이 이야기하는 모습도 몇 차례 목격되었다고 하고요. 역시 뭔가 비밀이 있어 보입니다, 아가씨."

오후 8시가 지난 시간이다. 퇴근 준비 중인 카즈마의 핸드폰이 울렸다. 모르는 번호였다. 잠시 망설이던 카즈마는 전화를 받았다.

"혹시 사쿠라바 카즈마 씨의 핸드폰이 맞습니까?"

굵직한 남자의 목소리였다.

"네, 제가 카즈마입니다."

"안녕하세요, 저는 '해바라기회'의 대표 나카후지라고 합니다. 니시와키 씨가 이 전화번호를 알려주었습니다."

'해바라기회' 사무실을 방문한 것은 어제 일이다. 니시와키는 살해된 피해자가 다테시마 마사오가 아닐 가능성이 있다는 이야기를 했다. 카즈마는 수사본부로 돌아가 그 사실을 보고했지만, 결정적인 증거가 없다며 반려되었다. 하지만 출장 중인 나카후지가 돌아오면 좀 더 자세한 이야기를 들을 생각이었다.

"먼저 연락주셔서 감사합니다. 지금 혹시 도쿄로 돌아오셨나요?"

수화기 너머가 상당히 시끄러웠다. 지하철 역이나 기차역에 있는 것 같았다.

"네, 돌아왔습니다. 다테시마 마사오의 이야기를 듣고 우물쭈물할 수 없었습니다. 그래서 하루 일찍 돌아왔습니다."

나카후지는 지금 JR우에노 역에 있다고 했다. 카즈마는 곧바로 우에노 역으로 향했다.

이미 퇴근한 마키는 자리에 없었다. 마키에게는 내일 보고할 요량이었다.

우에노 역 중앙개찰구에 이르자, 양복 차림의 한 남자가 다가온다.

"카즈마 씨 되시나요?"

"네, 맞습니다. 경찰청 본청 소속 수사1과 카즈마입니다."

"반갑습니다. 전화드렸던 나카후지입니다."

그들은 역 안 카페에 들어가 커피를 주문한다. 명함을 교환한 다음, 곧장 본론으로 들어간다.

"니시와키 씨에게 이야기를 들었습니다. 저희들이 가지고 있던 사진은 이것입니다."

카즈마는 경찰청 데이터베이스에 등록된 다테시마의 사진을 탁자 위에 내려놓았다. 나카후지는 사진을 들고 자세히 살핀다.

"분명히 아니에요. 제가 알고 있는 다테시마 마사오와는 다른 사람입니다."

대체 이게 무슨 소리인가. 그렇다면 가능성은 두 가지다. 코마츠가와 공원에서 발견된 사람이 다테시마가 아니거나, 나카후지가 만났던 노숙자가 가명을 쓴 것이다.

그때 점원이 커피를 가져왔다. 오후 9시를 지난 시간이지만 카페 안은 만원이었다. 특히 젊은 커플들이 많았다. 카즈마는 문득 하나코의 얼굴을 떠올린다.

점원은 다시 돌아갔고, 카즈마는 나카후지에게 묻는다.

"나카후지 씨가 알고 계시는 다테시마 마사오는 어떤 인물이었습니까?"

"그를 처음 만난 것은 3년 전 제가 '해바라기회'를 설립했을 때였습니다. 무료급식을 제공하면서 몇 번 얼굴을 보았고, 이후 이야기를 나누게 되었습니다. 그는 워낙 다른 사람에게 마음을 잘 열지 않는 성격이라 친해지기 힘든 사람이었습니다. 아마 옛날에 전과가 있었기 때문이 아닐까 하고 저희들끼리 짐작했습니다."

나카후지는 커피를 한 모금 마시고 말을 이었다.

"그런데 형사님, 다테시마 씨에게 무슨 일이 생겼습니까?"

"네."

카즈마는 고개를 끄덕였다.

"9일 전, 코마츠가와 공원에서 한 남성의 시신이 발견되었습니다. 저희는 그 시신이 다테시마 마사오 씨라고 잠정 결론을 내렸지요. 경찰청 데이터베이스에 등록된 지문이 결정적인 증거였습니다. 다테시마 씨는 20년 전에 절도 혐의로 체포된 적이 있었어요."

"그, 그런 말도 안 되는…. 다테시마 씨가 살해당하다니 믿을 수가 없습니다."

"왜요? 그렇게 생각하시는 근거라도 있습니까?

그러자 나카후지가 자세를 고치고 말한다.

"사실 이 말씀을 드리기 위해 서둘러 돌아왔습니다. 다테시마 씨는 4개월 전에 이미 이케부쿠로에서 사라졌습니다."

"네? 사라졌다는 게 무슨 뜻이죠?"

"그게 사실…, 6월 초에 다른 노숙자에게 들은 이야기입니다. 당시 다테시마 씨의 건강이 많이 안 좋았다고 합니다. 그래서 거주하고 있던 지하통로 구석에서 잠만 잔다고 했습니다."

때 아닌 감기였다고 한다. 다른 노숙자들이 그를 걱정하며 먹을 것과 마실 것을 가져다 주었지만, 그는 그것들을 입에 대지도 않고 누워만 있었다고 한다.

"그렇게 3일 정도 누워만 있었지만 몸은 계속 안 좋았다고 합니다. 그러던 중, 젊은 노숙자 하나가 술 한 병을 구해서 찾아갔대요. 그런데 그때 이미 그의 몸은 차가웠다고 합니다."

"주, 죽었단 말입니까?"

카즈마는 놀라 나자빠질 뻔했다. 그러자 나카후지는 고개를 저으며 답했다.

"당황한 젊은 노숙자는 저에게 연락을 했습니다. 경찰이나 구급차를 부르는 것보다 저에게 먼저 알리는 게 좋겠다고 생각한 거였죠. 그래서 저는 한밤중에 그곳으로 달려갔습니다. 그런데 막상 그곳에 도착하니 다테시마 씨는 온데간데 없고, 젊은 노숙자만 멍하니 서 있었습니다. 그는 저에게 이렇게 말했습니다. 없어졌어. 아까까지 저기에 누워 있었는데…. 없어져버렸어, 라고요. 그러니까, 젊은 노숙자가 잠시 자리를 비운 15분 사이에 다테시마 씨는 사라졌다는 거예요. 그곳에는 그가 덮고 잤던 종이박스 한 장과 그가 항상 머리에 쓰고 다니던 야구 모자만이 있었습니다."

"그 젊은 노숙자는 다테시마 마사오의 죽음을 정확히 확인 했습니까?"

"처음 발견시에 너무 놀란 나머지 맥을 짚거나 하지는 않았 다고 합니다. 그렇다고 하더라도 코마츠가와 공원에서 발견된 시신이 다테시마 씨일 리 없습니다. 형사님, 뭔가 좀 이상하지 않습니까?"

나카후지는 카즈마를 똑바로 응시했다. 카즈마는 아무 말도 할 수 없었다.

하나코는 아오야마 명품 거리를 걷고 있다. 어쩐지 자신은 이 곳과 어울리지 않는다고 생각한다. 주위를 걷는 젊은 사람들의 옷차림이 다들 반짝반짝 세련되기 그지없다.

아오야마에 가자고 제안한 것은 카즈마였다. 하나코는 그가 하자는 대로 순순히 차에 올라탔다.

카즈마는 진지한 표정으로 말없이 핸들을 잡고 있다. 현재 수사 중인 사건에 대해 생각하는 것처럼 보였다.

그가 무엇을 고민하는지 하나코도 알고 싶었다. 어쩌면 이와 오가 살해당한 사건을 생각하고 있을지 모른다. 그 사건에 대 해 물어보고 싶었지만, 섣불리 말을 꺼내기가 어려웠다. 이와오의 존재가 알려져서는 안 되기 때문이다.

이와오와 와이치는 한 달에 한 번 킨시쵸에 있는 술집에서 같이 술을 마셨다고 한다. 하나코는 두 사람의 관계가 궁금해 견딜 수가 없었다.

"우리 여기 잠깐 들어가지 않을래?"

카즈마가 가리킨 곳은 고급스런 분위기의 귀금속점이었다.

'그런데 갑자기 왜 이런 곳에 가자고 하지?'

하나코는 고개를 갸웃거리며 카즈마를 따라 귀금속점에 들어갔다.

깔끔하고 밝은 분위기의 가게였다. 하나코는 카즈마와 함께 진열대 안을 들여다보며 걷는다. 가격을 보니 하나같이 너무 비쌌다. 도저히 하나코의 월급으로 살 수 있을 만한 것들이 아니다.

그런데 카즈마가 이 가게에 온 이유는 뭘까. 설마…?

"실례합니다. 여기 좀 봐주세요."

카즈마가 점원을 부른다. 그러자 모델 같이 키가 큰 여성 점원이 미소를 띠며 다가온다.

"찾으시는 물건이 있나요?"

"이거 좀 보고 싶어요."

카즈마는 백금 반지를 가리켰다. 작은 다이아몬드가 박힌 것으로, 가격은 30만 엔이 훌쩍 넘었다. 흰 장갑을 낀 점원이 조심조심 반지를 꺼내 십자수천 위에 올려놓는다.

"하나코, 한번 껴봐."

"나?"

"그래. 여기 너 말고 누가 있어?"

하나코는 조심스럽게 반지를 낀다. 왼손 약지에 끼워넣자, 반지는 정확히 들어갔다.

"잘 어울리세요. 애인에게 선물하시는 건가요?"

점원이 환하게 웃으며 물었다. 그러자 카즈마는 헛기침을 하고는 진지한 얼굴로 점원에게 답했다.

"네, 배우자에게 주는 결혼반지입니다."

"카즈마, 그게 무슨…."

하나코의 말이 끝나기도 전에 카즈마가 하나코의 귓가에 속삭인다.

"장난치는 게 아냐. 난 진심이야. 진심으로 하나코와의 결혼을 생각하고 있어."

하나코는 당황한다. 물론 한편으로는 기쁘기도 하다. 하지만 카즈마와 하나코 사이에는 너무나 큰 벽이 있고, 그 벽을 결코 뛰어넘을 수 없다는 걸 하나코는 이미 잘 알고 있었다.

그때 뒤에서 누군가가 하나코의 이름을 불렀다.

"하나코…?"

'왜? 왜 여기에? 하필 이 타이밍에?'

하나코의 등에 식은땀이 흘렀다.

"하나코지? 역시 하나코 맞네. 이런 데서 뭐 하고 있니?"

목소리의 주인공은 에츠코였다. 선글라스를 끼고 있는 에츠코의 모습이 보였다. 하필이면 오늘따라 화려한 흰 양복을 입고 있어 마치 긴자에 있는 룸살롱 마담 같아 보였다. 허둥지둥 에츠코에게 다가간 하나코는 그녀를 가게 한구석으로 데려간다.

"아는 척하지 마. 제발."

"너 내 딸이잖아. 아는 척하는 게 뭐 어때서. 그보다 저 남자가 네 남자친구니? 그럼 인사라도 해야지."

"안 해도 돼. 그것보다 여기서 뭐 하는 거야?"

"사전조사하러 왔지. 실제로 여길 털 건 중국인 절도단이지만."

하나코는 한숨을 내쉰다.

고개를 돌려 카즈마를 보았다. 그는 자신과 에츠코를 번갈아 보며 어리둥절한 표정을 짓고 있다.

"얘, 설마 네 남자친구가 반지를 사주려는 건 아니지? 내가 말한 걸 잊었어? 귀금속은 돈 주고 사는 게 아니라 훔치는 거야."

어휴, 하나코의 머리가 지끈지끈 아파온다.

"너도 가끔 좀 훔쳐봐. 내가 봐줄 테니까."

선글라스 안쪽에서 눈을 반짝이며 에츠코가 말한다.

"내가 그런 짓을 할 리가 없잖아."

그때 카즈마가 하나코에게 다가왔다.

"하나코, 이분은 누구셔?"

"아, 사실은…."

그러자 에츠코가 환하게 웃으며 고개를 숙인다.

"안녕하세요, 하나코 엄마 미쿠모 에츠코예요. 우리 딸이 항상 신세를 지고 있습니다."

"어, 어머님이시라고요?"

놀란 카즈마는 눈을 크게 부릅뜨고 에츠코를 보았다.

끝났다!

하나코의 머릿속에 녹다운 직전의 복서 모습이 떠올랐다.

'부탁합니다. 누군가 제발 수건을 던져서 이 시합을 막아주세요!'

카즈마의 바로 맞은편에 에츠코가 앉는다. 하나코는 그 옆에 앉았다.

하나코의 표정이 잔뜩 굳어 있다. 갑자기 어머니를 만나는 바람에 많이 당황했을 것이다.

"난 커피. 하나코, 너도 커피 시킬 거지? 그리고…."

"저, 저도 커피면 충분합니다. 인…, 인사가 늦었습니다. 저는 카즈마라고 합니다."

카즈마는 에츠코에게 넙죽 고개를 숙인다.

에츠코는 온몸으로 색기를 내뿜는다. 얼굴도 정말 젊어 보인다. 하나코가 25살이므로 에츠코는 적어도 40대 후반이거나

50대 초반 나이일 것이다. 그러나 얼굴만 보아서는 30대 후반 정도로밖에 보이지 않는다.

"그런데 카즈마 씨는 직업이…?"

"공무원이야."

카즈마 대신 대답한 것은 하나코였다.

"참고로 아버지, 어머니도 전부 공무원이야. 우리하곤 안 어울려."

"그렇지 않아, 하나코. 그러니까…, 아버님께서는 건축회사에 다니고 계시다고 했지? 아, 하나코에게 이야기를 들었습니다. 계속 카나자와 지방에 계시다고 들었는데, 어떻게 도쿄에…?"

"남편이 얼마 전 퇴직을 하게 되어 이번 달에 도쿄에 돌아왔답니다. 사실 하나코에겐 비밀로 하고 있었어요. 지금은 호텔에 머물면서 새로운 집을 알아보고 있답니다."

"츠키시마에 집이 있지 않나요? 지금 하나코가 혼자 살고 있는 곳이요. 그곳에서 함께 사시는 건…?"

"거기는 좀 낡고 좁아서요. 이번 기회에 아파트라도 한 채 구입하려고 생각 중이에요. 마침 퇴직금도 들어왔으니까요."

그때 주문한 커피가 나왔다. 에츠코는 커피를 한 모금 마시더니 컵에 묻은 립스틱을 닦는다. 그 모습이 굉장히 요염해 보인다.

"정말 기뻐요. 누굴 닮았는지 워낙 내성적인 애라 연애라도 제대로 할 수 있을지 걱정을 많이 했거든요. 그런데 카즈마 씨

같은 멋진 애인이 있다니 안심이 되네요. 카즈마 씨, 우리 하나코를 잘 부탁해요."

"아뇨, 저야말로 하나코에게 폐만 끼치고 있는걸요. 좀 위험한 직업이라…, 하나코에게 많은 도움을 받고 있습니다."

"위험하다니…? 공무원이 위험한 직업인가요?"

에츠코는 고개를 갸우뚱거렸고, 옆에서 하나코가 끼어들었다.

"요즘 세상이 워낙 험하니까 공무원도 위험하지. 어느 구청에서 칼을 든 남자가 난동을 부렸다는 뉴스도 있었잖아, 엄마."

필사적으로 변명하는 하나코의 모습에 카즈마는 속으로 감동한다.

역시 경찰이라는 직업은 일반인들에게 위압감을 주는 직업일 것이다. 카즈마의 직업에 관해서는 하나코가 나중에 정식으로 설명할 것이다.

"맞습니다, 어머님. 세상이 좀 험해서요."

카즈마는 하나코에게 눈을 깜빡인다. 나중에 제대로 설명을 해줘, 그런 사인이다. 하나코는 작게 고개를 끄덕인다.

"그런데 아까 가게에서 반지를 보고 있었죠? 우리 하나코랑 결혼을 전제로 사귀고 있는 건가요?"

"네, 그럴 생각입니다. 하나코도 저와 같은 생각일 거라 확신합니다."

카즈마는 가슴을 펴고 당당하게 말했다.

"어쩜…!"

에츠코는 감격한 얼굴로 양손을 가슴 앞에 모은다.

"하나코, 그런 일이 있으면 진작 말을 했어야지. 날짜는 언제? 식장은 잡았어? 신혼여행은 기왕이면 하와이로 가는 게 어때?"

"어, 어머님. 죄송하지만 아직 거기까진 정하지 않았습니다."

그러자 에츠코가 몸을 앞으로 쭉 내밀며 속삭인다. 그 눈이 반짝반짝 빛나고 있다.

"쇠뿔도 단김에 빼라고 하잖아요. 내가 없으면 되는 일이 없어, 정말."

그러더니 핸드백에서 다이어리를 꺼내 페이지를 넘기며 말한다.

"어디 보자, 마침 이번 주 금요일이 길일(吉日)이네. 카즈마 씨, 금요일 밤에 시간 괜찮아요? 카즈마 씨 부모님도 같이요. 상견례 자리요."

"잠깐만, 엄마. 갑자기 그게 무슨 소리야? 멋대로 정하지 마, 정말."

"아냐, 괜찮아. 금요일 밤이면 괜찮을 것 같아."

그 얘기에 카즈마의 기분이 매우 좋아졌다. 상견례라니, 결혼까지 한 걸음 더 다가간 느낌이다.

"그래, 그냥 만나서 식사나 하자는 거잖니."

에츠코가 하나코를 타일렀다.

식은 커피를 마시며 카즈마는 하나코의 안색을 살핀다. 하나코는 언짢은 표정을 하고 앉아 있다. 그러나 누군가 이렇게 강력히 나서지 않으면 결혼까지 진도가 나갈 수 없을지도 모른다.

'미안해, 하나코. 반지를 사진 못했지만, 반드시 널 행복하게 만들어줄게.'

카즈마는 마음속으로 다짐한다.

주방에 모여 금요일에 있을 상견례 자리를 이야기하자, 카즈마의 가족들은 그야말로 발칵 뒤집어졌다.

"이거 정말 좋은 소식이네." 할머니 노부에가 말했다.

"근데 카즈마, 너무 급하지 않니? 이런 건 제대로 준비를 해야지. 금요일까지 4일밖에 안 남았어." 미사코가 말했다.

"어머니, 약혼하는 것도 아니니 너무 신경 안 쓰셔도 돼요. 그냥 식사만 간단하게 하는 걸요." 노리카즈가 말했다.

"그런데 카즈마, 어디서 만나기로 했니? 역시 초밥집이 낫겠지? '스시마사'에 지금 예약해놔야겠다."

"실은 하나코의 부모님이 미리 예약하셨대요. 긴자에 있는 일본음식점이래요. 퓨전 일식이고, 전직 프랑스 요리사가 5년 전에 개업한 곳이라고 하네요."

"기, 긴자에 있는… 음식점? 그렇게 고급 음식점에서?"

갑자기 미사코의 얼굴에 화색이 돈다.

"그런 건 빨리 말했어야지. 어쩜 좋아. 상견례 자리이기도 하고 그러니까 역시 기모노를 입어야지. 그리고 미용실도 예약해야 하고. 바쁘다, 바빠."

미사코는 잽싸게 주방을 뛰어나갔다.

이제 주방에 남은 사람은 카즈마와 카오리뿐이다. 카오리는 물에 녹인 단백질 보충제를 마시고 있다.

"완전히 들떴네, 우리 가족들. 그런데 오빠, 진짜로 그 언니와 결혼할 거야? 전에도 말했지만 그 언니 뭔가 수상해."

"뭐가 수상하다는 거야?"

"그건 모르겠어. 하지만 여자의 직감?"

"너 부러워서 그러는 거지? 부러우면 너도 남자친구 데려와. 너 고등학교 때 야구부 주장과 3개월 사귄 이후로 연애 경험이라고는 전혀 없잖아."

"아니거든."

"운동도 좋지만, 연애도 중요하단다."

"아, 열 받아."

카오리는 단백질 보충제를 단숨에 마시고는 컵을 테이블 위에 내려친다.

"내가 연애를 안 하는 건 마음에 드는 남자가 없어서 그럴 뿐이야. 나 좀 뛰고 올게."

카오리는 수건을 머리에 묶고 복도로 나간다.

카즈마는 샤워를 하기 위해 주방을 나온다.

2층에서는 아버지와 어머니가 입씨름을 벌이고 있다. 이렇게 활기찬 밤은 오랜만이다.

"왜 이리 시끄러워?"

뒤를 돌아보니, 할아버지 와이치가 서 있다. 화장실에 다녀온 모양이다. 오른다리를 약간 절고 있지만, 재활치료는 순조롭다고 했다.

"그 하나코라는 아이 부모님을 만난다면서…?"

와이치가 날카로운 시선으로 카즈마를 훑어본다. 와이치의 시선에 카즈마는 저도 모르게 긴장한다. 와이치가 내뿜는 위압감에 절로 위축이 된다.

"맞아요, 할아버지. 이번 주 금요일이에요. 다음에는 할아버지도 함께하실 수 있는 자리를 마련할게요."

"…카즈마, 진심이니?"

"네?"

갑작스런 말에 카즈마는 당황한다.

"사랑하는 여자를 행복하게 만드는 것이 생각처럼 쉬운 일은 아니야. 카즈마, 너는 각오가 돼 있느냐?"

"그, 그럼요."

"그럼 다행이다. 넌 너만의 길을 가거라."

와이치는 발걸음을 돌려 복도를 걸어갔고, 카즈마는 그런 와이치의 뒷모습을 잠시 동안 바라보았다.

"나는 절대 안 가. 죽어도 안 가."

타케루는 와인을 단번에 들이켜고는 중얼거렸다.

역시 이럴 줄 알았다. 어쩌면 더 잘된 일인지도 모른다. 카즈마의 부모님과 식사를 하다니, 위험천만한 일이다.

"당신 정말 왜 그래요? 하나코한테 모처럼 남자친구가 생겼잖아요. 그냥 좀 봐주면 어디가 덧나요?"

"안 돼. 안 되는 건 안 되는 거야. 게다가 그쪽 부모님은 공무원이라며? 난 공무원이 세상에서 제일 싫어. 나 같은 놈과 이야기가 통할 리 없잖아. 난 먼저 잘게. 내일은 결전의 날이니까. 에츠코, 준비는 완벽하게 됐지? 절대 실패해서는 안 돼."

내일 중국 절도단이 아오야마에 있는 그 귀금속점을 털기로 했다고 했다. 그때 타케루와 에츠코가 귀금속들을 가로챌 계획이다.

"잠시만 기다려요."

에츠코가 강하게 타케루를 붙잡았고, 타케루는 다시 자리에 앉는다.

"뭐야? 뭐가 또 있어?"

"잘 들어요, 당신. 만약 당신이 금요일 상견례에 오지 않는다면… 난 당신이 죽었다고 할 거예요."

"아니, 죽었다니…? 엄연히 난 살아 있잖아."

"어쨌든 난 당신을 없는 사람 취급할 거예요. 그러면 어떻게 될지 알아요? 하나코와 카즈마의 결혼식, 첫 손자 돌잔치, 운동회와 학예회에 당신은 일절 참석할 수 없을 거예요. 그래도 괜찮아요?"

"소, 손자라니, 설마…."

타케루는 입을 떡 벌리고 하나코의 배를 본다.

"손자는 없어, 아직."

하나코가 볼멘소리로 대답한다.

"그, 그렇지. 그렇고말고. 사람 놀라게 하지 마."

"당신, 어쩔 거예요? 올 거예요? 말 거예요?"

잠시 망설이던 타케루는 핸드폰을 꺼내서 어딘가로 전화를 건다.

"안녕하세요, 늦은 밤에 죄송합니다. 아, 사실은 금요일 약속 말입니다. 갑자기 일이 생겨서 그만… 네, 괜찮습니다. 이 빚은 반드시 갚겠습니다. 죄송합니다."

전화를 끊은 타케루는 큰 소리를 치며 말한다.

"금요일에 요코하마에 있는 골동품 거래업자와 골프를 칠 계획이었어. 하지만 어쩔 수 없이 거절했다. 이제 됐어?"

이럴 수가.

마지막 보루인 타케루마저 넘어갔다. 그렇다면 상견례는 반드시 치러질 것이다. 정말이지 하나코는 미쳐버릴 것만 같았다.

"분명 엄청 지루한 사람들이겠지. 미리 말해두지만, 재미없으면 그냥 갈 거다, 난."

"당신은 건축회사를 퇴직했어요. 또 지난달까지 카나자와에 살다가 지금은 도쿄에 올라와서 호텔에 머물고 있어요. 앞으로 아파트를 구입할 예정이란 것도 잘 기억해둬요."

"아니, 잠깐만. 건축회사는 또 뭐야? 그리고 난 카나자와에 가본 적도 없어."

"어쩔 수 없잖아요. 대충 말만 맞추면 돼요. 어차피 우리들 정체를 알 리 없으니까."

"어차피 알 리 없다니…, 너무 방심하지 마."

하나코의 참견에 타케루가 콧방귀를 뀌며 말한다.

"쳇. 어차피 공무원쯤은 아무것도 아니야. 나와 에츠코의 연기력을 얕보지 마라. 사람들을 속이는 게 우리 특기란다."

"그래, 네 아빠 말대로야. 다 잘될 거야."

'그 방심에 발목이 잡히는 거야. 상대는 경찰청에 근무하는 현직 경찰공무원이라고.'

하나코는 속으로 중얼거린다.

다가올 금요일이 두려워서 견딜 수가 없다. 그런 하나코의 마음은 알지 못한 채 타케루와 에츠코는 신이 난 얼굴로 떠들었다.

다음 날, 하나코는 평소처럼 출근했다. 평일이라 도서관은 한가했다. 하나코는 미반납 도서를 확인한다. 반납이 너무 늦어지면 재촉 전화를 걸거나 메일을 보내기도 한다.

검색창에 이름과 생년월일을 입력하면 책을 빌려간 사람의 등록정보는 물론, 과거에 빌린 책 제목들까지 볼 수 있다.

하나코는 시험 삼아 '사쿠라바 카즈마'라는 이름을 입력해 본다. 그런데 검색결과가 없었다. 어떻게 된 거지? 카즈마와 처음 만난 장소가 이 도서관이다. 책을 반납하러 온 카즈마가 하나코에게 말을 걸게 되면서 자연스레 친해지게 되었고, 결국 연인 사이로까지 발전하게 되었다.

그런 터라 카즈마의 이름이 검색결과에 없는 게 이상했다. 카즈마는 분명 빌린 책을 반납하러 왔었다.

'이게 어떻게 된 거지?'

이번에는 '사쿠라바'라는 성만 입력해 보았다. 그러자 3건의 결과가 나왔다.

그런데 그중 '사쿠라바 와이치'라는 이름을 발견한다.

카즈마의 할아버지다.

사쿠라바 와이치가 빌린 책들을 살펴본다. 대부분 시대극 소설이고, 범인을 체포하는 내용의 작품들이다. 과연 전직 경찰다운 취향이다.

그렇다면 카즈마는 할아버지의 부탁으로 책을 반납하기 위해 이 곳에 온 것이다. 그러고 보니 카즈마는 늘 폐관 시간이 가까운 때 오거나, 야간 연장 근무시간에 오는 경우가 많았다.

사쿠라바 와이치는 가족들과 함께 히가시무코지마 주택가에 살고 있다. 그런데 어째서 요츠야에 있는 도서관까지 와서 책을 빌린 거지?

딱 한 가지 짐작이 가는 사실이 있다.

'이유는 바로 나 때문이 아닐까? 내가 여기서 일하고 있기 때문에?'

물론 지나친 생각일 수도 있지만 사실일 수도 있다. 카즈마와 사귀기 시작한 이후로 와이치의 도서 대출도 멈추었기 때문이다.

하나코는 점점 불쾌해지기 시작한다. 어쩌면 카즈마와의 만남은 누군가에 의해 의도된 것일 수도 있다. 우리 집안 사람들을 잡기 위해서? 그렇게 생각하니 기분이 좋을 리가 없었다.

그러고 보니 아직 와이치에게 손목시계를 돌려주지 않았다. 그를 만나서 묻고 싶은 것이 너무나 많다. 무엇보다도 할아버지 이와오와의 관계가 궁금했다.

오늘 근무가 끝나면 카즈마의 집을 방문해야겠다, 하나코는 속으로 그렇게 다짐했다.

"하나코 언니, 벌써 지친 거예요? 아직 3킬로밖에 달리지 않았어요."

"헉, 헉, …3킬로? 저, 벌써 3킬로나 달린 거예요?"

"보면 알잖아요! 거기 달린 거리가 표시되니까."

"아, 제발 살려줘요. 이거 어떻게 멈추는 거예요?"

하나코는 지금 헬스장 러닝머신 위를 달리고 있다. 그 옆에서 카오리 역시 열심히 달리고 있다.

근무를 마친 하나코가 카즈마의 집에 도착해 초인종을 눌렀지만 아무 반응이 없었다. 집 뒤편으로 돌아가니, 돈이 마당 안쪽에서 꼬리를 흔들며 반겼고, 하나코는 잠시 돈과 놀아주고는 역을 향해 발걸음을 돌렸다. 그러다 카오리와 길거리에서 마주친 것이다.

"시간 있죠? 그럼 저 좀 따라와요."

카오리와 함께 도착한 곳은 헬스장이었고, 하나코는 얼떨결에 카오리와 함께 러닝머신 위를 달리게 되었다.

"도대체 이거 어떻게 멈추는 거예요?"

"엄살은…. 언니는 운동 좀 더 해야겠어요."

카오리는 고개를 절레절레 젓더니, 손을 뻗어 하나코의 러닝머신을 조작했다. 그러자 러닝머신의 속도가 천천히 줄더니 마침내 정지했다.

하나코는 무릎에 손을 짚고는 거친 숨을 내뱉는다. 이렇게 격하게 달린 게 대체 몇 년 만일까?

"언니, 체력이 너무 약해요. 겨우 그 정도 체력으로 형사의 아내가 되려고 한 거예요?"

"체력은 관계 없잖아요. 내가 형사도 아닌데."

"아니죠, 관계있거든요."

이 헬스장 한구석에는 복싱용 링이 있었다. 카오리는 링 위를 응시했고, 하나코는 불길한 예감에 사로잡혔다.

"저기, 언니. 나랑 한 판 붙어볼래요?"

혹시나 했더니 역시나였다. 하나코는 필사적으로 저항한다.

"안 돼요. 나는 권투를 해본 적 없다고요."

"그럼 오늘 경험해보지 뭐. 자자, 올라가자고요!"

옥신각신하는 사이 양손엔 글러브가 끼워지고, 머리보호대까지 쓰게 되었다.

"빨리 올라와요."

어느새 링 위에 올라선 카오리가 하나코에게 손짓했다.

'에잇, 될 대로 돼라.'

하나코는 마음의 각오를 하고 링에 오른다.

"자, 덤벼요."

"그러다 다치면 어떻게 해요…?"

"괜찮아요, 언니 펀치 따윈 하나도 겁 안 나니까요."

카오리는 여유로운 미소를 짓고 있다. 그녀의 레깅스와 티셔츠가 근육질 몸매를 멋들어지게 강조한다.

하나코는 카오리의 이마에 펀치를 날린다. 그러자 카오리가 황당해하는 얼굴로 피식 웃는다.

"뭐야, 이 허접한 펀치는?"

하지만 어쩔 수 없다. 이와오에게 전수받은 것은 호신술뿐이며, 그 호신술에 다른 사람을 먼저 공격하는 방법은 없었다.

"다음은 내 차례지?"

카오리는 그렇게 말하고는 잽을 몇 번 날렸고, 하나코는 상체를 뒤로 젖혀 카오리의 주먹을 피한다. 마치 프로복서와도 같은 움직임이었다.

"언니, 피하는 건 좀 하네…"

카오리가 웃는다.

그때 하나코의 등에 무언가가 부딪혔다. 하나코는 어느새 코너에 몰려 있었다.

'어쩌지? 더 이상 피할 수 없어.'

카오리가 다가온다. 하나코는 눈을 질끈 감았다. 그때 누군가의 목소리가 들려온다.

"카오리? 카오리 맞지? 오랜만이다."

하나코는 실눈을 살며시 떴다. 카오리는 링 밖을 물끄러미 바라보고 있다.

"서, 선배. 오, 오랜만이에요."

살짝 떨리는 목소리로 카오리가 말했다.

링 밖에 한 남성이 있다. 키가 크고 건장한 남성이다.

"여기 헬스장에 다니는 줄 몰랐네. 그동안 잘 지냈니?"

"네. 서, 선배야말로 잘 지내셨죠?"

"응. 요즘 일이 바빠서 자주 오진 못했는데, 그래도 일주일에 세 번은 오고 있어. 그럼 나중에 천천히 이야기하자."

"아, 네."

인사를 한 남성은 앞으로 걸어갔고, 카오리는 멀어지는 남성의 뒷모습을 멍하니 바라본다.

"카오리 씨, 저분 누구예요? 엄청 잘생겼네요."

카오리의 어깨를 두들기며 하나코가 물었다.

"언니와는 상관없어요."

카오리의 얼굴이 금세 붉어진다. 참 속내가 쉽게 드러나는 사람이다.

"저 사람 좋아해요?"

"아니요, 절대 아니거든요. 그것보다 시합을 계속해요."

"안 해요."

하나코는 재빨리 머리보호대와 글러브를 벗고 링 아래로 내려왔다.

"도망치는 거예요?"

"네네. 도망치는 거 맞아요."

하나코는 뒤도 돌아보지 않고 탈의실로 향했다.

코마츠가와 공원에서 발견된 이는 다테시마 마사오가 아니다. 그러나 나카후지의 증언은 딱히 수사에 영향을 주지 못했다.

무엇보다 이케부쿠로에서 노숙자로 지냈던 다테시마 마사오가 '진짜' 다테시마 마사오라는 증거가 없기 때문이다. 노숙자가 가명을 쓰는 것쯤은 흔한 일이며 때로는 이름을 거래하는 일까지 있기에, 믿을 수 없다는 결론이었다.

또한, 경찰청은 이미 피해자를 다테시마 마사오라고 발표했다. 이제 와서 다테시마가 아니라고 정정하기에는 확실한 물증이 필요했다. 즉, 나카후지의 증언만으로는 부족하다고 판단했다.

다테시마 마사오라는 노숙자가 이케부쿠로에서 사라진 것은 올해 6월 5일의 일이다. 경찰은 인근 병원을 모두 돌아다니며 6월 5일 새벽에 실려 온 환자들 중 다테시마가 있는지 조사했지만, 그런 사람은 없었다.

그렇다면 다테시마 마사오라는 인물은 어디로 사라진 걸까? 나카후지의 말에 따르면, 다테시마를 마지막으로 목격한 그 젊은 노숙자 역시 얼마 뒤에 자취를 감추었다고 한다. 그렇다면 누군가로부터 입막음당한 것은 아닐까. 아무튼 카즈마의 수사는 암초에 걸리고 말았다.

"자네들, 잠시 이리 좀 오게나."

마츠나가 반장이 수사본부에 들어온다. 때마침 텔레비전 뉴스에서는 오늘 있었던 아오야마 귀금속점 강도 사건을 속보로 전하고 있었다.

"오늘부터 다테시마 마사오 수사본부를 축소하게 되었다. 우리들은 이 사건에서 손을 뗀다."

갑작스러운 결정에 모두가 당황한다.

"반장님, 그게 무슨 소리입니까? 아직 2주도 안 됐어요. 그런데 수사본부가 해체된다는 겁니까?" 마키가 물었다.

"그건 아니다. 본부는 해체하지 않고 계속 수사할 것이다. 단,

우리 본청 수사1과 중심이 아니라 다른 부서에서 맡을 것이다. 우리들은 다른 사건을 수사하게 되었고. 상부의 지시사항이다."

텔레비전으로 시선을 돌린 마츠나가가 말을 이었다.

"바로 저 사건이다! 우리팀이 저 사건의 수사를 맡게 되었다. 부상자도 속출했고, 피해액도 상당하다고 해. 이상."

그 말을 끝으로 마츠나가는 수사본부에서 나갔다.

"쳇, 이게 무슨 꼴이야. 물론 사건 규모만 보면 아오야마 귀금속점 쪽이 더 크긴 하겠지만…."

카즈마는 TV 화면을 응시한다. 현장에 있는 여성 리포터가 마이크를 들고 말한다.

"피해자 세 명이 현재 병원으로 이송되었습니다. 세 명 모두 생명에는 지장이 없지만, 치료가 필요한 상황이라고 합니다."

리포터의 뒤로 노란색 접근금지 테이프로 봉쇄된 빌딩이 보인다. 그런데 1층 가게의 모습이 왠지 낯이 익다. 자세히 보니, 어제 하나코와 함께 갔던 그 귀금속점이었다.

"왜 그래? 아는 곳이야?" 마키가 물었다.

"그게, 사실 어제 저 가게에 갔었습니다. 우연 치고는 기가 막히다 싶어서요."

"정말이야? 천만다행이네. 오늘 갔었더라면 넌 지금 분명 병원 신세일 거야. 근데 누구랑 갔냐? 애인 없다고 했잖아, 카즈마."

"네? 그…, 그런 질문은 좀 넘어가주세요."

어제 방문한 가게의 사건을 담당한다는 것이 기묘한 우연 같았다. 게다가 이대로 다테시마 마사오 사건에서 손을 떼는 것도 납득이 가지 않았다. 요즘 일어나는 일련의 사건에 무언가 엄청난 비밀이 숨겨져 있다는 생각이 들었다.

"다들 출발하지."

선배 형사들이 하나둘 수사본부를 빠져나간다. 카즈마도 그 뒤를 따라나선다. 그렇지만 어쩐지 소화가 안 된 사람처럼 속이 답답했다.

"절도 한번 참 화려하게 저질러놨네."

현장을 둘러본 마키가 조그맣게 중얼거렸다.

"외국인의 범행일 가능성이 높아. 그래서 지금 외국인 절도단을 리스트업해서 수사 중이야."

사건이 발생한 것은 오늘 오전 11시, 가게가 문을 연 직후였다. 군복을 입은 남자 4명이 가게에 쳐들어와서 최루탄을 던졌다. 3명의 여성 점원이 그 최루탄을 맞고 기절했고, 안쪽 사무실에 있던 점장은 놈들에게 뒤통수를 맞고 쓰러졌다.

절도단은 진열대를 부수고 귀금속을 전부 훔쳤다. 그리고 밖에 미리 주차해놓은 승합차로 도주했다. 피해액은 몇 억 엔에 달하며, 여성 점원들은 현재까지도 병원 치료를 받고 있다고 한다.

"도주 경로는 파악되었습니까?"

마키가 물었고, 수사관 하나가 답했다.

"카스미가세키 방면으로 도주한 것이 목격되었지만, 그 다음은 파악되지 않았어. 차량 번호도 파악되었지. 현재 조회 중인데, 아마 도난차량일 거야."

가게 앞에 기자들이 몰려와 있다. TV 중계차도 보인다. 워낙 큰 사건이라 전 매스컴에서 달려들었다.

"일단 경찰서로 돌아가자."

그때 카즈마의 핸드폰이 울렸다.

"카즈마 형사님이시죠? 저 나카후지입니다."

"네, 나카후지 씨. 안녕하세요."

"형사님, 서류 정리를 하다가 다테시마 마사오 씨의 사진을 발견했습니다. 그래서 전화를 드렸습니다."

"정말입니까?"

"네, 선명하진 않지만 얼굴은 알아보실 수 있을 겁니다."

'해바라기회'에서 무료급식 활동기록을 남기기 위해 찍어둔 사진을 살펴보다가 발견했다고 설명했다.

"니시와키 씨에게 부탁해서 그 사진을 핸드폰으로 찍었습니다. 지금 곧바로 형사님에게 보내드리겠습니다."

곧 사진이 첨부된 문자메시지가 도착했다. 공원 의자에 앉아 있는 남자의 사진이다. 곤색 점퍼에 야구 모자를 쓴 데다가 수염이 덥수룩했지만, 이목구비를 알아볼 수는 있었다.

"왜 그래, 카즈마? 심각한 표정을 짓고 있어."

"마키 형사님, 부탁이 있어요."

카즈마는 마키의 귓가에 대고 조심스레 속삭였다.

"맥주 한 잔 더 추가! 빨리 가져와요."

카오리는 빈 잔을 테이블에 쾅 내려놓았다. 완전히 취한 모습이었다.

헬스장을 나온 두 사람은 역 앞에 있는 닭꼬치 가게에 들어갔다.

카오리는 술이 약한지 맥주 두 잔에 완전히 취해버렸다.

"그러니까, 그 사람이 내 첫사랑이었어요! 그 오빠는 야구부 주장이었는데 엄청 멋있었거든요. 먼저 고백한 건 그 오빠였어요. 진짜예요, 내가 언니에게 거짓말할 이유가 없잖아요. 그렇게 3개월을 사귀었는데, 오빠가 졸업하면서 자연스레 헤어졌어요. 언니, 내 말 듣고 있어요?"

"네네, 듣고 있어요."

벌써 3번째다. '마츠다'라는 이름의 그 남자는 나고야에 있는 대학을 졸업했다. 그 후 이곳으로 다시 돌아와 은행원으로 재직 중이라고 한다.

"빨리 좀 가져와요. 얼마나 기다린 줄 알아요?"

점원에게서 맥주가 든 잔을 빼앗으며 카오리가 외쳤다.

"그리고 닭꼬치 추가! 그거라도 빨리 가져와요."

"카오리 씨, 난 배불러요."

"괜찮아요. 내가 먹을 거니까. 근데 남자는 정말 소식하는 여자를 좋아하나요?"

"그렇지 않아요. 아, 카오리 씨! 마츠다 씨의 핸드폰 번호 있어요?"

그러자 카오리가 핸드폰을 꺼내 확인한다.

"…네, 있어요."

"그럼 문자메시지라도 보내봐요."

"왜? 왜 내가 먼저 문자메시지를 보내야 하지요?"

"아직도 좋아하잖아요. 행동하지 않으면 아무것도 시작되지 않아요."

그렇게 말하면서도 웃음이 터져나왔다. 카즈마 외에 연애경험 하나 없는 자신이 이런 조언을 하다니….

"못 해, 안 해, 절대 안 할 거예요!"

카오리는 툴툴거리며 핸드폰을 핸드백에 집어넣었고, 하나코는 일부러 자신의 잔을 밀친다.

"어머, 미안해요."

카오리의 시선이 맥주잔에 쏠린 틈을 타, 하나코는 카오리의 핸드백에서 핸드폰을 슬쩍한다. 물론 카오리는 아무것도 눈치채지 못했다.

"너무 많이 마신 모양이에요. 잠시 화장실에 다녀올게요."

"도망가지 마요. 아직 시작도 안 했으니까요!"

"도망 안 가요."

화장실에 들어간 하나코는 카오리의 핸드폰을 열었다. 그리고 마츠다에게 '오늘 만나서 기뻤어요. 다음에 천천히 차라도 해요!'라고 문자를 보냈다.

마지막에 하트 모양 이모티콘도 추가한다. 좀 심했나 싶었지만, 이 정도는 해야 평소의 털털한 카오리와 대비되어 귀엽게 보일 것 같았다.

하나코는 보낸 메시지 기록에서 방금 보낸 문자메시지를 삭제한다. 이걸로 완성이다.

카오리의 핸드백에 잽싸게 핸드폰을 넣으며 자리에 앉았다.

"근데 내 핸드폰 못 봤어요? 갑자기 핸드폰이 사라졌어요."

하나코는 순간 당황했지만 애써 태연한 얼굴로 대답한다.

"제대로 찾아봤어요? 아까 핸드백 안에 넣었잖아요."

"아니야, 분명 없었…, 얼레? 있네."

핸드폰을 다시 꺼내든 카오리가 중얼거렸다. 귀신한테 홀린 사람처럼 넋이 나간 표정이다.

"분명 취한 걸 거예요."

그때 카오리의 핸드폰이 울렸다.

핸드폰을 확인한 카오리의 입이 살짝 벌어졌고, 뺨에는 발그스레한 홍조가 떠오른다.

"누구예요?"

"언니는 몰라도 돼."

"혹시 마츠다 씨…?"

"그, 그걸 어떻게…."

마츠다가 무슨 문자메시지를 보냈을지 궁금하다. 아무쪼록 긍정적인 내용이라면 좋겠다.

"나한테도 보여줘요."

"싫어요."

"보여줘요."

"싫다니까요."

하나코는 재빨리 팔을 뻗어 카오리의 손에서 핸드폰을 빼앗는다. 화면을 보니 '아까는 나도 놀랐어. 다음에 함께 식사라도 하자. 언제가 좋니?'라는 내용의 문자가 와 있었다.

"다행이네요, 카오리 씨. 빨리 답장해요."

"그, 그럴까요?"

"그래요, 빨리빨리!"

하나코는 카오리에게 핸드폰을 돌려주었고, 핸드폰을 받아든 카오리는 고개를 갸웃거리며 말한다.

"근데 뭔가 좀 이상해. 왜 그런지 몰라도 이 문자 내용은 답장 형식이잖아. 어떻게 된 거지?"

"그런 것쯤은 무시해도 돼요."

당황한 하나코가 손을 휘휘 내저으며 말했다.

"그보다 빨리 답장이나 해요. 마츠다 씨와 식사하러 갈 거죠?"

"으음. 근데 지금은 취했고…, 내일 할게요."

"그래요. 아무튼 꼭 답장해야 해요."

카오리는 지나가는 점원을 불러 맥주 한 잔을 더 주문한다.

"그나저나 카오리 씨의 할아버님은 어떤 분이세요?"

"왜요? 왜 우리 할아버지에 대해 알고 싶어요?"

"그냥요. 다른 가족들과는 다 만나봤는데, 할아버님과는 아직 만나뵙지 못해서…, 그래서 그냥 궁금해서요."

"우리 가족 중에서 가장 영향력이 큰 사람은 할아버지예요. 만약 할아버지가 언니를 반대하고 나서면 언니는 끝이에요."

"올해 연세는 어떻게 되셨어요?"

"아마 78세일 거예요."

그렇다면 와이치는 이와오와 동갑이다. 하지만 그것만으로 두 사람이 친구일 것이라는 증거는 되지 못한다. 그때 하나코의 머릿속에 퍼뜩 한 장면이 떠올랐다.

카즈마와 막 사귀기 시작했을 때 한창 이야기를 하던 중 카즈마가 자신이 메이세이 대학을 졸업했다고 말했다.

'어머, 우리 할아버지와 같은 대학을 나왔네.'

그때 하나코는 속으로 그런 생각을 했었다.

그리고 그때 카즈마는 이렇게 말했었다. 자신의 가족들 전부는 메이세이 대학을 나왔다고.

"카즈마 씨 가족들 모두 메이세이 대학을 나왔죠?"

하나코는 짐짓 태연한 척하며 물었다.

"맞아요, 엄마만 빼고. 엄마는 이과 계열 대학을 나왔어요."

카오리가 심드렁한 얼굴로 대꾸했다.

예상했던 대로다. 드디어 이와오와 와이치의 연결고리를 찾았다. 그 두 사람은 메이세이 대학 동창이었다!

"언니, 술 안 마셔요?"

"아, 네? 네, 알겠어요."

하나코는 맥주를 들이켠다. 그러면서 속으로 생각한다.

'할아버지와 와이치, 그 두 사람이 대학 동창이라는 것에 어떤 의미가 있을까?'

문이 열렸고, 카즈마는 입구를 돌아본다. 남녀 두 명이 들어온다. 신문배달점을 운영한 적이 있어 지난번 탐문 수사 때 만났던 히로미츠가 카즈마에게 꾸벅 인사를 한다.

"안녕하세요, 형사님."

카즈마 역시 자리에서 일어나 고개를 숙인다.

"번거롭게 해드려 죄송합니다."

"괜찮습니다."

히로미츠가 옆에 있는 여자에게 말한다.

"이분은 경찰청 형사님이야. 잘생겼지? 다테시마 마사오라는 남자를 조사하고 있대."

이곳은 키타센쥬 역 앞에 있는 카페이다. 어젯밤 나카후지 대표로부터 진짜 다테시마 마사오의 사진을 입수한 카즈마는 사진 속 인물이 다테시마 마사오란 것을 증명해줄 사람이 있을까 잠시 고민했다. 그러다가 지난번 히로미츠에게 기억력이 매우 좋은 여성 동료가 있다는 사실을 생각해냈다. 카즈마는 곧장 히로미츠에게 연락했고, 그 결과 이곳에서 셋이서 만나기로 한 것이다.

그 여성의 이름은 '우에하라 미츠요'로 60대 초반의 서글서글한 인상의 여성이었다.

"미츠요 씨, 이 사진을 좀 봐주시겠습니까?"

카즈마는 주머니에서 사진을 꺼내 보여주었다.

"이 남자를 아시겠습니까?"

미츠요는 안경을 고쳐 쓰고 사진을 본다. 잠시 뒤, 그녀는 고개를 들고 말했다.

"다테시마 마사오 씨가 맞습니다. 20년 전에 아사쿠사에 있는 신문배달점에서 그와 함께 일했습니다. 틀림없습니다."

"20년 전의 일을 잘도 기억하네. 정말 대단해." 히로미츠가 감탄했다.

"당시 그는 절도 혐의로 복역을 마치고 우리와 함께 일하게 되었어요. 그러다 얼마 있다가 그만두었지만요."

이것으로 이케부쿠로에서 사라진 그 노숙자가 다테시마라는 것이 확실히 증명되었다. 하지만 코마츠가와 공원에서 발견된 시신이 다테시마가 아니라는 명확한 증거는 여전히 없었다.

6월 5일 밤, 한 젊은 노숙자가 싸늘히 죽어가는 다테시마 마사오의 모습을 보았다. 그리고 그날 다테시마 마사오는 갑자기 사라졌다. 또 그 젊은 노숙자 역시 실종되었다.

'무언가를 놓치고 있어.'

그때 카페에 한 남자가 들어왔다. 카즈마의 옆 테이블에 앉은 남자는 신문을 활짝 편다. 그가 펼친 신문 첫 면에는 야구 모자를 쓴 유명 야구선수의 사진이 크게 실려 있다. 그 사진을 물끄러미 보던 카즈마는 마침내 생각해냈다.

'야구 모자다! 야구 모자야! 어째서 그걸 잊고 있었지?'

"오늘 시간 내주셔서 감사합니다."

카즈마는 두 사람에게 인사를 하고 부리나케 카페를 나온다. 그리고 곧바로 나카후지에게 전화를 건다.

"나카후지 대표님, 접니다. 카즈마입니다."

"아, 안녕하세요. 형사님, 사진은 도움이 되었나요?"

"네, 도움이 많이 되었습니다. 감사합니다. 나카후지 대표님, 한 가지 더 여쭙고 싶습니다. 6월 5일 밤에 그 현장에 갔을 때 다테시마의 모습은 이미 보이지 않았다고 하셨죠?"

"네, 그렇습니다."

다테시마가 사라진 장소는 이케부쿠로 역 지하통로였다. 나카후지의 말에 따르면 그가 도착했을 때 이미 다테시마의 모습은 보이지 않았고, 그가 덮고 잤던 종이박스만 있었다고 한다. 그리고….

"그리고 야구 모자가 떨어져 있다고 하셨죠? 그 모자는 어떻게 하셨습니까? 혹시 버리셨어요?"

"아뇨, 아직 보관하고 있습니다. 도저히 버릴 수가 없어서요."

카즈마는 쾌재를 불렀다. 그것은 실종 직전까지 다테시마가 썼던 모자다. 거기에 다테시마의 머리카락 같은 것이 남아 있을 가능성이 높다.

"지금 당장 찾아뵙겠습니다. 그리고 그 야구 모자를 준비해 주시면 감사하겠습니다."

카즈마가 들뜬 목소리로 외쳤다.

DNA 감정 결과가 나온 것은 그 다음 날 아침이다. 코마츠가와 공원에서 발견된 시신과 야구 모자에서 채취한 머리카락, 이 두 개의 DNA는 불일치한다는 결과가 나왔다.

즉, 살해된 사람은 다테시마 마사오가 아닌 것이 분명했다.

하지만 DNA 감정 결과에도 불구하고 상부에서는 의외의 명령을 내렸다. 피해자가 다테시마 마사오가 아니라고 단정할 수 없으니, 수사방침을 바꿀 수 없다는 것이었다.

"난들 알겠나?"

마츠나가 반장이 바닥에 침을 찍 뱉는다.

"어쨌든 상부 지시야. 이미 기자회견까지 했으니, 이제 와서 말을 바꾸는 게 자존심이 상한다는 거겠지."

"하지만…."

반론하려는 카즈마를 마츠나가 반장이 제지한다.

"난 아오야마 귀금속점 강도사건 수사에 집중할 생각이다. 넌 잠시 이곳에 남아 다테시마 마사오 사건의 수사 상황을 알아봐 줘. 그리고 오후에는 복귀하고. 알겠나?"

"알겠습니다."

카즈마는 마지못해 고개를 끄덕였다.

다테시마 마사오 사건의 수사본부가 있는 회의실에 들어가 보니 아무도 없었다. 다들 탐문 수사를 하러 나간 모양이다.

카즈마는 경찰청 1층 로비에 있는 의자에 앉아 추이를 살핀다. 다테시마 마사오 사건을 이어받은 부서의 친한 수사관이라도 만나면 그에게 이야기를 들어볼 생각이다. 하지만 이른 오전 시간이라 그런지 로비를 지나는 사람도 없었다.

아오야마 명품거리에 있는 귀금속점이 습격당한 사건 역시 난항을 겪고 있다. 범인을 찾을 증거를 하나도 발견하지 못했다. 코지마치에 있는 주차장에서 도주차량은 발견했지만, 증거물은 없었다.

그런데 한 가지 희한한 사실이 발견되었다. 도주차량에서 극소량의 수면제가 발견된 것이다. 그것은 스프레이 타입의 수면제로, 차량 의자 밑에 부착되어 있었다. 강도들이 가게에서 사용한 최루탄과는 다른 것으로, 그 수면제가 왜 거기에 있는지는 밝혀지지 않았다.

1시간 정도 기다려도 아무도 나타나지 않아 그만 일어나려는 찰나에, 엘리베이터에서 5명의 형사들이 내렸다.

"안녕하세요, 저는 수사1과 카즈마입니다. 혹시 코마츠가와 사건으로 출동하시는지요?"

남자들이 일제히 카즈마를 본다. 차가운 눈빛이다.

"부탁입니다. 가르쳐주세요. 무슨 일이 있었나요?"

그러자 후줄근한 양복을 입은 형사 한 명이 알은 체를 했다. 안면이 있는 아라카와 형사였다.

카즈마는 냉큼 그들을 따라 경찰차 뒷좌석에 올라탔다.

경찰차가 출발했고, 아라카와 형사가 설명하기 시작한다.

"다테시마 마사오가 발견된 현장에서 4킬로미터 떨어진 곳에 노숙자들이 사는 동네가 있어. 그런데 어젯밤에 거기서 이상한 냄새가 난다고 해서 경찰들이 출동했지. 그랬더니 그곳에 또 다른 시신이 있었다는군."

거기에는 60대 노숙자가 사망해 있었다고 한다. 신원은 정확히 알 수 없었지만, 미야기현 출신이었기에 주위에서는 그를 '미야'라고 불렀다고 했다.

"사인은 폐렴. 그런데 그 근처에서 피가 묻은 돌이 발견되었다네."

"설마 그 피가…"

"그래, 맞아. 그 피가 다테시마 마사오의 혈액과 일치했네."

15분 정도 후 현장에 도착했다.

"구청 사람들이 이곳 노숙자들을 여기에서 몇 번이나 내쫓아도 다시 돌아와서 속을 썩였다는군. 저기 야구장이 보이지? 야구장에 있는 수돗물도 마음대로 쓰고, 인근 하천에서 빨래도 할 수 있어 살기엔 좋았겠지."

카즈마는 아라카와 형사를 따라 노숙자가 종이박스로 만든 처소로 갔다. 물건이라고는 아무것도 없었고, 잠만 자기 위한 공간이었다. 그 안에서는 아직도 이상한 냄새가 났다.

"확실해. 범인은 이곳에 살던 노숙자야. 금품을 노린 범행이겠지. 그가 다테시마 마사오를 죽이고 돈을 빼앗은 거야. 그러다 폐렴으로 죽어버린 거지. 이걸로 사건은 종결이다!" 아라카와 형사가 말했다.

"잠깐만요! 지난번 코마츠가와 공원에서 발견된 시신은 다테시마 마사오가 아니라 다른 사람이었습니다."

그 말에 아라카와 형사의 눈이 반짝 빛난다.

"방금 그게 무슨 소리지?"

아라카와 형사가 작은 소리로 속삭이며 물었다.

"그곳에서 발견된 피해자 말입니다. 그 사람은 다테시마 마사오가 아닙니다. DNA 감정 결과도 나왔습니다."

"그게 정말인가?"

"네. 설마 모르셨나요?"

아라카와 형사가 어금니를 깨물며 황당하다는 표정으로 고개를 끄덕였다. 카즈마는 그에게 이제까지의 일들을 설명했다.

"대체 그럼 어떻게 된 거지? 뭔가 이상해. 자네, 이리 좀 와보
게."

아라카와 형사와 카즈마는 경찰차가 주차된 곳까지 이동한
다.

"피해자가 다테시마 마사오가 아니란 이야기는 자네한테서
처음 들었네. DNA 감정 결과도 마찬가지야. 그런 정보는 우리
들이 먼저 알아야 하는 거 아닌가?"

그 말이 맞다. 아라카와의 말처럼 사건을 이어받은 부서의
일선 형사들이 제일 먼저 알아야 한다.

"처음부터 이 사건 뭔가 좀 이상했어. 생각해보게, 아무리
이 사건 발생 후 아오야마 귀금속점 사건이 일어났다 하더라도
사건이 발생한 지 2주도 채 지나지 않았어. 그런데 수사1과가
벌써 손을 떼다니, 있을 수 없는 일이야."

"저도 그렇게 생각합니다. 가장 이상한 점은 범인이 피해자
의 얼굴을 알아볼 수 없게 해놓았다는 것입니다. 그렇게까지
얼굴을 엉망으로 만든 것은 피해자의 신분을 숨기고 싶었던
게 아니었을까요? 단순히 금품을 노린 범행은 아닌 것 같습니
다."

"그래, 나도 그렇게 생각해."

아라카와 형사가 담배에 불을 붙인다. 차림새에 비해 훨씬
날카로운 형사였다.

"살해당한 다테시마 마사오는 전과가 있는 노숙자였어. 그의

죽음을 애도할 이는 거의 없었다. 이런 말은 좀 그렇지만…, 수사할 맛이 나지 않는 사건이라고나 할까."

"하지만 공원에서 발견된 자가 다테시마 마사오가 아니라면 이야기는 달라집니다. 지금도 그 피해자를 기다리는 가족이 어딘가에 있을지도 모릅니다."

시곗바늘은 정오를 가리키고 있었다. 이제 슬슬 아오야마 귀금속 수사팀에 합류해야 한다.

"전 일단 돌아가겠습니다."

그러고는 택시를 잡기 위해 큰길로 나섰다.

에휴.

하나코는 땅이 꺼져라 긴 한숨을 쉬었다. 아침부터 한숨을 몇 번이나 쉬는 건지 모르겠다.

오늘은 상견례 당일이다. 금요일의 긴자 거리는 활기를 띠고 있지만, 하나코는 우울하기만 하다.

일이 끝나자마자 곧바로 상견례 장소로 향했다. 옷차림은 평소에 즐겨 입는 수수한 검은 치마와 핑크색 블라우스 차림이다. 격식을 차린 옷차림을 하라고 에츠코가 단단히 일렀지만, 집에 가서 다시 옷을 갈아입고 오자니 도저히 제시간에 맞출 수 없을 것 같았다.

드디어 가게 앞에 도착했다. 긴자 마츠사카야의 뒤편에 있는 빌딩 2층이다. 간결해 보이는 간판이 오히려 더 고급스러운 분위기를 풍기는 음식점이다.

타케루와 에츠코가 가게 앞에서 하나코를 기다리고 있었다. 타케루는 양복을 입고 있었고, 에츠코는 금색 기모노 차림이다.

"애, 제대로 된 옷을 입고 오라고 했잖니."

하나코를 본 에츠코가 탄식한다.

"갈아입을 시간이 없었어요. 지각하는 것보단 낫잖아요."

"아휴, 알았다. 저쪽 어르신들은 이미 와 계신단다."

하나코는 음식점으로 들어간다. 퓨전 일식집이라고 들었는데, 내부 인테리어는 마치 프렌치 레스토랑 같았다.

점원의 안내로 가장 안쪽에 있는 방으로 들어갔다. 그곳에 카즈마의 부모님이 앉아 계셨지만, 아직 카즈마의 모습은 보이지 않았다.

"처음 뵙겠습니다."

카즈마의 부모님이 일어나 정중히 인사를 한다.

"바쁘신 와중에 이렇게 시간을 내주셔서 감사합니다. 저는 하나코 엄마, 에츠코라고 합니다. 그리고 이쪽은 남편 타케루입니다."

에츠코가 한 발 앞으로 나아가 우아하게 고개를 숙인다.

"안녕하세요, 타케루입니다."

헛기침을 한 타케루가 가슴을 쭉 펴고 말했다.

"저는 카즈마의 아버지 노리카즈입니다. 이쪽은 아내인 미사코이고요. 굉장히 죄송하지만 카즈마는 오늘 일이 있어서 조금 늦는다고 합니다. 우리끼리 먼저 시작하시죠."

다 함께 자리에 앉았다. 상석부터 아버지, 어머니 순으로 양가 부모가 마주보는 자리였다.

"그건 그렇고, 따님을 정말 훌륭하게 키우셨습니다. 요즘 보기 드물게 참한 규수입니다."

노리카즈가 하나코를 칭찬하자, 타케루가 팔을 휘휘 내두르며 답한다.

"아닙니다. 많이 부족한 아이입니다."

"전혀 그렇지 않습니다. 저희 부모님도 하나코 양을 무척 마음에 들어 하십니다."

그때 문이 열리더니 카즈마가 들어왔다. 얼굴에 긴장한 기색이 역력하다.

"늦어서 죄송합니다. 카즈마입니다."

카즈마가 허리를 굽혀 타케루와 에츠코에게 인사를 한다.

"카즈마 씨, 앉으세요. 긴장 풀고, 오늘은 마음 편히 즐겨요."

미소를 띤 에츠코가 다정하게 말한다.

"감사합니다."

에츠코가 카즈마의 잔에 맥주를 따라준다. 사실 에츠코는 세간에 떠도는 풍문을 수집을 위해 아직도 긴자의 클럽에서 마담으로 일하고 있다. 그런 에츠코답게 매우 능숙하게 맥주를 따랐다.

"그런데, 정말 멋진 아드님을 두셨어요. 저희 집에도 아들이 한 명 있는데, 종일 방구석에서 나오질 않아 속을 썩이고 있어요. 정말 부럽네요."

"그렇지도 않아요. 저희 역시 딸이 하나 있는데, 워낙 말괄량이예요. 하나코 양의 반의 반만이라도 닮았으면 좋겠어요."

차려진 음식은 거들떠보지도 않고, 두 사람은 대화에 빠져 있다. 생각보다 더 화기애애한 분위기다.

하나코는 문득 카즈마를 보았다.

카즈마는 심각한 얼굴로 에츠코를 응시한다. 아니, 정확히 말하자면 에츠코의 손을 바라보고 있다. 에츠코의 손가락에는 다이아몬드 반지가 번쩍번쩍 빛나고 있었다.

"카즈마, 왜 그래?"

"응? 아무것도 아니야."

카즈마는 웃으며 잔을 든다.

"근데, 카즈마네 가족 분들은 전부 공무원이라 들었어요. 실례가 안 된다면 어떤 공무원인지 여쭤봐도 될까요?" 타케루가 물었다.

"아, 네. 지금은 경호 관련 부서에서 일합니다."

"경호요? 혹시 정치인을 지키는 보디가드 같은 건가요?"

"뭐, 비슷합니다."

"그래서 그렇게 젊고 건장하시군요. 50대로는 전혀 안 보이십니다."

"대학 때부터 했던 검도를 지금도 하고 있습니다. 젊은 애들에게 질 수 없지요. 그런데 하나코 아버님은 건축회사에 다니셨다고요?"

"네. 지금은 퇴직해서 유유자적 쉬고 있습니다."

"정말 부럽습니다. 저도 곧 그러고 싶네요."

노리카즈는 타케루의 술잔에 술을 따른다. 그 술을 받아 마신 타케루가 말한다.

"그건 그렇고, 카즈마 군."

타케루의 부름에 카즈마는 자세를 바르게 한다.

"무, 무슨 일이시죠? 아⋯, 아버님."

"카즈마 군, 식은 언제 올릴 건가?"

"네?"

"결혼식 말이야. 빠르면 빠를수록 좋잖아."

그 말에 다들 입을 모아 타케루를 거든다.

"그래, 카즈마. 빠르면 빠를수록 좋지."

"맞아. 내년 봄은 어때?"

"괜찮네요, 사부인. 내년 3월이 좋겠어요."

'어쩌다 이렇게 되었지?'

하나코는 눈앞의 상황이 믿기지 않았다. 당연히 오늘 상견례는 파투가 날 줄 알았다. 그런데 이렇게 화기애애하고 즐거운 분위기라니⋯.

심란한 마음에 하나코는 카즈마의 잔을 빼앗아서 술을 벌컥 벌컥 마셨다.

'그냥 확 다 불어버릴까? 우리 가족은 전부 도둑이고, 카즈마 가족은 전부 경찰이라고.'

하나코는 잔에 든 맥주를 단번에 들이켰다.

상견례는 무사히 끝났다.

카즈마는 노리카즈, 미사코와 함께 가게 앞에서 대기 중이던 택시에 올라탔다. 노리카즈와 미사코가 뒷좌석에 앉고, 카즈마가 앞자리에 앉았다.

"카즈마, 반년이라고 해도 시간은 금방 간다. 여유 부리지 말고 하나코 양과 빨리 이야기해 두렴."

"네, 알고 있어요."

카즈마는 시원스레 답한다.

즐거운 상견례였다. 꽤 어렵고 딱딱한 자리가 될 줄 알았는데, 예상보다 훨씬 더 순탄하게 잘 풀렸다. 시원시원한 성격의 미쿠모 부부 덕분이다.

얼떨결에 결혼식 날짜까지 정해졌다. 양가 부모님들이 강제로 정한 것인데, 내년 3월 두 번째 토요일이다. 마침 그날이 길일이라고 한다.

그때 카즈마의 핸드폰이 울렸다. 처음 보는 번호였다.

"네, 카즈마입니다."

"나다. 아라카와."

"아, 네. 아라카와 형사님."

"지금 어딘가?"

아라카와의 말에 카즈마는 창밖을 본다. 마침 왼편에 도쿄 역이 보인다.

"카메이도까지 올 수 있나? 자네에게 할 이야기가 있네."

"알겠습니다."

카즈마는 전화를 끊고 택시를 멈춘다.

"전 여기서 내릴게요."

택시에서 내린 카즈마는 도쿄 역으로 걸어간다.

아라카와 형사가 카즈마에게 손을 흔든다. 이곳은 카메이도 역 근처에 있는 식당이다. 밤 11시가 넘은 시간이라 가게 안은 한산하다.

"수고가 많으십니다."

카즈마는 아라카와의 맞은편에 앉는다. 아라카와는 자리에서 일어나 가게 냉장고에서 컵과 맥주를 꺼내 온다. 오랜 단골처럼 익숙한 행동이다.

"그래서 수사는 어떻게 되었습니까?"

"어떻게 되긴, 뭘."

아라카와는 퉁명스럽게 말하고는 고개를 내젓는다.

"지난번 그대로 이름 모를 노숙자가 저지른 살인 사건으로 종결될 것 같아."

"피해자는요? 피해자의 신원은 어떻게 되었습니까?"

"여전히 다테시마 마사오야. 그렇게 정해졌어."

"말도 안 돼요."

"그래, 나도 같은 생각이야. 그래서 상사에게 네가 의뢰한 DNA 감정결과에 대해 물었더니 은근슬쩍 둘러대더군. 증거로서 불충분하다고 말이야."

말도 안 된다. 공원에서 발견된 피해자가 다테시마 마사오가 아니라는 것은 DNA 감정으로 이미 증명되었다. 또한 그는 이미 6월 5일에 사망했다.

"분명 이 사건을 덮으려는 세력이 있어. 하지만 사건에 대해 의문을 품은 사람은 나뿐이야. 다른 놈들은 사건이 빨리 종결됐다며 좋아하고 있지."

"즉, 경찰 관계자가 뒤에서 조종하고 있다는 말씀이군요."

"그래. 물론 내 착각일 수도 있어. 하지만 생각을 해봐. 금품을 노린 범죄자라면 피해자의 얼굴을 그렇게까지 망가트릴 필요는 없잖아."

"네, 그렇지요. 그런데 오늘 저를 부르신 이유는 뭡니까?"

카즈마가 단도직입적으로 물었다.

"사실은 말이야, 현장에서 2킬로미터 정도 떨어진 곳에 물류 창고가 있어. 거기 방범 카메라에 택시 한 대가 찍혔대. 그 택시가 사건이 있던 날 밤 9시 30분경에 현장으로 갔대."

피해자의 사망추정 시각은 밤 8시부터 10시까지였다. 택시가 이동한 시각과 비슷한 시간대였다.

"그래서 그 택시의 번호를 파악했지. 카츠시카 구(區)에 사는 야마모토라는 개인택시 기사였는데, 우여곡절 끝에 오늘 그를 만났지. 절도 전과가 있는 사람이었어."

"그 사건이 있던 날 밤에 태운 손님을 야마모토가 기억한답니까?"

"그래. 카메이도 역에서 손님을 태웠다고 했어. 인상착의도 일치했지. 그러니까, 야마모토가 피해자를 현장까지 데려간 거야."

"손님은 피해자 한 명이었나요?"

"나도 그게 궁금해서 이야기를 나눠보니, 그 자가 뭔가를 알고 있는 눈치였어. 그래서 좀 겁을 줬더니 바로 불더군. 자기가 젊었을 때 손님과 몇 번 만난 적이 있는 사이라는 거야."

"그 야마모토라는 택시기사와 공원에서 죽은 피해자가 말입니까?"

"그래, 그렇다는군. 피해자는 그 세계에서 좀 유명한 사람이었던 모양이야. 전설의 소매치기라고 하더군."

정리하자면, 사건이 있던 날 야마모토는 전설의 소매치기를 현장까지 태워다주었다. 그리고 그날, 전설의 소매치기는 누군가에게 살해당했다.

"피해자의 이름도, 나이도 몰라. 하지만 본청 녀석들이라면 정보가 있을 거라 생각했어. 그래서 널 부른 거야."

목이 탔다. 카즈마는 맥주를 단번에 들이켰다.

살해당한 사람은 전설의 소매치기였다. 과연 이것이 무엇을 의미하는 걸까.

"어머니, 내년 3월에 하나코가 결혼을 하게 되었어요. 남자도 꽤 괜찮더라고요. 역시 남자 보는 눈 하나만큼은 저를 닮았다니까요."

집에 돌아온 에츠코가 마츠에게 말한다.

"그러니? 축하한다, 하나코."

마츠가 환히 웃으며 하나코를 본다. 마츠 역시 진심으로 기뻐한다.

가족들이 이렇게 기뻐하는 모습을 보는 건 정말 오랜만이다. 하지만 그들은 아직 모른다. 카즈마네 집안이 경찰 집안이라는 것을.

"고마워요. 할머니." 하나코는 미소를 짓고 말했다.

"그런데 하나코, 상대는 어떤 사람이니?" 마츠가 물었다.

"3살 연상의 공무원이에요."

"흐음, 그렇구나. 아무쪼록 하나코를 아껴주는 멋진 사람이면 좋겠다."

마츠의 입은 웃고 있지만, 그 눈빛만은 진지하다.

"근데, 할머니! 할머니는 할아버지랑 언제 처음 만났어요?"

"뭐야, 갑자기. 그런 건 벌써 다 잊어버렸단다."

마츠의 얼굴이 금세 붉어졌다.

"뭐 어때요, 알려주세요."

"…내가 22살, 그 사람이 24살 때였단다."

24살이면 이와오가 대학을 졸업한 직후였다. 그렇다면 마츠
는 대학 시절의 이와오를 알지 못할 것이다.

"메이세이 대학이면 일류대학이잖아요. 그렇게 좋은 대학을
졸업했는데, 할아버지는 왜 소매치기가 된 거예요?"

"가업을 이은 거란다. 나에게 그렇게 말했어. 네 할아버지는
소매치기란 직업에 긍지를 가지고 있었지만, 그래도 자기 대에
서 가업을 끊으려고 했었어. 그래서 너희들은 가업에 얽매이지
않았으면 좋겠다고 말씀하셨어. 다른 것에 얽매이지 말고, 자
신이 정한 길을 걷도록 말이야."

자신이 정한 길.

카즈마와 결혼해서 행복한 가정을 꾸리는 것이 하나코의 목표
였다. 얼마 전까지는. 그러나 지금은 그 목표가 완전히 사라졌다.

"아, 오빠, 언제 와 있었어?"

어느 틈엔가 거실로 나온 와타루가 소파 구석에 앉아 있었다.

"잘 들어라, 와타루. 하나코는 내년 3월에 결혼할 거다. 그런
데 그러면 네가 외롭지 않겠니? 어때?"

그러나 와타루는 대답하지 않는다.

"지금은 저렇게 무뚝뚝하지만 와타루가 옛날에는 널 엄청

챙겼어. 유치원 때 못된 녀석들로부터 널 보호하려고 대신 맞기도 했지."

정말…? 그러나 유치원 시절은 전혀 기억이 나지 않는다.

와타루의 얼굴이 새빨개져 있다.

다음 날인 토요일. 카즈마는 평소보다 일찍 집을 나섰다. 출근하기 전에 하나코를 만나기 위해서였다. 가능하면 직접 만나서 어젯밤 상견례에 대한 감사인사를 하고 싶었다.

카즈마는 츠키시마에 있는 하나코의 집으로 향한다. 카페에서 만나 잠시 커피라도 마실 요량이었다.

그런데 잠시 생각해보니, 그동안 이 시간에 하나코의 집에 가본 적이 없었다. 하나코와는 거의 츠키시마 역 앞에서 만났다.

하나코의 집 앞에 선 카즈마는 고개를 갸웃거렸다. 빈집이라고 해도 과언이 아닐 정도로 집이 썰렁했다. 고장이 났는지 초인종을 눌러도 아무 소리가 나지 않는다.

'어떻게 된 거지? 하나코는 여기에 살지 않는 건가?'

그러나 하나코가 이 집으로 들어가는 모습을 여러 번 보았다.

현관문 손잡이를 돌려봤지만 잠겨 있었다. 카즈마는 무거운 발걸음으로 집 뒤편으로 향한다.

좁은 마당에 잡초가 제멋대로 자라 있다. 카즈마는 창문 안을 들여다보았다.

집 안은 텅 비어 있다. 벽 쪽에 종이박스가 쭉 늘어서 있지만, 그 외에는 아무것도 없었다. 이곳은 도저히 사람이 살 만한 환경이 아니었다. 그렇다면 하나코는 이 집에 살고 있지 않다는 뜻이다.

'하지만 왜 그런 거짓말을 한 거지? 하나코는 대체 어디에 살고 있는 거야? 나한테 사는 곳을 속인 이유는 뭐지?'

이마에 식은땀이 흐른다. 더워서가 아니다. 불안감 때문이다.

'대체 하나코는 어디서 누구와 살고 있는 거지? 설마 다른 남자와 동거 중인가?'

하지만 카즈마는 그런 생각을 곧장 털어낸다.

'아니, 그럴 리 없어. 하나코는 그럴 사람이 아니야. 하지만…, 이 상황은 어떻게 이해해야 하지?'

현관 앞에 선 카즈마가 잠시 주위를 둘러보았다. 그때 마침 50대 여성이 한 명 보였고, 카즈마는 그 여성을 불러 세웠다.

"실례지만 잠시 시간 되십니까?"

잠시 주저하던 여성은 발걸음을 멈추었다. 카즈마는 경찰신분증을 꺼내 보이며 여성에게 말한다.

"경찰입니다. 저쪽 건넛집에 대해 여쭐게요."

"네? 무슨 일이에요? 여기서 무슨 사건이라도 났나요?"

"그건 아닙니다. 최근 방치된 빈집이 사회적으로 문제가 되고 있는 건 아시죠? 범죄에 악용되는 케이스가 많아서 관할 내 빈집을 파악하는 중이었습니다. 그런데 저 건넛집에 하나코 양 가족이 산다고 들었는데 맞습니까?"

그러자 여성이 고개를 끄덕인다.

"네, 맞습니다. 5년 전이었어요. 갑자기 이사를 왔고, 다시 1년 후에 이사를 갔어요. 매우 급하게 갔지요."

"당시 어떤 분들이 살았는지 기억하시나요?"

"그러니까…, 할아버지와 할머니가 있었어요. 할아버지는 이와오 씨였지요. 그리고 할머니 이름은 마츠코 씨였나, 마츠에 씨였나…? 그리고 아버지는 타케루 씨, 어머니는 에츠… 에츠미 씨? 그리고 딸인 하나코가 있었죠. 아들도 있다고 들었는데, 저는 본 적이 없어요."

이름도 거의 비슷하다. 하나코의 가족들이 이 집에 살았던 것까지는 틀림없는 사실이다.

"사실은 어젯밤에도 이 일대를 순찰했습니다. 그런데 이 집에서 젊은 여성이 나오는 모습을 보았습니다. 그녀가 이 집의 딸이 아닐까요?"

"그럴 리가 없어요, 형사님."

여성이 가볍게 웃으며 부정한다.

"가끔 이와오 씨가 자러 온다는 이야기는 있지만, 하나코는 아닐 거예요. 하나코였다면 분명 저를 찾아와 인사라도 했을 거예요. 그 집안에서 그나마 제대로 된 애는 하나코뿐이에요. 인사도 잘하고 착한 애였죠."

카즈마는 과거의 일들을 떠올린다.

미쿠모 부부는 현재 아파트를 알아보고 있다고 했다. 모든

게 다 거짓말일 가능성이 크다.

"형사님, 이제 됐나요?"

"네, 협력해주셔서 감사합니다. 그런데 죄송하지만 한 가지 더 여쭙겠습니다. 하나코 양 가족이 어디로 이사를 갔는지 아시나요?"

"죄송하지만 그것까지는 몰라요."

"그렇습니까? 아무튼 시간을 내주셔서 감사합니다."

카즈마는 경찰수첩을 주머니에 넣는다. 그러다 주머니에 있는 증명사진을 무심코 건드린다. 경찰청 데이터베이스에 저장되어 있던 코마츠가와 공원 피해자의 증명사진이다.

그때 왠지 모를 육감이 발동했다. 이 여자에게 이것을 꼭 물어봐야만 할 것 같았다.

"정말 죄송하지만 한 가지만 더 여쭤봐도 될까요?"

카즈마는 주머니에서 증명사진을 꺼내 여성에게 물었다.

"이 사진 속 남성을 아시나요?"

"…사진요?"

그녀는 놀란 눈으로 사진을 들여다보았다.

"어디 보자, 맞네요. 좀 젊어 보이지만 하나코의 할아버지예요. 이와오 씨. 틀림없어요."

"저, 정말입니까?"

"네. 그런데 왜 형사님이 이와오 씨 사진을…?"

그녀가 하는 말이 귀에 하나도 들어오지 않는다. 카즈마는 감사의 인사를 하는 것도 잊은 채 곧바로 발걸음을 돌린다.

하나코의 가족이 살았다던 집 앞에 선다. 등에 식은땀이 흐르고, 귀에는 앵앵거리는 이명이 들린다.

머리가 띵했다.

코마츠가와 공원에서 살해된 사람은 하나코의 할아버지 이와오였다. 그리고 그는 전설적인 소매치기였다.

핸드폰이 울린다. 아까부터 10번 넘게 계속 울렸다. 카즈마는 그제야 정신을 차리고 전화를 받는다.

"네, 카즈마입니다."

"카즈마! 너 지금 어디에 있어, 인마."

마키가 소리를 빽 질렀다. 이미 오전 11시를 넘긴 시간이다. 연락도 없이 출근을 안 한 것은 이번이 처음이다.

"죄송합니다, 마키 형사님. 몸이 좀 안 좋아서…."

"그렇더라도 미리 연락을 했어야지. 반장님도 걱정하셨어. 사고라도 당한 게 아니냐면서."

차라리 사고라도 났으면 좋았을 것이다. 사고로 지금 병원이라면 얼마나 좋았을까.

"알았어, 내가 반장님에게 말씀드릴게. 오늘은 쉬어."

"아뇨, 오후에 나가겠습니다."

"그런 몸으로 무슨…. 하루 정도 쉬어도 괜찮아."

"괜찮아요. 오후에는 나가겠습니다."

카즈마는 전화를 끊었다.

비가 내리고 있지만 우산도 없다. 카즈마는 도로 가드레일에 앉아 하늘을 올려다보았다. 회색빛 구름이 낀 하늘이다.

카즈마는 하나코가 일하는 도서관 앞에 왔다. 토요일 아침이라 그런지 아이들을 데려온 어머니들로 도서관 입구는 북적거린다.

빗줄기가 점점 강해진다. 카즈마는 자리에서 일어나 도서관 옆에 있는 자전거 주차장으로 간다. 이미 온몸은 다 젖었다.

자신의 모습이 너무나 비참하다고 생각했다. 카즈마는 하나코가 실제로 사는 집조차 몰랐다. 또 하나코는 할아버지의 정체를 내내 숨기고 있었다.

'하나코를 만나 직접 물어보자.'

그런 생각으로 여기까지 왔다. 하지만 도서관에 들어갈 용기가 나지 않는다. 하나코를 만나면 이성을 잃을 것 같았다.

빗줄기가 점점 더 강해진다. 카즈마는 팔로 온몸을 문지른다. 추위와 두려움으로 입술이 덜덜 떨렸다.

"하나코 씨, 손님이에요. 대출 카운터로 와주세요."

야간에 반납된 책을 정리하고 있을 때 동료가 하나코를 불렀다.

대출 카운터에 가보니, 의외의 인물이 서 있었다.

"카, 카즈마. 왜 여기에…?"

"잠깐 할 이야기가 있어. 시간 괜찮아? 잠깐이면 돼. 중요한 이야기야."

카즈마가 하나코의 팔을 잡아당겨 자전거 주차장으로 데려 간다.

그런데 카즈마의 표정이 왠지 이상하다. 심각하고 고민스러운 표정이다. 그 모습에 하나코의 마음까지 불안해졌다.

"하나코, 한 가지 묻고 싶은 게 있어."

굳은 표정을 한 카즈마가 말문을 열었다.

"네 할아버지 성함이 '이와오' 맞니?"

'왜 갑자기 할아버지 이야기를…? 카즈마는 할아버지 이름을 모를 텐데….'

두려웠지만 하나코는 살짝 고개를 끄덕이며 답했다.

"그래, 맞아."

"2주 전에 코마츠가와 공원에서 고령의 남성 시신이 발견된 사건이 있었어. 하나코에게도 그런 이야기를 했었지. 기억나?"

"아, 응. 기억나."

"수사본부에서는 처음부터 피해자는 다테시마 마사오라는 남자라고 단정했어. 하지만 난 피해자의 정체에 의문을 품고 혼자서 계속 조사를 했어. 왜 그랬냐고? 진짜 다테시마 마사오는 이케부쿠로에 살던 노숙자로, 올해 6월에 사망했을 가능성이 높았거든. 사람은 두 번 죽을 수 없잖아. 즉, 공원에서 죽은 피해자는 다테시마 마사오가 아니었던 거지."

"카즈마, 그게 무슨 소리야? 왜 나한테 그런 이야기를 하는 건지 모르겠어."

사실은 아니다. 그가 왜 그런 말을 하는지 하나코는 너무나도 잘 알고 있다. 그의 입에서 무슨 말이 나올지 몰라 너무나도 두려울 뿐이다.

"나, 난 이만 돌아갈게. 일하다 나온 거라 빨리 들어가야 해."

하나코는 서둘러 발걸음을 돌렸다. 그런 하나코의 등 뒤로 카즈마의 말이 칼날처럼 날아와 박힌다.

"코마츠가와 공원에서 발견된 시신의 정체는 이와오라는 사람이었어. 그리고 넌 그걸 이미 알고 있었고. 맞지?"

하나코는 그 자리에서 그대로 얼어붙는다. 이마에 떨어지는 빗방울이 얼굴을 타고 떨어졌지만, 아무런 감각도 느낄 수 없다.

"더 이상 거짓말하지 마. 난 다 알고 왔어. 네가 그 츠키시마에 있는 집에 살지 않는다는 것도. 도대체 네 정체가 뭐야?"

카즈마가 처절한 얼굴로 부르짖었다.

"게다가 이와오는 전설적인 소매치기였대. 경찰의 눈을 피해서 사는 악질 범죄자였다고. 넌 그런 사람의 손녀잖아. 내 말이 틀려? 뭐라고 변명 좀 해봐."

아무 말도 할 수 없었다.

하나코는 쏟아지는 비를 그대로 맞으며 도서관으로 도망쳤고, 카즈마는 그 자리에 우두커니 서 있었다.

DAUGHTER OF LUPIN

제 3 장

초대받지 못한 도둑

"비가 계속 내리네. 내일은 좀 그치려나."

마키가 하늘을 올려다보며 중얼거린다.

카즈마는 마키와 함께 신코이와에 있는 파친코 가게 앞에 있다. 오후 8시가 넘은 시간이다. 아오야마 귀금속점 사건을 조사하기 위해 이곳에 왔다.

현장 주변의 CCTV를 샅샅이 뒤진 결과, 현장에서 1킬로미터 떨어진 길가에 수상한 차 한 대가 사건 발생 2주 전부터 3일간 주차되어 있었다.

그렇다면 이 차는 사전 조사를 위한 범인들의 차가 아니었을까, 그렇게 판단한 수사본부는 CCTV에 찍힌 차를 조사하였다. 그 결과 차량의 주인은 '얀 슈메이'라는 중국인 유학생으로 밝혀졌다.

그리고 오늘 저녁, 수사본부는 새로운 정보 하나를 입수했다. 얀이 오늘 친구들을 불러 모았고, 그들이 만나기로 한 장소가 바로 이곳 신코이와 파친코 가게라는 정보였다.

"어이, 카즈마. 듣고 있어?"

"죄송합니다. 뭐라고 하셨죠?"

"비는 언제까지 내릴까 하고 물었어."

"모르겠습니다. 일기예보를 보지 않아서요."

카즈마는 수사에 전혀 집중할 수 없다. 코마츠가와 공원에서 죽은 피해자는 미쿠모 이와오라는 소매치기이며, 그는 하나코의 할아버지다. 하지만 수사본부는 피해자를 다테시마 마사오라 단정짓고 사건을 종결시키려 한다. 그런 흐름으로 볼 때, 미쿠모 이와오의 존재를 수사본부에 알려봤자, 그들은 쓸데없는 소리 하지 말라며 일축할 것이다.

도서관에서 하나코의 얼굴을 보았을 때 카즈마는 어렴풋이 짐작했다. 둘은 이제 끝이라고.

카즈마는 하나코의 가족들을 이해할 수 없었다. 할아버지가 살해당했는데 어떻게 그렇게 아무렇지 않을 수 있는지, 그 점이 가장 의문스러웠다.

"역 쪽에서 남자 한 명이 접근 중. 얀으로 추정."

이어폰에서 목소리가 들려온다. 카즈마는 역 쪽을 바라보았다. 우산을 쓴 한 남자가 이쪽으로 걸어오고 있었다. 우산에 가려져 얼굴은 볼 수 없었다. 남자는 그대로 파친코 가게 안으로 들어갔다.

"A조 2명, 가게 안에 들어가 인상착의를 확인해라."

마키와 다른 한 명의 수사관이 손님으로 위장해 가게에 들어간다.

3분 정도 지났을까, 이어폰에서 목소리가 다시 들렸다. 마키였다.

"얀입니다. 틀림없습니다. 일행과 함께 후문으로 가고 있습니다."

후문인가? 하지만 만일에 대비해 카즈마는 긴장의 끈을 놓지 않는다.

"이런, 들켰다! 정문이다. 정문 쪽으로 달아나고 있다."

긴장되는 순간이었다. 가게로 들어간 마키와 수사관은 아직 나오지 않은 상태이고, 정문쪽을 지키는 사람은 카즈마와 다른 선배 수사관이었다.

그때 자동문이 열리더니 얀이 뛰어나온다. 선배 수사관이 특수경봉을 들고 접근하자, 얀은 들고 있던 우산으로 그를 냅다 후려친다. 갑작스런 공격에 선배 수사관은 중심을 잃고 쓰러진다. 카즈마는 부랴부랴 얀 앞에 선다.

얀의 눈은 충혈되어 있었고, 그의 오른손에는 칼이 쥐어져 있다. 카즈마는 서둘러 권총을 꺼낸다. 그런데 막상 실전에서 총을 쏜 적은 아직까지 없었다.

얀이 칼을 휘두르며 다가온다. 카즈마는 허리를 낮추고 총을 조준한다. 그리고 엄지손가락으로 안전장치를 해제한다. 그 소리에 얀의 얼굴이 창백하게 변한다. 그러고는 갑자기 앞으로 고꾸라진다.

마키가 뒤에서 얀을 덮친 것이다. 순식간에 B조 형사들도 가세하여 얀을 포박한다.

"마키 형사님, 고맙습니다."

"괜찮아, 카즈마. 정 고마우면 질문에 대답이나 해줘. 너 여친 있지?"

카즈마가 웃었다. 이럴 때에도 싱거운 농담을 하는 게 마키다웠다.

"없어요. 솔직히 말하자면…, 있었는데 헤어졌어요."

하나코의 얼굴이 머릿속을 스친다. 카즈마는 그녀의 모습을 털어내려는 것처럼 고개를 좌우로 흔들었다.

밤 11시까지 얀의 취조가 계속되었다.

3년 전 일본으로 유학을 온 얀은 얼마 지나지 않아 도박에 손을 대게 되어, 결국 빚더미에 올라 학교까지 자퇴했다. 그러던 차에 도박장에서 한 남자를 만났다. 그도 얀처럼 중국 사람으로, 얀에게 자신의 일을 도와달라고 제안했다고 했다.

아오야마에 있는 귀금속점을 털기로 한 것은 지금으로부터 1개월 전이다. 얀의 동료 중 한 명이 중국으로 돌아가게 되었는데, 그 전에 마지막으로 크게 한탕 하기로 했던 것이다.

"얀은 그저 운전만 했대. 가게 앞에서 대기하다가 놈들을 태워 그대로 도망쳤다는군."

취조 상황을 물어봤더니 마키는 이렇게 대답해주었다.

"최루탄의 입수경로는 모른대. 얀은 어디까지나 운전기사로, 그룹 내에서 가장 막내였대. 얀의 핸드폰에 녀석들의 번호가 있지만, 연결이 되지 않아. 사전 조사에 사용된 차는 얀이 구매한 중고차였어. 그런데 녀석이 이상한 소리를 하더군."

"무슨 소리요?"

"그게…, 훔친 귀금속을 다시 도둑맞았다는 거야."

얀의 진술은 이러했다. 습격에 성공한 뒤, 코지마치에 있는 주차장에 미리 세워둔 차로 갈아타고 도망치려는데, 갑자기 두 명의 남자가 나타나 물건을 가로챘다고 했다. 그 둘은 최면 스프레이를 뿌려 얀 일당을 순식간에 잠재웠다. 2시간 뒤, 그들이 눈을 떴을 때 귀금속은 이미 사라진 후였다고 했다.

"코지마치 주차장에 미리 세워두었던 도주용 차량에서 수면 제 성분이 검출되었었죠?"

카즈마가 물었고, 마키는 고개를 끄덕였다.

"그래. 얀의 진술과 일치해. 하지만 녀석의 말을 다 믿을 순 없으니까, 내일 이후로도 계속 취조할 예정이야."

오늘 수사는 이걸로 종료되었다.

카즈마는 마키와 엘리베이터를 탔다.

"얀 일행한테서 귀금속을 빼앗은 남자들 말인데…, 얀의 말로는 그중 한 명이 여자일 수도 있다는군."

"여자라고요? 어떻게…?"

"놈들이 수면 스프레이를 뿌릴 때 얀이 격렬하게 저항했는데, 그러다가 우연히 한 녀석의 가슴을 만졌다는 거야. 그런데 그 감촉이 부드러운 여자 가슴이었대. 얀은 그렇게 진술했어."

"그렇다면 남녀 2인조였다는 거군요?"

"그거야 아직 확실히 모르지. 어휴, 오늘은 늦게까지 야근했네."

엘리베이터가 1층에 도착했고, 마키는 기지개를 펴며 걸어간다. 카즈마도 그 뒤를 따른다.

상견례 때 에츠코는 왼손 약지와 오른손 중지에 반지를 끼고 있었다. 카즈마가 유심히 살핀 것은 오른손 중지에 있던 반지였다. 그 반지를 카즈마도 본 적이 있기 때문이다. 하나코와 함께 아오야마에 있는 귀금속점을 방문했을 때 점원이 보여준 반지였다. 네잎 클로버를 모티브로 만든 그 가게 신상품이었다.

설마, 카즈마가 웃으며 머릿속 생각을 지운다. 그럴 리가 없다.

'하나코 어머님도 그 가게에 왔었잖아. 그때 구입한 것이겠지.'

"카즈마, 뭐 하고 있어? 빨리 와."

"네, 마키 형사님."

카즈마와 마키의 발걸음 소리가 로비에 울린다.

"다녀왔어요."

현관 안으로 들어선 하나코가 말했다.

이미 밤 11시가 넘은 시간이다.

"왜 이렇게 늦었어?"

거실 소파에 타케루가 앉아 있다. 와인을 마셨는지 얼굴이 붉다.

"카즈마 군과 같이 있었니?"

"아니."

그대로 방에 들어가려는데, 타케루가 하나코를 부른다.

"하나코, 기다려. 이걸 봐봐."

소파 위에 그림 두 장이 있다. 한 장은 가을의 전원풍경을 그린 풍경화고, 다른 그림은 여자의 나신을 그린 것이다.

팔짱을 낀 타케루가 그림을 보며 묻는다.

"어느 쪽이 나을까?"

"뭐가?"

"알면서. 노리카즈 씨에게 선물할 거야. 널 잘 봐달라고. 밀레와 르누아르 그림이지. 넌 어느 쪽이 좋니?"

"그만해요."

"뭐라고?"

"그만하라고요. 아빠. 바보 아니에요? 훔친 그림을 선물할 생각을 하다니…."

"하나코, 너…."

"그리고 나 결혼 안 해요."

하나코는 거실에서 나왔다. 그러자 타케루가 하나코의 뒤를 따라온다.

"갑자기 그게 무슨 소리야, 결혼을 안 한다니? 혹시 카즈마 군이 바람이라도 폈니? 그렇다면 내가 혼쭐을 내주마."

그때 문이 열리더니 잠옷 차림의 에츠코가 눈을 비비며 나온다.

"조용히 좀 해요. 지금 막 잠들었는데."

"에츠코, 마침 잘 왔어. 하나코가 말이야, 결혼을 안 한대."

그 말에 에츠코의 눈이 살벌하게 번뜩인다.

"뭐? 그게 정말이야?"

"응, 그래요. 결혼 안 해요."

"대체 무슨 소리야? 내일 결혼식장을 알아보려고 했는데."

"그러지 마. 나 결혼 안 해요. 아니, 못 해요."

하나코는 그대로 복도를 걸어간다. 그러자 등 뒤에서 에츠코의 목소리가 들린다.

"네 맘 다 알아. 막상 결혼하려고 하니까 괜히 불안해서 그러는 거야. 나도 그랬어. 이딴 남자와 결혼해도 될까 하고…. 나에게 더 잘 어울리는 남자가 있지 않을까 후회를 했었어."

"에츠코, 지금 무슨…."

"당신은 좀 조용히 해요."

그렇지만 하나코는 들은 척도 하지 않고 자기 방으로 들어가 문을 닫았다.

"하나코, 좀 나와. 이야기 좀 하자."

"그래, 하나코. 같이 라면이라도 먹을래?"

하나코는 한숨을 쉬면서 핸드폰을 꺼내 문자메시지를 확인한다. 거의 대부분이 카즈마에게서 온 문자이다. 하나코는 그것들을 전부 삭제한다.

카즈마와는 이제 끝났다. 하나코의 눈에서 주룩주룩 눈물이 흐른다. 오늘 종일 눈물을 참았다. 사실은 펑펑 울고 싶어서 견딜 수가 없었다.

하나코는 자신의 환경을 저주했다. 평범한 가정에서 자라고 싶었다. 평범한 가정에서 태어나고 싶었다. 하나코는 마음속 깊이 그렇게 바랐다.

'할아버지, 왜 저에게 도둑질을 가르치신 거예요? 전 평범하게 자라고 싶었는데….'

하나코는 태어나서 처음으로 할아버지 이와오를 원망했다. 그리고 죽은 할아버지를 원망하는 자신을 다시 증오했다. 하나코는 바닥에 주저앉아 계속해서 울었다.

다음 날 아침, 카즈마는 주방으로 향했다. 주방에서는 노리카즈와 미사코가 아침식사를 하고 있었다. 카즈마가 의자에 앉자마자 노리카즈가 말을 걸었다.

"어제 아침에 가족회의를 했다. 너랑 하나코 양의 결혼에 대해서였어. 기뻐해라, 카즈마. 만장일치로 모두 찬성했어."

노리카즈는 환한 미소를 짓는다.

"자, 저번에 말한 것처럼 꾸물거리다간 시간이 후딱 간다. 일이 바쁘겠지만 결혼식 준비도 잊지 마라."

"저, 사실은…, 사실 하나코와 결혼을 못하게 되었어요."

"뭐라고? 그게 무슨 소리야? 너 그렇게 하나코 양과 결혼하고 싶다고 난리를 쳤잖아. 뭐야, 혹시 하나코 양이 거절하던?"

노리카즈가 소리 쳤다.

"그게…, 말하자면 길어요. 다음에 제대로 설명해 드릴게요."

"카즈마, 그게 도대체 무슨 소리니? 지금 제대로 설명해봐."

이번에는 미사코가 끼어든다.

"어머니, 그게 좀 사정이 복잡해요. 지금 설명할 수 있는 문제가 아니에요."

'하나코의 할아버지가 소매치기라서 그래요.'

부모님에게 그렇게 말할 수는 없다. 명확한 증거가 더 필요하다.

"무슨 소리야. 상견례까지 잘 마쳤잖아. 이제 와서 결혼을 안한다고 하면 그쪽 분들께 뭐라고 변명을 드려?"

카즈마는 묵묵히 젓가락질만 한다. 식욕이 전혀 없다.

그때 집 전화가 울렸고, 미사코가 일어나 전화를 받는다.

"네, 사쿠라바입니다. 어머, 사부인. 안녕하셨어요. 금요일에는 감사했습니다. 네? 하나코 양이 그런 말을…? 사실 저희 카즈마도 같은 소리를 했답니다."

카즈마는 안 그런 척하며 미사코의 말에 귀를 기울인다.

"정말이지 무슨 생각들을 하는 건지, 원. …네, 그러시군요. 우리 카즈마도 설득해보겠습니다. …네, 알겠습니다. 일단 오늘 식장을 알아보는 것은 취소하기로 하고, 다음 기회에 하시죠. 그럼 실례하겠습니다."

수화기를 내려놓은 미사코가 미간을 찌푸리고는 노리카즈에게 말한다.

"사부인한테서 온 전화예요. 저쪽도 마찬가지래요. 하나코 양이 결혼을 하지 않겠다고 했대요."

"하나코 양까지? 야, 카즈마. 어떻게 된 거야? 둘이 싸우기라
도 한 거야?"

"이건 저와 하나코의 문제예요. 어쨌든 전 하나코와 결혼 못
해요. 제대로 결론이 나면 그때 다시 설명드릴게요."

주방을 나가던 카즈마는 문득 멈추어 선다. 그리고 노리카즈
에게 묻는다.

"아버지, 하나 여쭤보고 싶은 게 있어요. 어떤 절도범에 대해
알고 싶어요. 좀 옛날 사람인데요, 절도범에 대해 잘 알고 있는
분이 주변에 있나요?"

"절도범 말이냐? 그럼 수사3과에 있는 쿠사노 씨가 잘 알 거
다. 절도 범죄만을 다루는 베테랑 형사야. 나도 젊었을 때 도움
을 많이 받았지. 아마 내년 3월에 정년퇴직할 거다."

"알겠습니다, 고마워요."

인사를 하고 돌아서는데 노리카즈가 말한다.

"카즈마, 무슨 일이 있었는지는 몰라도 반드시 하나코 양과
화해하는 거다. 알겠지, 이건 명령이야."

카즈마는 노리카즈의 말을 무시하고 복도로 나온다.

복도에는 카오리가 서 있다. 아무래도 지금 이야기를 엿들은
모양이다.

"네가 말한 대로야. 내 눈에 뭐가 씌였었나 봐."

카오리의 옆을 지나치며 카즈마가 말했다.

"맞아. 하지만 난 언니를 응원하기로 했어."

"갑자기 왜?"

"뭐 어때? 내 맘이야."

"그래, 마음대로 해."

카즈마는 화장실로 들어가 찬물로 세수를 한다. 거울 속 자신의 모습을 보면서 카즈마는 각오를 다진다.

'무슨 수를 써서든 하루빨리 진실을 알아내야 해.'

경찰청 본청 수사3과는 빈집털이나 소매치기를 담당하는 부서이다.

일요일이지만 쿠사노 형사는 사무실에 있었다. 인심 좋은 할아버지 인상의 그는 형사답지 않은 온화한 분위기의 소유자였다.

"이미 알고 있네. 자네가 노리카즈의 아들이지?"

카즈마가 자기소개를 하기도 전에 쿠사노가 먼저 말한다.

"맞습니다. 제가 카즈마입니다. 아버지께 말씀 많이 들었습니다. 잠시 시간이 되시는지요?"

"그래, 일단 앉게."

카즈마는 쿠사노의 맞은편 의자에 앉았다.

"단도직입적으로 여쭙겠습니다. 이와오라는 사람을 아십니까?"

"…이와오?"

쿠사노의 표정이 딱딱하게 굳는다.

"…잠깐 이리로 오게. 다른 사람들이 들으면 안 되는 이야기야."

쿠사노가 수사3과 과장실 문을 연다. 일요일이라 과장은 자리에 없었다.

"어떻게 이와오를 알고 있나?"

응접 소파에 앉은 쿠사노가 물었다.

"한 택시기사의 증언으로 이와오라는 사람이 전설적인 소매치기라는 것을 알게 되었습니다. 쿠사노 형사님이라면 뭔가 알고 계실 것 같아서요."

"흠, 그래? 자네 혹시 L이라고 들어봤나?"

갑작스런 질문에 카즈마는 당황한다.

"L? 그게 뭐죠?"

"하긴 요즘 젊은 형사들은 잘 모르겠군. 나도 선배한테 그 이야기를 살짝 들었을 뿐이네. L이라고 불리는 엄청난 실력의 절도범이 있었다고 말이야."

"그렇다면 그 L이 바로 이와오라는 겁니까? 쿠사노 형사님은 이와오를 알고 계신 겁니까?"

"15년 전이었지. 조무래기 소매치기를 잡았는데 그 녀석이 실수로 이와오 이야기를 한 거라네. 하지만 명확한 증거가 전혀 없기에 검거할 수가 없었어. 그리고 선배한테 들은 바로는 L의 집안은 대대로 절도 행각을 벌여왔다고 하네. L이라고 불리는 이유는 괴도 '아르센 루팡'에서 따온 거라고 해."

루팡의 L. 가족 전부가 절도범.

카즈마의 온몸에 소름이 돋았다. 그렇다면 타케루와 에츠코 역시 도둑이란 뜻인가. 그러고 보니 중국인 절도단에게서 귀금속을 가로챈 것도 남녀 2인조라고 했다.

'설마….'

카즈마는 머릿속에 떠오르는 불길한 생각을 필사적으로 떨쳐냈다.

"그리고 이건 좀 다른 이야기인데… 버블 성장기 때 일이야. 당시 미술품을 전문적으로 훔치는 강도가 나타났지. 그들은 정치나 대기업 사장이 비밀리에 소지하고 있던 미술품을 훔쳤어. 몰래 가지고 있던 것이라 그들도 당연히 신고를 할 수 없었고, 사건은 그렇게 덮였지. 그런데 나는 그것들이 L의 소행이 아닐까 싶은 생각에 빠져 수사를 해왔네."

"이번 귀금속점 절도 역시 이와오의 범행이라는 말씀이신가요?"

"아닐세. 내가 의심한 사람은 이와오가 아니라 그의 아들인 타케루야. 지금은 어디에 사는지 모르지만, 당시만 하더라도 그는 나카노에 살고 있었어. 만약 이와오가 'L'이라면 그 아들 타케루 역시 절도 기술을 전수받았을 것이고, 내 감이 맞다면 타케루가 미술품 전문 강도야. 세밀한 계획과 대담한 실행력, 그리고 흔적을 전혀 남기지 않는 주의력을 지닌 천재 강도지."

카즈마는 타케루를 처음 만났을 때를 떠올린다. 매우 대담한 남자라는 것이 그의 첫인상이었다.

"즉, 쿠사노 형사님은 미쿠모 집안이 L의 일족이라고 생각하는 거죠? 그렇지만 그 증거는 전혀 없고요?"

"그래, 맞아. 10년 전에 한 야쿠자 보스 집에 강도가 들었어. 강도는 족자를 훔쳐갔고, 내가 그 수사를 담당했지. 난 집 안의 모든 지문과 머리카락을 채취해서 그 집을 출입한 조직원과 가정부 등의 DNA와 대조해 보았어. 그 작업만 해도 한 달이 걸렸지. 그 결과, 정체불명의 머리카락이 한 가닥 발견되었어. 어느 여성의 머리카락이었지. 하지만 결국 범인은 잡지 못했어."

"그게 L과 관련된 유일한 단서였군요."

"그래. 그 머리카락은 아직도 보관하고 있어. 하지만 나도 내년에 정년퇴직을 하지. L에 대한 수사도 이걸로 끝이야."

L의 일족은 분명 미쿠모 일가 사람들일 것이다. 하나코의 가족들이 전부 절도범이라니….

"그런데 한 가지 재미있는 이야기가 있네."

쿠사노가 말을 이었다.

"L의 일족은 말이야, 나쁜 놈들의 재산만 훔친다는 룰이 있다네. 미술품을 도난당한 녀석들 대부분이 부패한 정치가나 사업가였고, 족자를 도난당한 이도 야쿠자의 보스였지. 물론 L은 범죄자야. 절대로 그냥 내버려두어서는 안 돼. 하지만 말이야, 어쩐지 미워할 수 없는 그런 희한한 사람이야."

긴자에 있는 어느 카페 안이다. 전체적인 분위기가 매우 고풍스러운 곳이라 카페에는 나이가 지긋한 여성 손님들이 많았다.

약속시간인 오전 11시가 되자 에츠코가 나타났다. 오늘은 회색 투피스에 선글라스를 끼고 있다. 마치 잘나가는 커리어 우먼 같다.

"죄송합니다, 갑자기 오시라고 해서…"

카즈마는 자리에서 일어나 고개를 숙였다.

에츠코는 미소를 지으며 의자에 앉았다.

"앉으세요. 나도 이야기를 나누고 싶었는데, 마침 잘되었어요."

카즈마는 아이스커피, 에츠코는 따뜻한 커피를 주문한다.

"그래서 저한테 할 이야기란 게 뭐죠?"

"하나코에게 미리 들으셨겠지만, 사실 하나코와 좀 다투었어요. 죄송합니다."

"역시 그렇군요. 그럴 줄 알았어요."

쿠사노 형사와 헤어진 카즈마는 곧바로 미사코에게 전화를 걸었다. 정말 급한 일이 있으니 사부인인 에츠코의 연락처를 알려 달라고 했다.

"그런데 왜 싸운 건가요?"

"사실 정말 사소한 문제였습니다. 말하기도 부끄러울 정도로요. 평소 같았으면 쉽게 화해를 했을 텐데, 어쩌다 보니 계속 이야기가 어긋나서…."

"그래서 나한테 만나자고 한 거군요. 조언을 구하려고. 나에게 연락한 건 잘했어요."

에츠코는 밝게 웃더니 커피를 한 모금 마신다. 일상적인 모습도 어딘지 모르게 섹시하게 보였다.

"결혼을 앞두고 있는 여자는 급격히 불안해져요. 그럴 때는 괜히 자극하지 말고 하나코가 하자는 대로 따르는 게 좋아요."

"그렇습니까?"

"네. 일단 사과부터 하세요. 생각보다 우리 하나코가 고집이 세요. 카즈마 군이 먼저 연락하는 게 좋을 거예요."

"알겠습니다. 그렇게 하겠습니다."

에츠코는 핸드백에서 시가 케이스를 꺼냈다. 그러다 자신을 따라붙는 카즈마의 시선에 멋쩍은 얼굴로 웃는다.

"원래 남들 앞에서는 잘 안 피는데…, 오늘은 좀 필게요."

에츠코는 고급스런 금색 라이터를 꺼내 담배에 불을 붙인다. 카즈마는 테이블에 놓인 은색 재떨이를 에츠코 앞으로 밀어준다.

전혀 실감이 나지 않는다. 눈 앞에 앉아 있는 여성이 L의 일족이라 불리는 전문 절도단의 일원이라니. 애초에 L의 일족이라는 이름도 마치 만화에나 나올 듯한 이름이다. 진짜인지 아넌지조차 의심스럽지만 그 쿠사노가 거짓말을 할 이유가 없다.

"오늘은 정말 감사했습니다. 저는 그만 돌아가야 할 것 같습니다."

"어머, 그렇군요. 미안해요, 계속 붙들어 둬서. 여긴 내가 살게요. 그런데 다음에 만나면 '장모님'이라고 불러줄래요? 이름으로 부르는 건 왠지 거리감이 느껴지잖아요."

"알겠습니다. 그렇게 하겠습니다."

카페 앞에서 에츠코와 헤어졌다. 모퉁이를 돈 에츠코는 카즈마의 시야에서 완전히 사라졌다. 카즈마는 만약을 대비해 그녀가 사라지고 나서도 3분 정도를 더 기다렸다.

그리고 다시 카페 안으로 들어가 좀 전까지 앉아있었던 자리로 향했다. 아직 잔이 그대로 남아 있었다. 카즈마는 미리 점원에게 테이블 정리는 하지 말라고 당부해 두었다.

주머니에서 증거품용 비닐봉투를 꺼낸다. 은색 재떨이 위에 에츠코가 피웠던 담배꽁초 3개가 남아 있다. 담배에는 그녀의 립스틱 자국도 묻어 있다.

카즈마는 담배꽁초를 비닐봉투에 담는다.

하나코는 공원에서 혼자 도시락을 꺼냈다. 평소에는 동료들과 함께 먹지만, 우울하거나 몸이 좋지 않을 때는 도서관 근처에 있는 공원에서 혼자 먹곤 했다. 햇빛을 받으며 밥을 먹으면 조금이나마 기운이 나는 느낌이 들었기 때문이다.

하지만 오늘은 하늘이 맑은데도 전혀 기운이 나지 않았다.

그때 옆 벤치에 누군가 앉는 모습이 보였다. 그 사람이 모자를 벗으며 하나코에게 눈인사를 한다.

'아니? 어째서…?'

하나코는 놀란 나머지 속으로 고함을 쳤다.

그는 바로 카즈마의 할아버지 와이치였다.

"그동안 잘 지내셨나? 하나코 양."

하나코는 자리에서 일어나 정중히 인사한다.

"아, 안녕하세요."

"그렇게 격식을 차리지 않아도 되네. 자, 앉게."

"네."

하나코는 슬쩍 와이치의 옆모습을 본다. 그는 웃고 있지만, 뭔가 모를 단단한 카리스마가 느껴진다. 마치 자기 할아버지 이와오처럼. 와이치와 이와오는 풍기는 분위기가 어쩐지 닮아 있다.

"만나는 건 두 번, 아니 세 번째지?"

"설마 그때…?"

"그래, 당연히 알고 있었어. 이래봬도 형사 생활을 오래 해왔다네. 아직도 현역 못지않아."

그와 정식으로 처음 만난 것은 하나코가 두 번째로 카즈마의 집을 방문했을 때였다. 하지만 하나코는 킨시쵸 술집에서도 그를 보았다. 그곳에서 와이치 역시 하나코를 알아보았던 것이다.

"나를 조사하고 있었지? 어디까지 알아봤나?"

"조, 조사까지는 아니고…."

"괜찮네, 화내는 게 아니야."

하나코는 망설인다. 사실 이와오와 와이치의 관계를 계속해서 추적해왔는데, 혹시 지금이라면 그것을 알 수 있는 기회가 아닐까.

"그러니까…, 저희 할아버지와 할아버님이 대학 동창인 것까지는 알아냈습니다. 그리고 한 달에 한 번 킨시쵸에 있는 술집에서 같이 약주를 하신다는 것도요."

"그렇군."

와이치는 고개를 끄덕였다. 그런 다음 환하게 웃으며 말했다.

"50년 전에 난 메이세이 대학 법학부에 진학했지. 당시 학교 근처에 기숙사가 있었는데, 나는 그 기숙사에 들어갔어. 기숙사는 2인 1실이었는데, 내 방 룸메이트가 도토리 같은 머리를 한, 귀여운 얼굴의 남학생이었지."

"설마 그 사람이…?"

하나코의 말에 와이치가 고개를 끄덕이며 말했다.

"그래. 그 남자가 바로 이와오야. 나의 평생 친구가 될 남자였지."

"미쿠모 이와오는 이제껏 만나본 적이 없는 스타일이었어. 한

마디로 눈부신 남자였지. 밝은 성격으로 주위 사람들을 끌어
당기는 매력이 있었지."

1950년대 초, 젊은 날의 이와오와 와이치, 이 두 사람은 한
방에서 함께 생활했다고 했다.

너무 놀란 나머지 하나코는 아무 말도 나오지 않았다.

"나와 이와오는 금방 친해졌어. 같은 법학부이기도 했고, 또
같은 검도부라 항상 함께 다녔지."

"저희 할아버지가 검도를 했다고요? 전혀 몰랐어요."

그러자 와이치가 웃으며 대답했다.

"이와오는 무척 강했단다. 그리고 민첩했어. 그렇게 빠른 녀
석은 처음이었어. 상대의 움직임을 미리 파악하는 능력이 뛰어
났지. 종횡무진 움직이다가 상대가 지쳤을 때 공격을 가한다,
그게 이와오의 전법이었지."

와이치의 말처럼 할아버지는 정말로 민첩했을 것이다. 이와
오의 속도를 하나코도 누구보다 잘 알고 있다.

"당시 검도부에는 마돈나라고 불리는 예쁜 여자애가 있었어.
나도 이와오도 그 여자애를 좋아했지. 사실 그 애와 처음 친해
진 것은 이와오였어. 나는 여자에게 말을 거는 게 영 서툴렀거
든. 하지만 나와 반대로 이와오는 동성이든 이성이든 쉽게 친
해졌지."

아마도 마츠 할머니와 이와오 할아버지가 만나기 전의 일일
것이다. 이와오의 20대 시절 이야기는 들어본 적이 없다. 하나

코는 저도 모르게 와이치의 이야기에 푹 빠져들었다.

"그래서 저희 할아버지가 그 사람과 사귀었나요?"

"그렇지는 않아. 어느 일요일 아침에 일어났는데 이와오가 계속 신음을 하고 있었어. 어제 먹은 회가 상한 것 같다면서 말이야. 하지만 나도 같은 걸 먹었는데, 나는 멀쩡했어. 그날 이와오는 자기 대신에 우에노에 가달라고 했어. 나는 몇 번이나 거절했지만, 이와오가 하도 간곡하게 부탁하기에 결국 우에노역에 가게 되었지."

다음 이야기가 충분히 상상이 되었다. 그래서 하나코가 먼저 이렇게 말했다.

"그곳에서 기다리고 있던 사람이 검도부의 그 마돈나였죠?"

"그래. 그 마돈나였지. 그녀와 난 우에노 동물원에서 데이트를 했어. 잔뜩 긴장하는 바람에 기억이 하나도 안 나지만, 그녀는 나를 마음에 들어 했어. 그래서 그 뒤로 가끔 데이트를 하게 되었지. 말하자면 이와오는 나와 노부에를 이어준 사랑의 큐피드였어."

"네? 그럼 그 마돈나가…?"

"그래, 지금의 내 아내 노부에야. 그런데 그때 이와오가 배가 아프지 않았다면 어떻게 되었을까? 아니, 그러기 전에 이와오가 정말 배가 아프기나 했던 걸까? 그것을 알기 위해 나는 이와오를 닦달했지만 녀석은 적당히 둘러대더군. 어쨌든 노부에와 사귀기 시작한 이후에도 나와 이와오의 관계는 변하지 않왔어. 셋이서 잘 뭉쳐 다녔지. 하지만 졸업을 앞둔 2월 말에 사건이 하나 터졌어."

"무슨 사건인데요?"

그렇지만 와이치는 고개를 저었다.

"그건 아직 말할 수 없다네. 하지만 그 사건이 나와 이와오의 인생에 큰 영향을 주었다는 것은 확실하네. 어쨌든 졸업식 전날, 난 이와오와 술을 마셨어."

대학을 졸업한 뒤에 와이치는 경찰청에, 그리고 이와오는 무역회사에 들어가게 되었다. 세계를 여행하는 것은 이와오의 오랜 꿈이었고, 그 꿈을 이루기 위해 해외출장이 많은 무역회사에 취업한 것이다.

"그날 밤 이와오가 처음으로 말해주었어. 미쿠모 집안의 비밀에 대해서 말이야. 선대 대대로 도둑질을 생업으로 해온 집안으로, 이와오는 장손이었지. 그 말을 듣고 처음에는 반신반의했어. 하지만 이와오의 진지한 모습에 거짓말이 아니라는 걸 알게 되었네."

졸업식 날, 두 사람은 악수를 하고 헤어졌다.

그러다 반년 후, 와이치는 이와오가 종적을 감추었다는 소식을 우연히 전해 듣게 되었다. 이후 각자의 삶을 살던 그들은 서른을 넘긴 나이에 지하철 안에서 우연히 마주친다.

"그때가 70년대 초였지. 당시 나는 막 형사가 된 상태라 눈코 뜰 새 없이 바빴다네. 피로 때문에 주의력을 잃었는지 지하철에서 지갑을 도둑맞았어. 형사가 말이야. 당황해서 주위를 두리번거리고 있는데, 갑자기 등 뒤에서 누군가가 내 어깨를 툭툭 쳤어. 돌아보니 이와오가 서 있더군. '형사님, 방심하면 안 되죠.'라고 말하며, 이와오는 내 지갑을 건네주었어."

지하철은 킨시쵸 역에서 멈추었고, 이와오는 조용히 지하철에서 내렸다. 와이치도 그를 따라 서둘러 지하철에서 내렸다.

물어보고 싶은 것들이 산더미 같이 많았지만, 와이치는 입도 벙긋하지 못했다. 이제 막 형사가 된 그였지만, 이미 많은 범죄자를 만나온 경험이 이렇게 말하고 있었기 때문이다.

'이 남자는 범죄자다. 그것도 고단수의 범죄자.'

와이치는 이와오와 나란히 길을 걸었다. 밤하늘을 올려다보니 둥근 달이 떠 있었다. 보름달이었다.

"이윽고 이와오와 나는 한 술집으로 들어갔어. 이와오와 나는 카운터 자리에 서서 술을 마셨지. 서로 한마디도 하지 않고 묵묵히 술만 마셨어. 그러다가 가게 문을 닫으려고 할 때, 나는 겨우 이렇게 물었어. '이 가게는 자주 오나?', 그러자 녀석은 웃으며 대답했어. '그래. 한 달에 한 번. 주로 월말에 와.'라고. 그 이후 월말에는 킨시쵸 역에 있는 그 술집에 갔어. 물론 일이 있어 못 가는 날도 있었지만, 이와오는 항상 카운터 자리에서 술을 마시고 있었지. 대화는 거의 하지 않았고, 우연히 합석한 사람들처럼 술을 마셨어. 그것도 나쁘지 않았어. 녀석이 옆에 있는 것만으로도 좋았어."

와이치의 이야기는 그것으로 끝이 났다.

한 달에 한 번 만나 묵묵히 술을 마시는 옛 친구 사이, 그것이 이와오와 와이치의 관계였다.

"어이쿠, 벌써 시간이 이렇게 됐군. 점심시간이 끝난 건 아닌가?"

와이치의 말에 하나코는 손목시계를 보았다. 이제 5분 뒤면 점심시간이 끝난다. 하나코는 서둘러 자리에서 일어났다.

"말씀 감사했습니다. 그런데 마지막으로 하나만 더 여쭙고 싶습니다."

"뭐지?"

"저와 카즈마에 대한 이야기입니다. 할아버님께서 빌렸던 책을 반납하기 위해 카즈마가 저희 도서관으로 왔었습니다. 그걸 계기로 카즈마와 사귀게 되었고요. 그런데 이 모든 일들이 우연인가요?"

"그게 말이지…"

와이치는 크게 한숨을 쉰다.

"정년퇴직 후 나는 민간 경호전문회사의 고문으로 일했어. 그러다 70세에 진짜로 은퇴하게 되었네. 그 이후 이와오와 차츰 더 자주 말을 섞게 되었네. 화제는 가족이었지. 손자 자랑이나 마누라 욕 등등 말이야. 그러다 어느 날 손자 손녀 이야기가 나왔는데, 이와오가 웃으면서 이렇게 말하더군. '내 손녀와 네 손자가 결혼하면 어떻게 될까?'라고. 그때 내 장난기가 발동했다네. 실제로 한번 만나게 해볼까 하고 말이야. 그렇지만 설마 하나코 양과 카즈마가 사귀게 될 줄은 나도 몰랐어."

와이치는 허리를 깊이 숙여 사과의 마음을 전한다.

"용서해주게. 자네 마음에 상처를 줄 의도는 없었어. 전부 내 책임이야."

"…잠시만 기다려주세요."

하나코는 핸드백에서 손목시계를 꺼냈다. 계속 돌려주려고 했던 와이치의 손목시계이다.

"저기, 죄송합니다. 저도 모르게 그만…, 진심으로 죄송합니다."

하나코는 고개를 숙이며 손목시계를 내밀었다. 그러자 와이치가 웃으며 말했다.

"괜찮네. 그건 원래 하나코 양 것이었어. 원래 이와오 것이니까. 졸업식 때 이와오한테 받았던 손목시계였다네."

"그렇다면 더더욱 받을 수 없어요."

하나코는 손목시계를 내밀었다. 그러자 와이치가 손목시계를 받아 왼쪽 손목에 찼다.

"젊은 사람들에겐 좀 구닥다리 디자인인가? 하나코 양이 가지면 좋을 텐데."

이제 시간이 없다. 뛰지 않으면 지각할 것이다. 하나코는 꾸벅 인사를 하고는 돌아섰다. 그때 와이치가 하나코의 등 뒤에서 말했다.

"그리고 마지막으로 이와오…, 아니, 하나코 양 할아버지의 명복을 빈다네."

하나코는 다시 뒤돌아서서 와이치의 얼굴을 바라보았다. 코마츠가와 공원에서 발견된 시신이 미쿠모 이와오라는 것을 아는 사람은 하나코의 가족뿐이다.

"어, 어떻게 그걸…, 카즈마에게 들으셨나요?"

"아니, 처음부터 알고 있었네. 이와오를 구하지 못한 건 내 책임일세. 용서해주게."

와이치는 한 번 더 고개를 숙이고는 발걸음을 돌려 걸어간다.

하나코는 그 뒷모습이 어딘지 모르게 초라하게만 느껴졌다.

아오야마 귀금속점 사건 수사는 난항을 겪고 있었다. 일당 중 한 명인 '얀 슈메이'를 체포하긴 했지만, 그 이상의 진전은 보이지 않았다. 얀의 진술로 다른 4명의 강도가 더 있다는 걸 알았지만, 그들의 신원은 여전히 파악하지 못한 상태이다. 그리고 그들에게서 귀금속을 가로챈 2인조의 정체 역시 오리무중이었다.

카페에서 에츠코를 만난 다음 날, 카즈마는 혼자서 아오야마 명품거리에 있는 그 귀금속점을 찾아갔다.

"이 가게에서 판매하는 상품에 대해 여쭤고자 왔습니다. 실제로 누구에게 무엇을 팔았는지 정확히 파악하고 계신가요?"

"파악할 때도 있고, 안 할 때도 있습니다. 저희 가게 회원분이 사가신 경우면 전부 파악하고 있습니다만, 그런 경우가 아니면 알 수 없습니다."

"사실은 사건 발생 전날, 전 개인적으로 이 가게에 왔었습니다."

카즈마가 그렇게 말하자 점장은 환한 얼굴로 웃으며 말했다.

"아, 그러셨군요? 그거 감사합니다."

"그때 점원분이 저에게 이번 가을 신상품이라고 추천한 반지가 하나 있었습니다. 네잎클로버를 모티브로 한 다이아반지입니다. 그 반지를 누가 구입했는지 알 수 있을까요?"

"네, 그거라면…."

점장은 책상 위에 있는 노트북 자판을 두드리며 확인한다.

"그 반지는 매우 고가의 제품이라 구입한 분들 대부분이 회원이었던 걸로 기억합니다. 그리고 아직 신상품이라 7~8개만 팔린 것으로 알고 있고요."

잠시 뒤, 프린트기에서 종이 한 장이 인쇄되어 나온다. 점장은 출력된 종이를 건네주며 말한다.

"그 반지는 30개 한정으로 생산된 프리미엄 상품입니다. 현재까지 9개가 팔렸고, 구입한 손님들은 전부 저희 가게 회원이었습니다. 이게 그 리스트입니다."

카즈마는 리스트를 본다. 그곳에 구매한 사람들의 이름, 주소, 연락처 등이 적혀 있다. 하지만 '에츠코'란 이름은 없었다.

금요일 상견례에서 에츠코는 분명 그 반지를 끼고 있었다. 만약 그 반지가 이곳의 반지가 확실하다면 에츠코는 그 반지를 어디서 얻었을까.

결론은 하나였다.

"형사님, 이 리스트에 무슨 문제라도 있나요?"

"그건 수사상의 비밀입니다. 협조 감사합니다."

인사를 하고 가게를 나온 카즈마는 일단은 수사본부로 돌아가기로 했다.

하나코와 둘이서 귀금속점을 찾은 것은 일주일 전의 일이다. 카즈마는 이곳에서 하나코에게 그 반지를 선물하려고 했다. 그러다 우연히 에츠코를 만나는 바람에 반지를 사진 못했지만.

그런 생각을 하고 있을 때 카즈마의 핸드폰이 울렸다. 쿠사노 형사였다. 쿠사노는 인사도 없이 다짜고짜 흥분된 말투로 용건부터 말한다.

"일치했네."

어제 에츠코가 입에 물었던 담배꽁초에 대한 DNA 감정을 쿠사노에게 의뢰했었다. 10년 전 야쿠자 보스의 집에서 채취한 머리카락과 담배꽁초의 DNA가 일치했다는 말이다. 즉, 그 사건에 에츠코가 관련되어 있을 가능성이 매우 크다는 뜻이다.

"지금 당장 여기에 올 수 있나? 그 담배꽁초를 어디서 구한 거야? 카즈마 자네라면 범인이 누군지 이미 알고 있겠지?"

"죄송합니다만, 잠시만 기다려주세요."

카즈마는 단호한 말투로 그렇게 말했다. 그러자 수화기 너머로 쿠사노의 당황한 기색이 역력히 느껴졌다.

"우선 하루만 기다려주세요. 내일 가서 설명해 드리겠습니다."

카즈마는 전화를 끊었다.

그 담배꽁초는 에츠코의 것이다. 그것의 증거 가치는 매우 컸다. 미쿠모 집안을 풍비박산 낼 수 있는 힘을 지니고 있었다.

'이제부터 난 어떻게 해야 할까?'

카즈마는 온몸에 식은땀이 맺혔다.

6년 전, 경호전문회사 고문을 그만둔 와이치는 그 후로 쭉 집에서 칩거해 왔다. 하지만 여전히 사쿠라바 집안의 가장은 와이치였다.

어린 시절부터 카즈마는 와이치에게 고민 상담을 했다. 그는 항상 자신의 생각을 밀어붙이기만 하지 않고, 카즈마의 의견을 먼저 들어주고 카즈마의 선택을 지지해주었다.

밤 9시가 넘어 카즈마는 집으로 돌아왔다. 미사코와 노부에가 거실에서 TV를 보고 있었고, 노리카즈는 아직 퇴근하지 않았다.

카즈마는 와이치의 방으로 들어갔다. 하지만 와이치의 방에는 이미 불이 꺼져 있었고, 와이치는 잠들어 있었다. 그래서 카즈마는 조용히 문을 닫고 나가려고 했다.

"카즈마냐?"

그때 불쑥 와이치가 물었다.

"아, 깜짝이야! 네. 저예요, 할아버지."

"무슨 일이냐?"

와이치가 침대에서 몸을 일으킨다. 카즈마는 달려가 와이치를 부축한다. 그리고 방 안의 전등을 켜려고 하자 와이치가 제지한다.

"눈이 부시니까 전등은 켜지 마. 여기 좀 앉아라."

와이치는 침대 옆 의자를 가리켰고, 카즈마는 그곳에 앉았다.

"그래, 뭐 할 얘기라도 있냐?"

"네. 사실은 상담할 게 있어서요. 구체적으로는 말씀 못 드리지만…, 어떤 가족이 있어요. 저는 사적으로 그 가족을 잘 알고 있고, 그 가족도 절 잘 알고 있어요."

이제야 어둠에 눈이 익숙해진다. 와이치는 카즈마의 말에 조용히 귀를 기울인다.

"그런데 최근 그 가족이 어떤 범죄에 관여되었다는 사실을 알게 되었어요. 어쩌면 그 가족 전체가 범죄자일 수도 있어요. 제가 그 가족을 고발하면 그들은 벼랑 끝에 몰리게 될 거예요. 전 어떻게 하면 좋을지 모르겠어요."

"카즈마, 넌 어떻게 해야 한다고 생각하니?"

와이치는 먼저 카즈마의 생각을 물었다. 그는 언제나 상대를 존중했다. 그게 와이치의 방식이었다.

"전혀 모르겠어요."

카즈마는 양손으로 머리를 감싸쥐었다.

"정말이지 전혀 모르겠어요. 대체 어떻게 하면…."

"생각해 봐라. 잘 생각해 봐, 카즈마. 이미 답은 네 마음속에 결정되어 있어."

정답은 알고 있다. 어쨌든 자신은 경찰이기 때문에, 범죄자를 잡는 것이 경찰의 당연한 의무이다.

"저, 저는 경찰이에요. 경찰이 범죄자를 모른 척할 순 없어요. 그냥 넘어갈 수 없다고요."

정말 교과서적이고 융통성 없는 대답이었다. 스스로에게 구역질이 날 지경이다.

만약 하나코네 가족들을 고발할 경우, 하나코의 부모님은 체포될 것이고, 가족들은 뿔뿔이 흩어지게 될 것이다. 카즈마는 경찰로서의 책임감과 하나코를 구하고 싶은 욕망 속에서 갈등한다.

"내가 네 입장이었다고 해도 나 역시 너와 같은 길을 선택할 거다. 설령 내 가족이 범죄를 저질렀다고 해도 나는 그자에게 수갑을 채울 것이다, 그게 경찰이 해야 할 일이야. 네 생각은 틀리지 않았어. 오히려 네가 그렇게 생각하지 않았다면 나는 널 경멸했을 거다."

'역시 그런가? 나는 하나코의 가족들을 고발할 수밖에 없

나.'

"하지만 난 지금 은퇴한 몸이다. 현역을 떠난 지 벌써 16년이나 흘렀지. 지금부터 하는 이야기는 그냥 노인네의 혼잣말이라고 생각하고 들어주렴. 내 아버지, 그러니깐 네 증조할아버지 이야기란다."

그렇게 운을 뗀 와이치는 말을 이었다.

"내 아버지는 태평양 전쟁 때 필리핀의 어느 섬에 있는 미군 포로수용소에서 보초를 서게 되었어. 아버지는 수용된 미국인 포로들과 어쭙잖은 영어로 얘기를 하면서 친해지게 되었지."

왜 갑자기 증조할아버지 얘기를 하시는 거지, 카즈마는 의아했다. 하지만 와이치의 이야기에 얌전히 귀를 기울인다.

"그러던 어느날, 아버지의 부대는 갑작스레 퇴각하게 되었는데, 상부에서는 포로수용소에 불을 붙이고 퇴각하라는 명령을 내렸어. 그날, 아버지는 상관의 눈을 피해 수용소 감옥 앞에 열쇠를 두었어. '굿 럭'이라는 메모를 남기고 말이야. 그 직후에 수용소에 불이 붙긴 붙었어."

"그래서 포로들은 살았나요?"

그러자 와이치가 고개를 저으며 말했다.

"그것까지는 아버지도 모른다고 하셨어. 수용소에서 피어오르는 검은 연기만 보셨다고 하셨지. 아무튼 쓸데없는 소리를 했구나."

그러나 카즈마는 와이치의 말을 이해했다. 즉, 경찰이 하나코의 가족들을 잡기 전에 그들이 도망칠 기회를 만들어주라는 뜻이었다.

"고마워요, 할아버지."

"아니다. 난 그저 옛이야기를 했을 뿐이야."

와이치는 침대에 다시 눕는다. 옛날에는 몸집이 훨씬 더 크게 느껴졌는데, 지금은 많이 야위었다.

카즈마는 조용히 와이치의 방에서 빠져나왔다.

오늘도 하루 종일 비가 내렸다. 일을 마친 하나코는 집으로 돌아가는 중이다.

카즈마의 할아버지 와이치와 공원에서 만난 게 벌써 그저께 일이다. 그 후로도 하나코는 와이치의 이야기를 계속해서 되새기고 있었다.

이와오와 와이치, 그리고 노부에의 관계를 이제야 전부 알게 되었다. 두 사람이 오랜 시간 교류를 이어온 것도 알아냈다. 하지만 아직도 알 수 없는 것이 두 가지 있다.

첫째, 와이치는 어떻게 코마츠가와 공원에서 발견된 시신이 이와오라는 것을 알았을까? 둘째, 대학시절에 일어났다고 하면서 말해주지 않은 사건은 어떤 사건이었을까? 그 사건은 두 사람의 인생에 큰 영향을 끼쳤다고 했다.

"하나코!"

자신을 부르는 소리에 하나코는 발걸음을 멈추었다. 길가에 카즈마가 서 있었다.

사실 하나코는 카즈마에게 먼저 연락을 하려던 차였다. 다만, 겁이 나서 하지 못했다.

"잠시 이야기 좀 해."

카즈마가 진지한 얼굴로 말했다.

"응, 나도 할 이야기가 있어."

"그래, 그럼."

주위를 둘러본 카즈마가 건너편에 있는 카페를 가리킨다.

"저 카페에 들어가자."

카페로 들어간 그들은 마실 것을 주문한다.

"지난번에는 미안했어."

카즈마는 하나코에게 고개를 숙인다.

"일방적으로 따져서 미안했어. 거짓말을 했던 것은 나 역시 마찬가지인데…."

"아니야, 괜찮아. 오늘 카즈마를 만나서 다행이야. 이런 이야기는 역시 만나서 해야 한다고 생각했어."

이미 결심했다. 이제 말하기만 하면 된다. 하나코는 크게 숨을 들이켠 다음 속사포처럼 말한다.

"헤어져, 카즈마. 우리 이제 끝내."

"하나코…."

"힘들어, 정말. 이렇게 계속 사귈 수는 없어."

카즈마는 말없이 하나코의 얼굴을 바라본다. 그 눈빛은 공허

했다.

이윽고 카즈마가 천천히 입을 열었다.

"하나코 네 말이 맞아. 우리들은 헤어져야 해."

마치 자기 자신에게 다짐하는 말처럼 들렸다.

그런데 하나코는 마음속 저 깊은 곳에서 아주 약간이나마 이런 말을 기대했던 것도 사실이다.

'그게 무슨 소리야? 우리가 왜 헤어져?'

그러나 실망하진 않았다. 어떤 남자라도 결국에는 자신의 곁을 떠날 것이다. 자신이 도둑의 딸이기 때문에.

"미안해."

카즈마는 고개를 숙인다. 테이블에 이마가 닿을 정도로 고개를 깊숙하게 숙여 말한다.

"날 용서해줘. 널 행복하게 해주고 싶었는데…. 진심으로 그러고 싶었는데…. 난 지금도 널…."

"카즈마, 괜찮아."

신기하게도 눈물이 나오지 않는다. 오히려 마음이 놀랍도록 냉정해진다.

"그런데 카즈마, 할 이야기가 뭐야?"

"지금부터 내가 하는 말은 혼잣말이라고 생각하고 들어줘."

카즈마는 커피를 한 모금 마시고 자세를 바로잡는다.

"이건 도시전설 같은 거야. …어느 일가족이 있었다고 해. 그들은 경찰 눈을 피해 도둑질을 해왔지. 일가족의 가장은 전설

적인 소매치기, 그 아들은 미술품을 훔치는 도둑인데 그들의
정체에 대해서는 아무도 몰라. 하지만 어떤 형사가 그 일가족
의 정체를 알아차렸어. 그리고 확실한 증거까지 얻었지. 일가족
을 모두 잡을 수 있는 증거를 말이야."

그 증거란 무엇일까, 하나코의 심장이 빠르게 뛴다.

"그 형사는 고민했어. 그러다 한 가지 결론에 도달했지. 그
일가족을 고발하기로 말이야. 하지만 사실 형사는 마음속으로
이렇게 바라고 있어. 경찰에게 잡히기 전에 그 일가족이 모습
을 감추고 도둑질을 그만두기를."

"그, 그 형사님은 언제 고발한대?"

"오늘 밤. 그래서 시간이 별로 없어."

하나코는 소스라치게 놀란다.

그런데 카즈마는 하나코에게 이런 수사 기밀을 누설해도 괜
찮은 건가, 불안해진 하나코는 카즈마에게 묻는다.

"그들이 도망쳐도 그 형사님은 괜찮아?"

"응, 괜찮아. 걱정 안 해도 돼. 그리고 오늘 밤이라고 해도 곧
바로 지명수배가 떨어지는 것은 아니야. 증거조사가 필요하니
까. 그래도 서두르는 게 좋아."

"아, 알았어."

하나코는 카즈마의 배려가 고마웠다.

어쩌면 이는 좋은 기회가 될 수도 있다. 하나코의 집안이 도
둑질을 그만두고 평범하게 살 수 있는 마지막 기회.

"어서 가봐, 여기는 내가 계산할게."

"응, 고마워."

하나코는 먼저 카페를 나섰다.

'카즈마와 좋게 헤어지게 되어서 정말 다행이야.'

하나코는 가슴을 쓸어내린다.

비는 아직도 추적추적 내리고 있다. 하나코는 서둘러 집으로 향했다.

"너, 제정신이냐? 그러고도 네가 내 딸이야? 카즈마 군이 형사라고? 정말이야?"

카즈마가 형사였다는 사실을 밝히자마자 타케루는 격노한다. 딸의 남자친구가 형사라니, 타케루에게 이보다 더 최악의 소식이 어디 있을까?

"응, 맞아요. 그리고 카즈마의 아버지도, 어머니도, 할아버지도, 할머니도 전부 경찰이에요. 심지어 기르는 개조차 경찰견이고."

"뭐라고?"

타케루는 신경질적으로 관자놀이를 비비며 소파에 앉는다.

"그럼 에츠코와 내가 그 경찰놈들과 사이좋게 앉아 밥을 먹었단 말이야? 말도 안 돼, 농담이지?"

"그러니깐 농담이 아니라고요. 나도 카즈마가 형사란 걸 모르고 사귄 거라니까. 나도 최근에 안 거예요."

그때 에츠코가 거실로 들어온다. 그녀는 목욕가운을 입고 있고, 머리에는 수건을 두르고 있다. 그 모습은 마치 샴푸 광고에 나오는 모델처럼 아름다웠다.

"왜 그래요, 다들? 여보, 와인 있어요? 없으면 어디서 좀 가져와요."

"에츠코, 지금 그게 중요한 게 아니야."

타케루는 에츠코에게 지금까지 하나코와 나눈 얘기를 설명한다.

이야기를 듣는 에츠코의 안색이 점점 더 창백해진다.

"네? 그렇다면 사부인도 경찰인 거예요?"

"그래, 과학수사대에서 일하고 있대."

"하나코, 너 대체 무슨 짓을…."

에츠코는 바닥에 털썩 주저앉는다.

하나코는 주방으로 향한다. 주방 테이블에 타케루가 마시던 와인이 반쯤 남아 있다. 하나코는 그것을 벌컥벌컥 마신다.

"넌 네가 무슨 짓을 했는지 아니? 당장 헤어지렴."

등 뒤에서 에츠코의 목소리가 들렸다.

"이미 헤어졌어요. 그리고 한 가지 더 있어요. 경찰이 우리 가족의 정체를 알아챘어요. 끝이야, 우린."

"그게 무슨 소리야? 카즈마 군이 우릴 팔았다는 거야? 그 녀석 그렇게 야비한 놈이었어?"

"아빠, 카즈마는 형사잖아요. 범죄자를 잡는 게 그의 일이에요. 눈앞에 비싼 그림이 있으면 아빠도 일단 훔치잖아요. 그거랑 똑같은 거야!"

"쳇, 날 경찰 같은 녀석들과 비교하지 마. 그런데 카즈마 녀석은 처음부터 우리를 노리고 접근한 거냐?"

"그건 아니에요. 우리들은 서로의 집안에 대해 아무것도 몰랐어. 그러다가 할아버지가 돌아가신 사건이 계기가 된 거예요. 그 사건을 카즈마가 담당하게 되었는데, 사건을 조사하다가 우리 가족의 정체까지 알게 된 거야!"

타케루가 코웃음을 친다.

"정체가 탄로 난 것 정도는 아무것도 아니야. 경찰은 우리를 잡을 수 없어. 증거가 없잖아."

"…증거가 있대. 그것도 결정적인 증거가."

"뭐라고?"

타케루의 얼굴색이 하얗게 질린다.

"…내 탓이야."

에츠코가 미간을 찡그리며 중얼거린다.

"당신 탓이라니, 그게 무슨 소리야?"

"지난 일요일에 카즈마 군이 불러서 나갔어. 앞으로 하나코와 어떻게 하면 좋을지 묻더라고. 그런 얘기를 하던 중에 무심코 담배를 피웠지. 근데 그 담배꽁초를 회수하지 않고 그냥 왔어."

그 담배꽁초를 카즈마가 회수한 것이 분명했다.

"이대로 당할 순 없어. 얼마나 걸릴까?"

타케루가 에츠코에게 묻는다.

"사흘, 아니 이틀."

"바로 준비하지. 어이, 와타루! 어머니! 여기 모두 와봐요."

타케루는 크게 소리를 지른다.

"뭘 하려고요?" 하나코가 물었다.

"도망칠 준비를 해야지. 이대로 잡힐 수는 없잖아."

"어디로…?"

그 순간 하나코의 뺨에 얼얼한 충격이 전해진다. 하나코는 뺨을 감싸 쥔 채 타케루를 노려본다.

"왜 때려요?"

"넌 네가 무슨 짓을 저질렀는지 알기나 해? 우리 가족 모두를 네 손으로 위험에 빠뜨린 거야. 넌 내 딸도 아니야. 나가, 이 집에서 당장 나가!"

"말 안 해도 나갈 거예요, 이딴 집."

더 빨리 이 집을 나갔어야 했다. 왜 그러지 않았는지 지금에서야 후회가 된다.

와타루가 졸린 눈을 비비며 복도로 나온다. 그리고 마츠 역시 걸어 나온다.

하나코는 마츠에게 하고 싶은 말이 많지만, 꾹 참고 방에 들어가 여행용 캐리어에 옷가지를 챙긴다. 캐리어를 끌고 복도로 나오자, 거실에 가족들이 전부 모여 있다. 하나코를 보는 마츠의 서글픈 눈빛이 느껴진다.

그대로 거실을 지나쳐 현관으로 향하는데, 뒤에서 하나코를 쫓아오는 발소리가 들린다.

"하나코, 아빠에게 사과하렴. 사과하면 분명 용서해주실 거야."

에츠코였다. 그 말을 무시한 채 하나코는 신발을 신는다.

"너 어딜 가니? 말 좀 해봐, 하나코."

"아빠한테 의절 당했잖아요. 전 이제 이 집안사람이 아니에요."

하나코는 곧장 문을 열고 밖으로 나갔다.

"이 머리카락이 에츠코 것이 틀림없나?"

쿠사노의 질문에 카즈마는 즉각 답한다.

"네. 틀림없습니다."

카즈마는 반장인 마츠나가와 동행해 경찰청 수사3과로 갔다.

"L의 일족인가…."

마츠나가 반장이 턱을 만지며 중얼거렸다.

"사실 나도 그 이름을 들은 적은 있지만, 그냥 소문인 줄로만 알았어. 설마 L의 일족이 실존하고 있을 줄이야…."

"네, 그리고 또 하나 더 있습니다. 코마츠가 공원에서 발견된 다테시마 마사오의 시신 말입니다…, 그 시신은 이와오일 겁니다. 사건 당일 현장 근처에서 택시기사가 이와오를 태웠다고 진술했습니다."

그런데 쿠사노는 이와오가 죽었다는 말에도 전혀 놀라지 않았다.

"쿠사노 씨는 전혀 놀라지 않으시네요."

"물론 나도 놀랐네."

쿠사노는 헛기침을 하고 카즈마의 말에 대답한다.

"하지만 내가 주시하는 놈은 그 아들 타케루야. 녀석이 이제까지 벌어들인 돈은 수십 억 단위지. 거물 정치가에게서 미술품을 훔쳤다는 소문도 있어. 이건 엄청 큰 사건이야."

쿠사노가 강렬한 눈빛을 내뿜으며 말한다.

"마츠나가 반장! 자네는 참 훌륭한 부하를 두었구먼. 고맙네."

카즈마는 마츠나가와 함께 다시 수사1과로 향한다. 오후 8시를 넘긴 시간이다.

"코마츠가와 공원에서 발생한 사건 말인데…, 상부에서는 여전히 피해자를 다테시마 마사오라고 해서 사건을 종결시킬 모양이야."

"말도 안 돼요."

"하지만 어쩔 수 없어. 이제 와서 되돌릴 수 없을 거야. 피해자는 사실 다른 사람이었다고 번복하는 기자 회견을 할 수는 없잖아."

코마즈가와 공원에서 신원불명의 시신이 처음으로 발견되었을 때, 경찰청 데이터베이스에 등록된 지문을 토대로 그 시신이 다테시마 마사오라는 사실이 밝혀졌다. 카즈마는 바로 이 사실에 의구심을 품었다.

"즉, 누군가가 경찰청 데이터베이스에 들어와 지문과 증명사진을 바꾸었다, 그 뜻이냐?"

"네, 누군가가 데이터베이스를 바꾼 겁니다. 그래서 저는 그 기록을 찾아보려고 합니다."

"데이터베이스 로그 기록을 보려면 총무과로 가야겠군."

마츠나가는 수화기를 들고 내선번호를 눌렀다.

"내가 총무과에 전해두지. 자네가 한번 가봐."

"네, 알겠습니다."

카즈마는 사무실을 나와 총무과로 향한다.

이미 미쿠모 집안의 정체를 동료들에게 밝혔다. 이제 되돌릴 수 없다. 이제 하나코의 가족들이 무사히 도망쳐주길 바랄 뿐이다.

카즈마가 총무과에 들어서자, 한 남자가 자리에서 일어나며 말한다.

"카즈마 씨죠? 마츠나가 반장님께 이야기 들었습니다. 이쪽으로 오시죠."

남자 주변으로 몇 대의 컴퓨터들이 놓여 있었다. 컴퓨터 화면에는 의미를 알 수 없는 무슨 문자들이 바삐 움직이고 있었다.

"그러니까 다테시마 마사오의 기록에 접속한 사람을 찾으면
되는 거죠?"

"네. 가능하십니까?"

남자는 대답 없이 작업에 열중한다. 잠시 뒤, 그는 컴퓨터 화
면에서 시선을 떼고 말했다.

"찾았어요. 8월에 한 번, 그리고 10월에 여러 번 접속이 있었
네요."

10월에 접속이 많았다는 것은 사건이 발생했기 때문일 것이
다. 따라서 그 이전 기록이 중요하다.

"8월 기록이 좀 이상하네요."

"뭐가 이상하죠?"

"어디서 접속했는지를 모르겠어요. 보통은 경찰청 어느 부
서, 어느 컴퓨터에서 접속했는지를 정확히 알 수 있거든요. 그
런데 8월 2일 밤에 접속한 기록은 어느 부서, 어느 컴퓨터에서
접속했는지에 대한 IP 주소가 남아 있지 않아요."

"IP 주소를 남기지 않을 수도 있나요?"

"네, 그리고 그러니까 부정 접속이라는 거예요. 이건 상당한
실력을 지닌 해커 짓이에요."

남자는 손수건을 꺼내 피둥피둥한 얼굴의 땀을 닦았다.

"접속한 IP 주소를 알 수 없더라도, 경찰청 데이터베이스에
접속하려면 ID와 비밀번호를 통해 로그인이 필요하지 않습니

까? 그날 그 시간대에 접속한 경찰이 누군지 알 수는 없나요? 그걸 알려주세요."

잠시 키보드를 두드리던 남자는 고개를 갸우뚱거리며 중얼거린다.

"당신이랑 성이 같네요. 아는 사람인가요? 8월 2일에 접속한 것은 경호부 사쿠라바 노리카즈라는 사람이에요."

카즈마가 집에 돌아온 것은 밤 10시를 넘긴 시각이었다. 노리카즈는 목욕을 하고 있었고, 미사코와 노부에는 평소처럼 TV를 보고 있었다. 거실로 들어온 카즈마는 미사코와 노부에에게 말했다.

"드릴 말씀이 있어요. 아버지가 목욕을 마치면 다다미방으로 함께 와주세요."

"설마 카즈마, 너 정말 하나코 양과…."

미사코가 우려 섞인 얼굴로 말한다.

"어머니, 이따 설명할게요."

카즈마는 방에 먼저 들어간다. 그리고 평소 즐겨 앉던 자리에 앉는다.

총무과에서 들었던 말이 마음에 걸린다. 아버지 노리카즈의 ID가 도용당했다. 노리카즈가 직접 접속했을 가능성도 생각해 봤지만, 그건 불가능한 일 같았다. 데이터베이스에서 접속 IP 주소를 삭제해 버릴 기술 같은 것이 노리카즈에게 있을 리 없었다.

총무과 직원의 말에 따르면, 노리카즈의 비밀번호는 여덟 자리로, 노리카즈의 생년월일이었다. 가족 이외에도 노리카즈의 생년월일을 아는 사람이 있을 수 있지만, 가장 의심스러운 것은 가족이었다.

"카즈마, 할 이야기란 게 뭐냐?"

문이 열리더니 노리카즈가 들어온다. 그 뒤를 이어 미사코와 노부에도 들어온다.

"할아버지는 주무시는구나. 카오리는 조깅하러 나갔고."

"괜찮아요, 나중에 전해주세요. 저, 하나코와 헤어졌어요."

"헤, 헤어지다니…?"

"왜 갑자기 이제 와서…? 지난주에 다 함께 상견례도 했잖아."

노리카즈와 미사코가 동시에 말한다.

"제가 어리석었어요. 형사란 걸 숨기고 그녀와 사귄 게 화근이었어요. 그녀에게 더 빨리 저의 직업을 말했더라면 일이 이렇게 되지 않았을 거예요."

노리카즈의 표정이 심각하게 변했다. 무언가를 눈치챈 모양이다.

"혹시 그쪽 집안에 무슨 문제라도 있는 거니?"

"네. …혹시 L의 일족이라고 들어보셨나요? 대대로 도둑질을 생업으로 삼아온 일족이래요. 범죄자들 사이에서 오랫동안 전해져 내려오는 일종의 도시전설 같은 거래요."

"그래, 들은 적이 있어. 루팡의 'L'에서 따온 거잖아. 이른바 의적 같은 거지. 나쁜 놈들에게서 돈을 훔치는 녀석들이야. 하지만 내가 들은 이야기로는 말짱 헛소문이라던데. …설마 하나코네 가족이?"

"네, 하나코네 가족이 바로 그 L의 일족이에요. 가족 모두가 범죄자 집단이지요."

"말도 안 돼…."

"믿고 싶지 않지만, 사실이에요. 그래서 저는 하나코와 결혼할 수 없어요. 그리고 한 가지 더 있어요. 얼마 전에 코마츠가와 공원에서 한 남성의 시신이 발견되었어요. 피해자는 다테시마 마사오라는 노숙자로 밝혀졌지만, 사실은 아니었어요. 의도적으로 누군가가…, 경찰 내부의 누군가가 피해자의 신분을 다테시마 마사오로 바꿔치기한 거예요."

"확실하니? 그런데 그 사건이 미쿠모 가족들과 무슨 관계가 있니?"

노리카즈가 눈을 번뜩이며 물었다. 이제 완전히 경찰의 얼굴이 되어 있었다.

"죽은 남성은 이와오, 하나코의 할아버지예요."

그 말이 끝나기가 무섭게 누군가가 낮은 소리로 탄식했다. 노부에였다. 당장이라도 쓰러질 것처럼 노부에의 안색은 창백해졌다.

"다테시마 마사오, 아니, 이와오를 살해한 인물 역시 이미 확인되었어요. 현장 근처에 사는 신원미상의 노숙자예요. 하지만 전 범인도 다른 사람이라고 봐요. 어쩌면…."

거기까지 말한 카즈마는 재빨리 입을 닫았다. 확실한 증거 없는 가설을 말하는 것은 지금 이 시점에서 이르다고 판단했기 때문이다.

"어쨌든 그런 줄 아세요. 제 이야기는 여기까지예요. 하나코와는 결혼하지 않아요. 그녀와 결혼할 수 없는 이유, 다들 이해하셨죠?"

다들 아무 말이 없다. 무언의 긍정이다. 하나코는 도둑의 딸이니 당연한 결과이다. 그런 그녀와 결혼을 허락해줄 리 없다.

"어머니, 카오리에게도 전해주세요. 그리고 내일 밤에 하나코가 여기 오겠대요. 우리 집에 와서 정식으로 사과하고 싶대요. 그러니깐 내일은 모두 집에 있어주세요."

용건을 마친 카즈마는 방에서 먼저 나갔다. 그리고 문 앞에서 큰 한숨을 쉰다.

좀 전에 하려던 말을 카즈마는 머릿속에서 곱씹는다.

'어쩌면 이와오 살인 사건에 대해 무언가를 숨기려는 사람이 우리 가족 중에 있을지도 몰라요.'

하나코는 텔레비전 예능 프로를 보고 있다. 그러나 머릿속에 하나도 들어오지 않는다.

하나코는 도쿄 역 근처에 있는 캡슐 호텔 안에 있다. 큰소리를 치고 집을 나왔지만 딱히 갈 데가 없었다. 츠키시마에 있는 집에 갈까 잠시 고민해 봤지만, 아버지 명의로 된 집에 가고 싶지 않았다. 그래서 이 캡슐호텔에 묵게 되었다. 그렇지만 여기서 계속 머무를 수는 없다.

그때 머리맡에 둔 핸드폰이 울린다. 문자메시지가 왔다. 카즈마의 문자였다. '가족들에게 전부 이야기했어. 내일 정말로 올 거니?'

마음이 무거워진다. 지금이라도 카즈마의 가족에게 제대로 된 사과를 하고 싶지만, 그 집에 들어가기까지 상당한 용기가 필요할 것이다.

하나코는 핸드폰을 다시 머리맡에 내려놓았다.

그런데 계속해서 하나코의 머릿속을 맴맴 도는 말이 하나 있다. 와이치가 했던 말이다.

와이치와 노부에, 그리고 할아버지 이와오, 이 세 명은 같은 대학을 다녔다. 그런데 대체 대학시절에 무슨 일이 있었던 걸까? 이와오가 취업이 확정된 무역회사에 가지 않고 소매치기라는 길을 선택한 것 역시 그 사건과 관련이 있을지도 모른다.

하나코는 전등을 껐다. 어둠이 찾아왔다. 하지만 눈을 감아도 잠은 오지 않았다.

하나코는 용기를 내 카즈마의 집에 와, 가족들에게 마지막

인사를 했다.

"여러분, 저는 이만 가볼게요. 그동안 폐만 끼쳐서 정말 죄송합니다."

다시 한번 고개를 숙여 인사하고는 문을 연 순간, 하나코는 그 자리에 서서 얼음처럼 굳는다. 와이치가 서 있었기 때문이다. 와이치는 천천히 안으로 들어온다.

"아버지, 몸은 좀 괜찮으세요?"

노리카즈의 말을 무시한 채 와이치는 가족 모두의 얼굴을 살핀다.

"밖에서 다 들었다. 이미 결론이 난 것 같구나."

와이치의 목소리는 날카로웠다.

"너희들이 하나코 양을 받아들이기 위해 노력할 것을 기대했다. 자기 잘못은 하나도 없는 이 아이를 위해 최선을 다해 좋은 방법을 마련해 내기를 기대했던 것이다. 그런데 이게 뭐냐? 너희들은 너무나도 쉽게 이 아가씨와의 인연을 끊기로 결정했다."

"아버지, 아버지도 전직 경찰관이잖아요. 범죄자의 딸을 집안에 들인다는 것은 불가능하잖아요. 그래서 저희도 고민 끝에 정한 거라고요." 노리카즈가 반론했다.

"닥쳐라, 노리카즈!"

와이치가 일갈하자, 놀란 노리카즈는 금세 입을 다물었다.

"만약 너희들이 이 아가씨를 받아들이기 위해 노력했더라면 난 나서지 않으려고 했었다. 하지만 지금부터 어쩔 수 없이 우리 사쿠라바 집안의 비밀을 이야기하고자 한다. 사실 무덤까지 가져가려고 했지만, 지금 이 순간 생각이 바뀌었다."

하나코는 이곳에 자신이 있어서는 안 될 것 같았다. 그래서 몰래 나가려고 하는데, 와이치가 하나코를 붙잡았다.

"하나코 양, 하나코 양과도 관계가 있는 이야기이네. 같이 들어주게."

"아, 네."

하나코는 할 수 없이 자리에 다시 앉았다.

"나는 말이야, 하나코 양을 오래전부터 알고 있었다. 그녀의 할아버지, 이와오와 나는 둘도 없는 친구 사이였어."

모두가 놀란 얼굴로 와이치를 본다.

그런데 이상 행동을 보이는 인물이 한 명 있다. 노부에였다. 창백한 얼굴의 노부에는 죄진 사람처럼 고개를 떨구고 있었다.

놀라움의 연속이었다. 카즈마는 입을 벌린 채 와이치의 이야기에 귀를 기울였다.

와이치와 이와오가 대학 기숙사에서 같은 방을 썼다는 이야기, 그 이후 두 사람이 친구가 되었다는 이야기, 잠시 동안 삼각관계에 빠졌지만 와이치가 노부에와 사귀게 되었다는 이야기, 대학 졸업 후에 이와오는 취업이 결정된 무역회사에 가지 않고 소매치기가 되었다는 이야기, 8년 후 지하철에서 두 사람이 재회했다는 이야기, 그 모든 이야기가 놀라웠다.

"그 이후 한 달에 한 번, 나와 이와오는 같이 술을 마셨다. 서로 현역이었을 때는 일절 말을 섞지 않았지만, 둘 다 은퇴한 다음부터는 차차 말을 섞게 되었지. 사실 카즈마와 하나코 양이 사귀게 된 것은 우연이 아니다. 어느날 이와오가 '내 손녀와 네 손자가 만약 결혼하게 되면 우린 어떻게 될까?'라는 농담을 했기에, 내가 이 두 사람을 만나게 한 것이다."

카즈마는 아무 말도 할 수 없었다. 설마 하나코와의 만남까지 계획되어 있을 줄은 몰랐다. 반면 하나코는 아무런 동요 없이 평온한 얼굴로 와이치의 이야기에 귀를 기울이고 있다. 이미 두 사람은 이전에 만난 적이 있는 것 같았다.

"정말 너무해요, 할아버지."

카오리가 맹랑한 말투로 와이치에게 말했다.

"두 사람이 쉽게 맺어질 수 없는 사이라는 건 할아버지도 잘 알잖아요. 그런데도 두 사람을 만나게 하다니…, 너무해요."

"그래, 그 말대로다. 하지만 내가 카즈마에게 책 반납을 부탁한 것은 고작 5번뿐이야. 그런데 그 5번의 만남으로 두 사람은 사랑에 빠졌어. 두 사람은 처음부터 인연이었던 거야."

"그런데 아버지, 그게 비밀인 거예요? 아버지와 이와오 씨가 친구였다는 게? 그게 그렇게까지 숨길 문제는 아니잖아요." 노리카즈가 와이치에게 물었다.

"가만있어라, 지금부터가 중요하다."

와이치는 팔짱을 끼고 눈을 감는다.

"지금부터 50년 정도 전의 일이야. 대학 졸업식을 앞둔 2월 말이었다. 당시 우리 검도부원들은 매일 밤 이별을 아쉬워하며 새벽까지 이야기를 나누었지. 정신을 차려보니 자정을 넘긴 시각이었다."

그날 그곳에는 노부에도 함께 있었다. 당시 노부에는 학교에서 30분 정도 걸리는 여자 기숙사에 살고 있었다. 그런데 여자 혼자 그 어두운 밤길을 걷게 할 수 없었다. 그렇다고 검도부원들에게 진지한 이야기를 하던 중이었던 와이치는 중간에 자리를 비울 수 없었다. 그러자 이와오가 노부에를 바래다준다면서 그녀와 함께 밖으로 나갔다.

"이와오가 같이 가준다니 나도 안심이 되었지. 그런데 2시간이 지나도록 이와오는 돌아오지 않았고, 걱정이 된 나는 두 사람을 찾으러 나갔다."

두 사람의 이름을 부르며 와이치는 흙길을 걸었다. 그때 와이치의 부름에 답하듯 신음 소리가 들려 왔다. 소리가 난 쪽으로 전등을 비춰보니, 버스정류장 앞에 한 남자가 쓰러져 있었다. 와이치는 서둘러 그에게 다가갔다.

"그 남자는 바로 이와오였다. 이와오는 의식이 잃기 직전으로 '노부, 노부!'란 말을 중얼거리고 있었지. 불길한 예감이 든 나는 일단 노부에를 찾았어. 그녀는 버스정류장에서 50미터 떨어진 숲속에 있었어."

노부에의 얼굴은 이미 피투성이였다. 이마에 깊은 상처를 입은 것이었다.

그 모습에 와이치는 큰 충격을 받았지만, 간신히 정신을 추스르고는 흐느끼는 노부에를 등에 업었다. 그리고 쓰러져 있던 이와오까지 챙겨서 그 자리에서 벗어났다.

"우리는 곧바로 병원에 갔지. 병원 대기실에서 이와오가 나에게 말해주었다. 노부에와 길을 걷고 있는데 갑자기 버스정류장 뒤에서 한 남자가 나타났고, 이윽고 각목 같은 것으로 얻어맞았다고 해. 그 바람에 이와오는 곧장 쓰러졌지만, 안간힘을 써서 다시 일어났지. 그 남자가 노부에를 범하려고 했다는 거야. 노부에는 필사적으로 저항했지만, 놈의 각목에 이마를 맞고 기절하고 말았지."

'반드시 노부에를 지킨다!'

의식이 몽롱한 상태에서도 이와오는 남자의 허리를 붙잡았다. 각목으로 연신 얻어맞으면서도 이와오는 남자를 놓지 않았다. 그런 이와오의 필사적인 모습에 남자는 치를 떨며 도망쳤다고 했다.

"범인의 목적은 명백했다. 노부에를 성폭행하려고 했던 거지. 그것을 이와오가 막아준 거야. 경찰서에 신고도 했지만, 범인은 찾을 수 없었어. 노부에의 이마에 생긴 상처는 열세 바늘을 꿰매야 할 정도로 큰 상처였어. 노부에는 보는 사람이 힘겨

울 정도로 좌절했고, 그건 이와오도 마찬가지였어. 자신 때문에 노부에가 다쳤다고…, 그렇게 자책했어."

"그, 그래서였군요. 그래서 할아버지가 무역회사에 들어가지 않은 거군요."

하나코의 목소리는 가늘게 떨리고 있었다.

"그래, 하나코 양. 이와오가 무역회사에 들어가지 않은 이유를 난 알고 있었어. 이와오는 범인을 찾으려 했던 거야. 범인은 복면으로 입가를 덮고 있었다고 해. 사건 직후, 이와오는 나에게 말했어. '놈을 다시 만나면 분명 알아볼 수 있을 것 같아.'라고 말이야. 어떻게 알 수 있느냐고 묻자 이와오가 대답했지. '난 알 수 있어. 눈을 보면 알 수 있다고.'라고 했어."

카즈마는 하나코의 얼굴을 흘깃 보았다. 하나코의 표정은 침착했다.

"나 역시 범인을 찾기 위해 백방으로 노력했지. 그 무렵 성범죄 용의자가 체포될 때마다 취조실로 달려갔어. 그리고 밝혀진 범죄 말고 다른 죄가 없는지를 추궁했지. 하지만 범인은 끝내 잡을 수 없었어."

50년 동안 범인을 찾아다닌 두 남자, 그 엄청난 집념에 놀랄 수밖에 없었다.

"만약 그때 이와오가 없었다면 어떻게 되었을까, 그 생각만 하면 나는 지금도 아찔해. 분명 이마의 상처만으로 끝나지 않았을 거야. 잘 들어라, 얘들아. 이와오는 우리 가족의 은인이다.

노부에를 범인으로부터 구해낸 은인이야. 그런데 그 은인의 손녀를 너희들이 쫓아내려고 한 것이다. 이 얘기를 듣고도 하나코 양을 쫓아낼 생각이냐?"

잠시 침묵이 이어졌다.

카즈마의 등 뒤에서 문이 열리는 소리가 들렸다. 돌아보니 노부에가 방을 나가고 있었다.

"어쩔 수 없잖아요, 아버지."

침묵을 깬 사람은 노리카즈였다.

"하나코 양의 부모는 절도범이에요. 앞으로 지명수배까지 내려질 가능성도 있어요. 그런 집안의 딸을 우리 가족으로 들일 수는 없어요. 물론 어머니를 구해준 것은 정말 감사한 일이지요. 하지만 그거랑 이거는 다른 문제예요."

"노리카즈 너, 그 말 진심이냐?"

"네. 전 현직 경찰이에요. 이미 은퇴한 아버지와는 여러 모로 입장이 달라요. 범죄자 딸을 며느리로 들일 수는 없어요. 만약 아버지도 현직에 계셨다면 저와 같은 결론을 내렸을 거예요."

"…다른 사람들 생각은 어떠냐?"

와이치가 주위를 둘러보았다. 그러자 카오리가 제일 먼저 입을 열었다.

"난 찬성이야. 그리고 할머니를 구해준 분의 손녀잖아. 오빠는 언니와 결혼해야 해."

"조용히 해, 카오리. 잘 알지도 못하면서 넌 나서지 마. 만약 하나코 양과 결혼한 뒤에 하나코 양의 부모님이 체포되면 경찰 내에서 우리 입지는 어떻게 될 것 같아? 전부 끝이야."

흥분한 노리카즈가 상기된 표정으로 외쳤다.

"그건 그때 가서 생각하면 돼."

"제발 좀, 말이 되는 소리를 해라."

"무슨 말이야, 고집은 아빠가 부리고 있잖아."

노리카즈와 카오리는 다시금 격렬하게 말다툼을 벌였고, 와이치가 이를 만류한다.

"둘 다 조용히 해! 지금 너희들이 다툴 때가 아니야. 다른 사람 의견은 어떠냐? 미사코, 네 생각은 어떠니?"

그 말에 미사코의 얼굴이 딱딱하게 굳는다.

"저는…, 이이 의견에 동감입니다. 하나코 양이 카즈마와 함께하는 건 어렵다고 생각해요."

"카즈마, 넌 어떠냐? 전에 하나코 양과 결혼할 각오가 되어 있다고 나에게 말했었지?"

"하지만 그때랑 지금은 상황이 완전히 달라요. 그때는 하나코의 가족에 대해 아무것도 몰랐을 때니까…"

"그렇다면 모든 진실을 알게 된 지금은 마음이 달라졌다는 거냐? 넌 그쪽 집안과 결혼하는 게 아니야. 미쿠모 하나코라는 여성과 결혼하는 거지."

그렇지만 아무리 생각해도 무리다. 며칠 뒤면 하나코의 부모님들은 경찰에 붙잡힐지도 모른다.

카즈마는 하나코를 바라본다. 하나코는 미묘한 표정으로 고개를 숙이고 있다. 고민 끝에 카즈마는 조심스레 말한다.

"저는…, 하나코와 결혼할 수 없어요."

"오빠! 무슨 소리야. 언니 앞에서 그런 말을 하면 어떡해?"
카오리가 외쳤다.

"넌 좀 조용히 해. 그래 봤자 하나코 양은 범죄자 집안의 딸이잖아." 노리카즈가 말했다.

이건 좀 심하다. 카즈마는 노리카즈의 말에 즉각 반론한다.

"아버지, 하나코에 대해 그런 식으로 말씀하지 마세요. 그리고…."

마침 모두 모였으니 이 자리에서 확실하게 이야기를 해둘 필요가 있었다.

"코마츠가와 공원 살인사건 아시죠? 수사본부는 그 시신을 노숙자 '다테시마 마사오'라고 결론 내렸어요. 경찰청 데이터베이스에 등록된 다테시마의 지문과 시신의 지문이 일치했으니까요. 하지만 그건 잘못된 판단이었어요."

"야, 카즈마! 지금은 사건 이야기할 때가 아니야."

"잠시만요, 일단 끝까지 들어주세요. 그런데 경찰청 데이터베이스에 조작된 흔적이 있었어요. 게다가 해킹한 사람은 아버지의 ID를 사용해 로그인했지요. 물론 아버지가 그런 일을 하실 리 없다고 생각하지만, 아버지의 ID를 이용해 부정 접속이 이

루어진 것은 명백한 사실이에요."

놀란 노리카즈가 카즈마를 쳐다본다.

"네, 맞아요. 아버지, 혹은 아버지와 매우 가까운 인물이 데이터베이스 조작에 관여한 거죠. 그리고 그 인물은 이와오 살인사건에 관여되었을 가능성이 높아요."

와이치는 눈을 감은 채 카즈마의 말에 귀를 기울인다.

"이와오 살인사건이 일어난 날을 떠올려주세요. 제가 하나코를 처음으로 이 집에 데려온 날이에요. 그때 시각은 저녁 7시였어요. 그리고 1시간 반 정도 지나 저는 하나코를 집까지 데려다주고, 다시 우리 집으로 돌아왔어요. 그리고 곧바로 이 방에 들어왔지요. 이곳에는 아버지, 어머니, 할머니, 그리고 카오리가 모여 가족회의를 하고 있었어요. 다들 기억하시죠?"

그러나 아무도 대답하지 않았다.

"…그때 시각은 밤 9시 반이었을 거예요. 한편 코마츠가 공원에서 살해된 이와오의 사망추정 시각은 저녁 8시부터 밤 10시 사이예요. 그런데 이와오를 현장까지 데려다준 택시기사의 증언에 따르면 그날 사건 현장에 도착한 시간은 오후 9시 반이었대요. 실제 범행시각도 그쯤이라고 추정되고요. 즉, 가족회의에 참가했던 사람은 모두 알리바이가 성립하지요."

"서, 설마…?"

"네, 우리 가족 중에서 알리바이가 없는 사람은 할아버지뿐이에요. 당시 우리들은 할아버지가 2층 방에서 주무시고 계신 줄 알았어요. 하지만 실제로 할아버지는 이 집에 계시지 않았던 것이 아닐까, 전 그렇게 생각해요. 몰래 집을 빠져나갔던 할아버지가 갈 곳은 한 군데뿐이었죠."

"즉, 내가 이와오를 살해했고, 그의 정체를 숨기기 위해 경찰청 데이터베이스를 조작했다 말하고 싶은 거냐?"

"네, 데이터베이스를 조작한 것은 분명 할아버지일 거예요. 할아버지라면 아버지의 ID, 그리고 아버지의 생년월일도 알고 계시니까요. 물론 실제로 해킹을 한 것은 다른 누군가일 수도 있겠지만요. 아무튼 저는 할아버지가 이와오의 죽음과 어떤 식으로든 관련이 있을 거라고 생각해요."

방 안에는 무거운 침묵이 흘렀다. 그리고 한참 뒤에야 와이치가 입을 열었다.

"…올해 7월이었다. 평소처럼 이와오와 술을 마시는데, 녀석이 갑자기 진지한 표정으로 이렇게 말하더구나. '찾았다!'라고."

"찾았다는 게 설마…?"

"그래, 이와오는 노부에를 범하려고 했던 범인을 찾아낸 거야. 하지만 녀석은 나에게 범인의 정체를 알려주지 않았어. 자기 혼자 결판을 낼 생각이었지. 이와오는 그를 찾아가 마땅한 죗값을 물을 생각이었어. 왜냐면 만약 나까지 그 계획에 가담한다면, 경찰인 너희들에게까지 폐를 끼치게 될 거라고 생각했던 거야. 그래서 만에 하나의 경우를 대비해 이와오는 다른 사람의 신분으로 이미 죽은 사람이 될 계획이었다. 그래서 나는 녀석에게 노리카즈의 ID와 비밀번호를 알려주었다."

그리고 드디어 결전의 날이 찾아왔다. 카즈마가 하나코를 집에 데려온 바로 그 날이다. 저녁 8시를 지났을 무렵, 와이치에게 이와오의 문자메시지가 도착했다. 문자메시지에는 '오늘 밤이다.'라고 적혀 있었다.

"나는 곧바로 이와오에게 전화를 걸어 어디에 있냐고 물었다. 잠시 옥신각신했지만 결국 이와오는 그 장소를 알려주었고, 나는 몰래 밖으로 나갔지. 사실 그때 이미 나는 다리도 거의 다 나아서 걸을 수 있었어."

와이치는 택시를 타고 코마츠가와 공원으로 향했다. 그리고 일부러 이와오가 알려준 장소에서 2킬로미터 정도 떨어진 곳에서 내렸다. 와이치는 그곳에서 이와오의 모습을 보았다.

"나는 이와오에게 달려갔어. 그때까지 그는 살아 있었지만, 이미 가망은 없었다. 그가 뭐라고 중얼거리기에, 귀를 갖다 댔더니 '얼굴을, 얼굴을…'이라고 말했어. 그 말 뜻을 나는 알 수 있었지. 자신이 이와오라는 증거를 없애달라는 말이었어. 이윽고 이와오는 숨을 거두었고, 나는 큰 돌을 주워 녀석의 얼굴을 수 차례 내려쳤어. 신기하게도 눈물이 나지는 않았다. 그의 얼굴은 알아볼 수 없을 정도로 짓이겨졌고, 나는 집으로 되돌아왔단다."

"즉, 현장에 도착했지만 이와오 할아버지는 이미 죽기 일보 직전이었다. 그렇게 말씀하고 싶으신 건가요?"

카즈마가 떨리는 목소리로 물었다. 참으로 혼란스러운 진실
이다.

"그렇다. 이와오의 얼굴을 때린 돌은 이 집 정원에 묻었다.
자, 이제 어쩔 거냐? 날 체포할 거냐? 네가 하고 싶은 대로 해
라."

하지만 그럴 수도 없는 노릇이었다. 할아버지를 체포하다니,
있을 수 없는 일이다.

"이상이 내가 알고 있는 모든 진실이다. 이걸로 우리 집안에
비밀이라고는 없다. 마지막으로 하나코 양에게 진심으로 사과
하고 싶다. 하나코 양, 나는 노부에의 원수를 잡지 못했고, 이
와오마저 허망하게 보냈네. 용서해주게."

와이치는 고개를 깊숙이 숙여 하나코에게 사과한다. 그런 다
음 하나코에게 무언가를 건넨다. 갈색 손수건이다.

"이 손수건은 이와오의 유품일세. 그 녀석의 주머니에 있던
것이지. 난 이 손수건을 하나코 양이 가져야 한다고 생각해."

손수건에는 알파벳 'M'이 새겨져 있다. 아마도 미쿠모의 약
자 'M'일 것이다.

"우리 가족들이 하나코 양을 받아주지 않은 것은 하나코 양
의 잘못이 아닐세. 우리 가족이 문제가 있는 거야. 하나코 양
은 이와오를 닮아 맑고 순수한 눈빛을 지니고 있지. 앞으로도
건강히 잘 지내게."

그 말을 끝으로 와이치는 방에서 나갔다. 하나코 역시 고개를 숙여 인사하고는 조용히 방을 나섰다.

이걸로 하나코와는 끝이다.

카즈마는 큰 한숨만 내쉬었다.

다음 역은 츠키시마 역이었다. 하나코는 간신히 정신을 차렸다. 습관이란 정말 무서운 것이다. 하나코는 아무 생각 없이 집으로 가는 지하철을 탔다. 자신이 가출 중이라는 것을 까먹은 것이다.

지하철이 츠키시마 역에 도착했고, 하나코는 일단 내리기로 했다.

개찰구 앞이다. 하나코는 지갑을 꺼내기 위해 핸드백을 열어 보았다. 이런, 핸드백 안에 남성용 지갑이 3개나 들어 있다. 스트레스로 자신도 모르게 손이 저절로 움직인 모양이다. 하나코는 역 앞에 있는 파출소로 허겁지겁 달려갔다.

"이것들이 바닥에 떨어져 있었어요."

지갑들을 데스크에 올려놓자, 경찰이 눈을 휘둥그레 뜨며 묻는다.

"이걸 전부요? 어디서 주우셨나요? 아, 일단 성함이…? 잠깐 여기에 사인을 좀…."

"죄송합니다. 제가 좀 바빠서요."

"네? 저기요, 그래도 잠깐 좀 기다리…."

경찰의 말이 끝나기도 전에 하나코는 부리나케 파출소를 뛰쳐나온다.

일단 집으로 돌아가 상황을 파악해야 한다고 생각했다. 타케루는 분명 어딘가로 도망칠 생각일 것이다. 그러므로 가족들과 이야기를 해봐야 한다.

이와오가 살해당한 이유를 드디어 알아냈다. 과거 노부에를 덮친 범인에게 당한 것이다. 그런데 그 범인의 정체는 여전히 오리무중이다. 벌써 50년 전 일이니까, 범인 역시 이와오 또래의 노인일 것이다.

그런데 이와오는 78세치고는 매우 건강한 편이고, 죽기 직전까지도 현역으로 일하고 있었다. 그런 이와오를 간단히 처치할 정도라니, 범인 역시 무슨 무술이라도 배운 게 아닐까 싶었다.

이와오는 주위 사람들에게 폐를 끼치지 않기 위해 '다테시마 마사오'라는 인물로 위장해서 죽었다. 사건이 있던 날, 와이치는 사망한 이와오의 얼굴을 돌로 내려쳤다. 오랜 친구의 얼굴을 처참하게 뭉개던 와이치의 심정은 어떠했을까, 그 생각을 하니 마음이 아팠다.

집 앞에 도착해 하나코는 아파트 현관문과 약간 떨어진 곳에 멈춰 서서 주위를 살핀다. 어쩌면 경찰이 잠복해 있을지도 모른다. 하나코는 조심조심 아파트 현관 안으로 들어간다.

엘리베이터를 타고 52층에서 내린다. 하나코는 또다시 집 문 앞에 멈추어 섰다.

이상하다. 아무 기척도 없었다. 비밀번호를 입력하고 집 안에 들어가니, 집 안은 이미 텅 비어 있었다.

방 곳곳을 전부 둘러봤지만, 아무것도 없다.

'다들 어디로 간 거지? 벌써 떠난 건가?'

정말이지 도망치는 것만큼은 정말 잘하는 사람들이다.

그러다 하나코는 거실 마루 위에서 빛나는 것을 발견한다. 할아버지가 남긴 구슬이다. 하나코는 몸을 숙여 그것을 줍는다.

그때 갑자기 핸드폰이 울려, 하나코는 핸드폰 액정을 바라본다.

문자메시지가 한 통 와 있었다.

"늦었잖아. 뭘 하고 있었어, 진짜."

밤 10시를 넘긴 시각이다. 그러나 JR유라쿠쵸 역은 인파들로 혼잡했다. 하나코는 사람들을 헤치며 역 출구로 향했다. 그곳에는 가족들이 와 있었다.

"아빠, 어떻게 된 거예요? 그 아파트는 팔아버린 거예요?"

"당연하지. 증거를 일절 남기지 않는 것이 내 스타일이야."

하나코에게 문자메시지를 보낸 사람은 에츠코였다. 에츠코가 문자메시지로 장소를 알려주었다.

타케루와 에츠코는 여행용 가방을 들고 있다.

"좋아, 이걸로 다 모였지?"

타케루는 헛기침을 하고는 말했다.

"흠흠, 그러니까 사정은 다들 알고 있지? 하나코의 실수로 우리 가족은 경찰에게 쫓기게 되었다. 그래서 일단 몸을 숨기기로 했다."

"몸을 숨기다니, 어디로? 난 해외는 싫어."

"해외는 아니야. 이럴 때는 공항이 제일 위험한 장소야. 감시도 삼엄하고. 그런데 우리들 다섯이 함께 움직이면 사람들 눈에 쉽게 띄어. 그래서 오늘부터 우리 모두 각자의 길을 갈 거다."

타케루는 씁쓸하게 웃으며 가방에서 봉투를 꺼내 나눠준다. 봉투를 열어보니 몇 장의 지폐와 함께 면허증이 들어 있다.

"내가 주는 마지막 선물이야."

면허증에 자신의 사진이 붙어 있다. 위조한 것이라는 생각이 전혀 안 들 정도로 정교하게 만들어져 있었다.

"같은 이름을 찾는데 고생 좀 했다, 하나코. 너보다 나이는 좀 많지만, 넌 노안이니까 괜찮을 거야."

"…각자 길을 가다니, 그게 무슨 소리야?"

"모두가 각자 살고 싶은 대로 사는 거야. 우리들은 함께 있을 수 없어."

"하지만 여보, 와타루는 혼자 둘 수 없어요. 내가 와타루와 함께 가도 될까요?"

"안 돼. 와타루는 엄연히 장남이야. 그리고 벌써 30살이나 먹었는데, 언제까지 엄마 치마폭에 숨어서 살게 할 거야?"

"잠깐 기다려요, 아빠. 할머니는요? 할머니도 혼자 살아야 돼요?" 하나코가 끼어들었다.

"어머니는 요양시설에 들어가기로 했다."

"요양시설이라니, 그게 무슨…"

"그런 소리 마. 요즘 요양시설은 끝내줘. 고급호텔 같은 곳도 있어."

타케루는 가방에서 팸플릿을 꺼내 하나코에게 보인다. 시로가네다이에 있는 요양시설로, 타케루의 말처럼 정말 호화롭고 고급스러운 곳이다.

"하지만 요양시설이라니…, 할머니가 안됐어요."

"나는 괜찮아."

계속해서 침묵하던 마츠가 마침내 입을 연다. 그 얼굴에는 미소가 가득했다.

"요양시설에 들어가는 편이 훨씬 좋아. 안 그래도 어제 견학을 가봤는데 정말 좋은 곳이더라."

하나코는 타케루를 노려보았다. 만약 경찰에 쫓기게 되더라도 가족 모두가 군이 뿔뿔이 흩어지지는 않아도 될 텐데…. 분명 다 함께 살 수 있는 방법이 있을 것이다.

그때 지하철이 들어오는 소리가 들렸다. 이윽고 전철에서 내린 사람들로 주변이 북적거렸다.

"그럼 제군들, 이제 작별이다. 건강히 살아라."

타케루는 그대로 지하철에 올라탔다.

"그럼 나도 가볼까."

마츠가 앞장서서 걸어간다. 하나코는 마츠의 뒤를 따라간다.

"할머니, 진짜 가시는 거예요?"

"그래."

마츠는 웃었다. 조금 쓸쓸해 보이는 미소였다.

"오늘은 일단 친구네서 자기로 했단다. 시설에는 내일 들어가. 하나코, 건강히 잘 살아라. 언젠가 다시 모일 날이 반드시 올 거다."

마츠가 완전히 사라질 때까지 하나코는 그 모습을 바라보았다.

그때 지하철 안내방송이 들려왔다.

"하나코, 이리 오렴."

에츠코의 말에 하나코는 뒤를 돌아보았다.

"둘 다 잘 들으렴. 너희들이라면 괜찮을 거야. 엄마는 분명 잘될 거라고 믿어. 와타루, 알겠지? 무슨 일이 생기면 엄마에게 바로 연락하렴."

그런 다음 에츠코는 캐리어를 끌고 지하철에 올라탄다. 에츠코의 모습은 지하철 안의 승객들로 곧 보이지 않게 되었다.

하나코는 크게 한숨을 쉬었고, 와타루는 저벅저벅 앞으로 걸어갔다. 와타루의 짐은 등에 짊어진 가방뿐이다.

"오빠, 오빠는 어디로 가?"

그러자 와타루가 발걸음을 멈춰 섰다. 그러고는 하나코에게
말했다.

"하나코, 건강하게 지내렴. 무슨 일이 생기면 반드시 구하러
올게."

"오빠…."

와타루는 아무 말 없이 걸어간다. 곧 와타루까지 보이지 않
게 되었다.

역 안은 사람들로 북적거렸다. 여기 있는 사람들 모두가 돌
아갈 곳이 있지만 자신만 돌아갈 곳이 없다. 그런 생각을 하니,
참을 수 없는 외로움이 밀려 들어왔다.

하나코는 그 자리에 한참동안 멍하니 서 있었다.

DAUGHTER OF LUPIN

제 4 장

도둑으로부터 사랑을 담아

"카즈마, 늦었어! 뭐 하는 거야, 정말."

주방에 들어서자마자 미사코가 타박했다. 식탁 앞에는 노리 카즈가 앉아 있다.

"아침 먹고 바로 옷 갈아입어. 카오리는 아직 멀었니?"

미사코가 2층을 향해 냅다 소리를 지른다.

"카오리, 빨리 일어나렴. 준비는 되었니?"

오늘은 일요일이다. 카즈마네 가족은 사진관에서 가족사진을 찍기로 했다. 와이치와 노부에를 제외한 가족들이 참석한다. 카즈마의 결혼 전에 반드시 가족사진을 찍어 두고 싶다는 미사코의 바람 때문이었다.

이제 하나코와 헤어지고 1년이 지났다. 경찰은 타케루와 에츠코를 10년 전 족자 절도사건 용의자로 쫓고 있다. 하지만 아직도 그들을 찾지 못했다. 하나코 가족 모두 완벽히 종적을 감추었다.

"겨우 일어났구나, 카오리. 밥 먹을 거야?"

눈을 비비며 카오리가 주방으로 들어온다. 그런데 카오리는 미사코의 말에 아무 대답도 하지 않고 냉장고에서 우유를 꺼내 마신다.

"카오리, 이제 1시간밖에 남지 않았어. 빨리 준비하렴."

카오리는 주방에서 나갔고, 노리카즈는 말없이 신문을 읽는다.

겉보기에는 평소와 다를 바 없는 일상이다. 하지만 이들 사이에는 어딘지 모를 어색한 분위기가 감돈다. 하나코를 몰아냈다는 죄책감을 모두가 느끼고 있다. 특히 카오리는 집에서 거의 말을 하지 않았고, 노리카즈 역시 카오리를 완전히 투명인간처럼 취급하고 있다.

와이치는 최근 반년 동안 건강이 안 좋아져, 집에서 거의 누워만 지내고 있었다. 병원에서 정밀검사도 해봤지만, 특별한 이상은 없다고 했다. 그런 와이치를 노부에가 돌봐주고 있다.

"카즈마, 오늘 일정은 뭐니?"

"저녁에 에미리 씨를 만나요. 같이 쇼핑을 하기로 했어요."

"그래, 에미리 씨에게 안부를 전해다오. 진짜 시간 엄청 빠르네. 이제 일주일밖에 남지 않았어."

일주일 후, 카즈마는 결혼식을 올린다. 상대는 '하시모토 에미리'라는 여성으로, 카즈마보다 4살 연하이다. 반년 전에 미사코가 끈질기게 제의했던 맞선에서 그녀를 처음 만났다. 에미리는 카즈마를 무척이나 마음에 들어 했고, 그렇게 급속도로 결혼이 진행되었다.

"당신도 빨리 옷 갈아입어요."

"그래."

노리카즈는 짧게 대답하고는 거실에서 나간다. 그 모습을 본 미사코가 말했다.

"저래 보여도 꽤 긴장하고 계신단다. 요즘 혼자서 결혼식 연설 연습을 하고 계셔."

노리카즈의 뒷모습을 바라보며 미사코가 말했다.

카즈마는 결혼식을 일주일 앞두고 떨리기도 했지만, 오히려 더 냉정해지기도 했다. 에미리에게는 미안한 말이지만 하나코가 아닌 여성이라면 결혼상대로 그 누가 되어도 상관없었다.

카즈마는 복도로 나갔다. 그러다 세면실에서 나온 카오리와 마주쳤다. 카오리는 조용히 카즈마의 옆을 지나쳤다. 카오리는 에미리와의 결혼에 대해 일절 말이 없었다.

카오리의 뒷모습을 바라보던 카즈마는 화장실로 향했다.

사쿠라바 집안의 아침은 평소와 같이 조용했다. 그리고 갑갑했다.

"아가씨, A정식 2개."

"네, 알겠습니다. 이모! A정식 2개요!"

하나코는 주방을 향해 호탕하게 외치고는 빈 테이블을 정리한다.

가게 안은 혼잡했다. TV에는 경마 중계가 틀어져 있었고, 손님들은 밥을 먹으며 그것을 보고 있다.

킨시쵸에 있는 '코마츠야'라는 가게에서 일한 지 10개월이 지났다. 도서관을 그만둔 하나코는 이와오가 자주 다니던 '코마츠야' 앞에 왔다가, 우연히 문 앞에 붙은 '종업원 모집'이라는 구인광고를 보고는 이력서를 냈다. 온화한 성격의 점장은 하나코를 흔쾌히 받아주었다.

"점장님, A정식 아직인가요?"

하나코가 몸을 내밀고 주방 안을 바라본다.

"미안, 하나코 양. 조금만 기다려줘."

이 가게에서 하나코는 '스즈키 하나코'라는 이름으로 일하고 있다.

그날 이후 하나코는 가족들을 만난 적이 없다. 요양시설에 있는 마츠에게도 아직 찾아가지 못했다. 가게 일이 바빠서 차일피일 미루다보니 그렇게 된 것이다. 그래서 하나코는 이번 휴가 때 마츠에게 가볼 생각이다.

"하나코 양, 좀 쉬는 게 어때요?"

사모님의 권유에 하나코는 주방으로 들어갔다. 점장의 아내 역시 2시간 정도 나와 가게 일을 돕고 있다.

"하나코 양이 와줘서 정말 다행이에요."

사모님의 말에 하나코는 고개를 젓는다.

"아니에요, 저야말로 감사하죠. 하마터면 길에 나앉을 뻔했거든요."

"길에 나앉다니 과장이 심해요, 하나코 양."

사모님이 깔깔 웃는다.

그때 한 남자가 벌컥 문을 열고 나가는 손님과 동시에 가게 안으로 들어온다. 그를 본 하나코는 크게 놀란다.

추리닝을 입은 남자였다. 익숙한 곤색 추리닝, 가슴팍에 붙어있는 이름표에는 '케빈'이라고 적혀 있다. 와타루였다.

"오, 오빠!"

하나코는 그에게 냉큼 달려갔다.

"무, 무슨 일이야? 왜 여기에 온 거야?"

와타루는 대답 없이 멀뚱히 서 있다. 그 모습을 본 사모님이 하나코에게 물었다.

"어머, 하나코 양과 아는 사이예요?"

"아, 네. 아는 사이긴 해요."

"하나코 양의 친구가 여기 온 건 처음이네요."

와타루는 가게 안을 이리저리 둘러본다.

"오빠, 대체 여기 왜 온 거야? 내가 여기서 일하는 거 어떻게 알았어?"

하나코의 질문을 무시한 채 와타루는 벽에 걸린 차림표만 본다.

"B정식."

"알겠어. 점장님, B정식으로 부탁해요."

점장에게 그렇게 외친 다음 와타루에게 다시 물었다.

"오빠, 내가 여기서 일하는 거 어떻게 알았어? 아무에게도 말 안 했는데."

"너 핸드폰 안 바꿨잖아. 그래서 알았지."

그렇다. 귀찮아서 핸드폰을 바꾸지 않고 그대로 두었다. 그렇다면 GPS 기능을 이용해서 이곳을 알아낸 건가. 와타루에게 그 정도 일쯤은 식은 죽 먹기였을 것이다.

"여긴 왜 왔어? 무슨 일 있었어?"

때마침 사모님이 음식을 가져와 와타루 앞에 내려놓는다. 와타루는 젓가락을 들고 먹기 시작한다.

"어때? 맛있지? 그 된장국에 든 파는 내가 썬 거야."

"그래, 맛있어. 제대로 된 밥을 먹는 건 오랜만이다."

와타루는 마치 걸신들린 사람처럼 허겁지겁 먹어치운다. 지난 1년 동안 와타루는 어떻게 지냈을까. 역시 에츠코가 도와주었을지 모른다. 어쨌든 잘 지낸 것 같아 다행이었다.

순식간에 그릇을 비운 와타루가 자리에서 일어났다.

"가자."

"가다니, 어딜…?"

"할머니가 계신 곳으로."

와타루는 그렇게 말하고는 먼저 가게를 나가버렸다.

하나코는 와타루와 함께 시로가네다이로 향한다. 생각보다 쉽게 마츠가 머물고 있는 요양시설을 찾았다.

접수처에서 방문객 이름을 쓰고 안으로 들어간다. 마츠가 어떤 이름으로 살고 있는지 몰랐기에 하나코는 마츠의 인상착의부터 설명했다. 그러자 직원이 고개를 끄덕이며 말했다.

"아, 마츠무라 씨를 말하시는 거군요? 마츠무라 씨라면 커뮤니티 홀에 계실 거예요. 안으로 들어가시면 바로 있어요."

시설 안으로 들어가니 음악소리가 크게 울려 퍼지기 시작한다. 넓은 홀이 있고, 그 안에 무대가 있다.

의자에 앉은 나이 든 노인들이 무대를 올려다보고 있다. 무대 위에서는 한 여성이 '쓰가루 해협 겨울풍경'이라는 노래를 열창하고 있다. 그런데 놀랍게도 노래하는 이는 다름 아닌 마츠였다.

하나코는 잠시 마츠의 노래를 감상한다. 그러다 두 번째 후렴 부분에서 마츠는 하나코와 와타루를 발견한다. 서둘러 무대에서 내려온 마츠는 하나코에게 달려온다.

"너희들, 언제부터 여기에…?"

"아까 왔어요. 할머니, 오랜만이에요. 잘 지내셨어요?"

"난 잘 지냈어. 둘 다. 건강해 보이네. 다행이다."

마츠가 하나코의 손을 덥석 잡았다. 하나코는 잠시 동안 마츠의 손을 잡는다. 눈가가 촉촉이 젖어든다.

"할머니, 노래하는 모습은 처음 봤어요."

"…그렇지?"

마츠는 얼굴을 붉힌다.

"그런데 둘 다 여기까지 무슨 일이니?"

이곳에 오자고 한 것은 와타루였다. 와타루는 추리닝 주머니에 손을 넣더니 종이쪽지를 꺼냈다.

"할머니, 내일 오전 10시에 여기서 기다릴게요."

와타루는 그렇게 말하고는 복도를 터벅터벅 걸어갔다. 와타루가 준 종이에는 지도 같은 게 그려져 있었다.

하나코는 서둘러 와타루의 뒤를 쫓는다.

"오빠, 무슨 일이야? 모처럼 여기까지 왔는데 좀 더 있다가 가면 안 돼?"

"그럴 시간이 없어. 다음은 엄마야."

와타루는 하나코를 쳐다보지도 않은 채 심드렁하게 말했다.

"이런 곳에 엄마가 있다고?"

그들은 나카메구로에 있는 중고차 매장에 왔다. 유리창 너머로 번쩍이는 차들이 늘어서 있었다. 중고차라고 해도 이곳에서 취급하는 차량은 거의 다 페라리나 포르쉐 같은 최고급 외제차였다.

매장 안으로 들어간 하나코와 와타루는 주위를 두리번거린다. 그러자 젊고 잘생긴 남성 점원이 그들에게 다가온다.

"어서 오십시오. 어떤 차를 찾으시나요?"

"…제 손님들이에요."

저 너머에서 한 여성이 다가온다. 에츠코였다. 곤색 유니폼을 입은 에츠코가 허리를 세우고 다가왔다.

"여긴 나에게 맡겨요."

"알겠습니다."

점원이 물러나자마자 에츠코가 작은 소리로 속삭였다.

"둘 다 오랜만이네. 와타루, 안 그래도 네 걱정 많이 했단다. 전화도 안 하고. 그동안 어떻게 지냈니? 제대로 밥은 먹고 다녔어?"

그러나 와타루는 아무 대답 없이 근처에 있는 새빨간 스포츠카만 바라본다.

"하나코, 너도 잘 지내나 보네. 다행이다. 너라면 분명 혼자서도 잘 지낼 거라고 생각했어."

역시 무책임한 사람이다. 하나코는 짜증이 났지만, 구태여 표현하지는 않았다.

에츠코의 등 뒤로 살며시 다가간 와타루는 종이 한 장을 건넨다.

"내일 오전 10시, 여기서 기다릴게."

그러고는 재빨리 쇼룸을 빠져나온다. 하나코도 와타루를 따라 허겁지겁 쇼룸을 나왔다.

"그다음은…."

"알아. 아빠지?"

와타루는 고개를 끄덕인다. 그들은 나란히 야마노테도리 거리를 걸어나갔다.

와타루가 향한 곳은 도쿄 돔 야구 구장이었다. 어릴 때 타케루를 따라서 몇 번 온 적이 있는 곳이다.

관중석으로 들어간다. 일요일이라 그런지 관람객이 많았다. 야구는 현재 7회 말이고, 롯데 자이언츠가 많은 점수차로 이기는 중이었다.

1루 측 1층 관중석에 있는 타케루의 모습이 보였다. 타케루는 이 좌석의 연간 이용권을 가지고 있었다.

두 사람을 발견한 타케루가 소리쳤다.

"어이, 안녕? 그동안 잘 지냈냐?"

맥주를 잔뜩 마셨는지 얼굴이 붉었다. 그런데 갈색 머리의 여자애 하나가 타케루의 팔짱을 끼고 있었다. 이제 고작 20세 정도 된 아이려나?

"아빠, 잠깐 와봐요."

하나코는 타케루의 팔을 잡아끌었다. 통로로 나온 하나코는 타케루를 다그친다.

"아빠, 저 애는 누구예요?"

"…응? 아, 그 애 말이지? 우연히 옆에 앉은 애야. 이름도 몰라."

"거짓말! 그 자리는 아빠가 연간 이용권으로 구매한 자리잖아요. 그런데 우연히 만났다는 게 말이 돼? 대체 누구예요?"

"하나코, 그렇게 화내지 마라. 오랜만에 아빠와 만났잖니."

"쳇, 그런 게 무슨 상관이야. 엄마한테 이를 거예요. 엄마한테 맞아죽어도 난 몰라."

"좀 봐줘. 야, 와타루. 아니, 케빈. 케빈 네가 나 좀 도와다오."

그러나 와타루는 먼 곳만 응시한다.

"그래, 얘들아. 우리 핫도그라도 먹을래?"

당황한 타케루가 서둘러 말한다.

"필요 없어. 어차피 또 훔쳐 올 거잖아."

"알았으니까 그만 좀 봐줘. 그나저나 둘 다 건강해 보여서 다행이다. 난 너희들이 걱정돼서 지난 1년 동안 잠도 제대로 자지 못했어."

"순 거짓말."

"거짓말이 아니야. 그런데 하나코, 넌 실연의 상처를 잘 극복했나 보구나. 지금은 뭘 하며 사니?"

"나야 착실하게 일하고 있지. 내가 아빠 같은 사람인 줄 알아요?"

하나코는 지난 1년 동안의 일을 설명했다. 그 말에 타케루는 만족스러운 얼굴로 고개를 끄덕였다.

그때 와타루가 타케루에게도 종이 하나를 건넨다. 타케루는 당황한 얼굴로 손에 들린 종이를 바라본다.

"내일 오전 10시에 그 장소로 와. 가자, 오빠."

하나코는 와타루와 함께 매점으로 향했다. 매점 앞에 선 두 사람은 줄을 선다.

'안 돼. 내일 만나서 절도를 하면 안 돼. 아빠나 엄마와 똑같은 인간이 되어 버려서는 안 된다고.'

그렇게 다짐하고 있는데, 옆에서 와타루가 입을 열었다.

"내일 너도 꼭 와야 해."

"나도? 오전 중에 장을 봐야 해서 바쁜데…."

"안 돼. 하나코, 너도 무조건 와야 하는 일이야."

와타루가 심각한 표정을 지으며 말했다. 이제까지 한 번도 본 적 없는 와타루의 진지한 얼굴이다.

'대체 무슨 일이지? 내일 도대체 무슨 일을 하려는 거야?'

"미안해요. 오래 기다렸죠?"

드디어 에미리가 카즈마 앞에 나타났다. 신주쿠에 위치한 백화점 1층 카페에서 그녀와 만나기로 했었다.

에미리는 핑크색 블라우스에 흰 스커트를 입고 있다. 대학 시절 잡지 모델을 했을 정도로 뛰어난 미모의 에미리는 이목구비가 뚜렷하고 이국적인 이름 탓에 종종 혼혈로 오해받곤 한다. 에미리는 긴자에 있는 화장품 회사에서 일하고 있는데, 결혼 후에도 계속 일을 하고 싶어 했다.

일요일 저녁이라 그런지 백화점은 매우 혼잡했다. 그들은 곧장 8층 신사복 코너로 향했다. 결혼식 때 입을 카즈마의 와이셔츠를 고르기 위해서였다.

최근 둘은 퇴근 후에 웨딩플래너와 미팅을 갖는 날들이 이어졌다. 결혼식 준비가 이렇게 힘든 일인지 카즈마는 처음 알았다. 어쨌든 이제 준비는 거의 다 마쳤고, 일주일 후에 결혼식만 치르면 된다.

"디자인은 좋은데…, 좀 더 광택이 나는 게 없을까요?"

"그러시다면 이쪽은 어떤가요? 약간 슬림한 디자인입니다."

카즈마는 에미리와 점원 간의 대화를 들으며, 멍하니 가게 안을 둘러본다.

미사코의 끈질긴 권유 때문에 에미리와 선을 보게 되었다. 그렇게 만난 에미리는 아름답고 기품이 있는 여성이었지만 사실은 카즈마 자신과는 어울리지 않는 사람이라 생각했다. 그래서 첫 만남 이후 에미리가 다시 만나자는 이야기를 전했다고 해서 적잖이 놀랐다.

에미리와 두 번째로 만난 것은 그로부터 2주일 후였는데, 그때 한 번 더 놀랐다. 에미리는 마키 형사의 사촌동생이었던 것이다. 어렸을 때부터 마키 집안과 왕래가 잦았던 에미리는 그때문에 경찰 아내가 되고 싶다는 꿈을 자연스레 가졌다고 했다. 그래서 에미리는 처음부터 카즈마를 운명이라 느꼈다고 한다.

순백의 웨딩드레스는 에미리와 너무나도 잘 어울렸다. 카즈마와 둘이 함께 서 있으면, 웨딩잡지에서 튀어 나온 사람들 같았다.

'에미리가 만약 하나코였다면…?'

카즈마는 그런 생각을 하며 에미리를 바라보았다.

에미리에겐 미안한 이야기지만, 사실 카즈마는 여러 면에서 하나코와 에미리를 비교해 보곤 했다.

"이걸로 하죠. 카즈마 씨, 어때요?"

카즈마는 에미리의 말에 퍼뜩 정신을 차린다. 드디어 어떤 와이셔츠로 할지 결정한 모양이다.

"자, 그럼 사이즈를 재겠습니다."

점원의 말에 카즈마는 차렷 자세로 선다. 점원이 어깨부터 손목까지 줄자를 댔고, 카즈마는 멍하니 가방과 손수건 등이 놓인 선반을 바라보았다.

유리로 된 선반 위에 손수건 몇 장이 있었다. 그런데 그중 하나가 카즈마의 눈길을 사로잡았다. 닮았다! 그 손수건과 닮았다. 미쿠모 이와오가 마지막까지 가지고 있던 그 갈색 손수건 말이다.

"다음은 목 길이를…, 잠깐만요, 손님! 움직이지 마세요."

점원의 제지에도 카즈마는 선반으로 다가가 갈색 손수건을 집어 든다. 보면 볼수록 닮았다.

"혹시 이 손수건에 이니셜 같은 것을 자수로 새길 수 있습니까?"

"아, 네. 별도 요금이 부과됩니다만, 가능합니다."

"이 손수건을 언제부터 여기서 판매하고 있었습니까?"

"아마 올해 봄부터일 것입니다."

그렇지만 이와오가 살해당한 것은 1년 전이다. 지금은 10월, 그러니까 이 매장에서 파는 이 손수건과 같은 손수건을 이와오가 가지고 있을 가능성은 거의 없었다.

하지만, 손수건, 자수!

이윽고 한 가지 생각이 섬광처럼 카즈마의 머릿속을 스친다.

카즈마는 양복점 밖으로 뛰쳐나가, 어딘가로 전화를 걸었다.

상대방은 곧바로 전화를 받았다.

"그동안 잘 지내셨습니까? 카즈마입니다."

수화기 너머로 남자 목소리가 들린다. 아라카와 형사였다.

"그래, 오랜만이군. 잘 지냈나?"

"네, 덕분에요."

코마츠가와 공원 살인사건은 아직도 수사 중이다. 하류에서 발견된 노숙자의 집에서 피해자의 것으로 추정되는 혈흔이 발견되었다. 하지만 그렇다고 노숙자가 범인이라고 단정지을 수는 없었다. 반년 전, 아라카와 형사는 사건이 이대로 미궁에 빠질 가능성이 높다고 했었다.

"그런데 무슨 일이야?"

"아라카와 씨의 도움을 빌리고자 합니다. 좀 힘든 작업일 수도 있습니다."

"그 사건에 관한 건가?"

"네. 조용히 조사하고 싶은 게 있습니다."

와타루가 모이라고 한 장소는 니시신주쿠 타워 25층이었다. 많은 회사들이 입주되어 있는 곳이라서 엘리베이터 안은 회사원들로 넘쳐났다. 와타루가 건넨 메모에는 '동백 A5'라고 적혀 있다. 하나코가 엘리베이터에서 내려 '동백 A5'라는 사무실 앞으로 가자, 문이 하나 보였다.

손목시계를 보니, 약속시간인 오전 10시였다. 하나코는 문을 열고 그 안으로 들어간다.

넓은 사무실 창가에는 책상과 의자만 몇 개 있을 뿐, 그 외에는 아무것도 없었다. 그 중 한 의자에 와타루가 앉아 있다. 그는 평소와 같은 추리닝 차림이다.

"다른 가족들은 아직 안 왔어?"

그러자 와타루가 하나코의 등 뒤를 손가락으로 가리키며 말했다.

"할머니는 와 계셔."

"뭐?"

뒤를 돌아보자, 바로 뒤에 마츠가 방긋 웃으며 서 있었다.

"하, 할머니, 언제부터 여기 계셨어요?"

"네가 엘리베이터에서 내렸을 때부터 같이 있었단다. 그새 네 감각이 둔해진 것 같구나."

그때 문이 열리더니 타케루와 에츠코도 들어왔다.

"뭐야? 우리를 여기까지 불러서 뭘 꾸미는 거야? 누군가 우리 가족들이 함께 있는 걸 보기라도 하면 큰일 나. 그러니까 하나코, 빨리 용건부터 말해라."

타케루가 사무실 안을 휘휘 둘러보며 으름장을 놓았다.

"내가 아니야. 오빠가 한 짓이라고."

"뭐? 와타루? 아니지, 케빈 짓이라고?"

타케루가 미간을 찌푸리며 와타루를 쳐다보았다.

와타루는 책상 위에 있는 노트북을 두드리며 대답한다.

"여기는 내가 만든 회사 사무실이야."

"뭐? 네 회사라고? 그게 무슨 소리야, 케빈?"

"정말이야. 여기 말고도 도쿄에 빌딩 여러 채가 있어."

와타루의 표정은 진지했다. 거짓말을 하는 것처럼 보이진 않았다.

"와타루, 좀 더 알기 쉽게 설명해줄래?"

에츠코가 와타루에게 물었다.

"응, 그러니까⋯."

와타루의 말에 따르면, 그동안 해킹으로 얻은 정보를 기업이나 정부에 팔아 종잣돈을 만든 뒤, 그것으로 주식투자를 해 재산을 불렸다고 했다. 지난 10년 동안 방구석에 틀어박혀서 한 일이 그것뿐이라고도 했다.

"그럼 돈은 얼마나 모은 거니?"

그러자 와타루가 손바닥을 활짝 벌린다.

"이 정도."

"5천만 엔?"

"아니, 5억 엔 정도?"

"뭐, 5억 엔?"

그러자 에츠코는 와타루를 덥석 껴안는다.

"대단해, 정말 대단해! 나는 네가 하면 되는 아이라고 생각하고 있었어. 이제 네 아빠보다 네가 더 부자 아니니?"

그러자 타케루가 경직된 표정으로 반론한다.

"쳇. 웃기지 마. 내가 해외 금고에 보관중인 명화의 가치는 그 이상이야. 그…, 그런데 와타루, 아니지, 케빈. 우리를 여기에 부른 이유는 뭐야? 설마 이 사무실 자랑하려고 불렀어?"

"아니야, 잠깐 기다려."

와타루가 벽에 있는 스위치를 누르자, 창문에 달려있는 블라인드 커튼이 내려온다. 동시에 천장에서 프로젝트 빔도 내려온다. 창문 반대편 벽면에 있는 스크린에 처음으로 뜬 사진은 어느 건물의 평면도였다.

"여기가 임페리얼 도쿄 호텔의 주작(朱雀)홀이라는 곳이야. 2층이지. 당일 400명 정도의 하객이 올 거래."

와타루가 무슨 소리를 하는 건지 전혀 이해할 수 없었다. 다들 고개만 갸우뚱거렸다.

"야, 도대체 무슨 소리를 하는 거야? 좀 자세히 설명해봐."

"그러니까 다음 주 일요일에 바로 이 호텔에서 카즈마의 결혼식이 열려. 그러니깐 우리가 카즈마를 훔쳐오자고."

'대체 무슨 소리야?'

하나코는 망치로 머리를 한 대 얻어맞은 것만 같았다. 와타루는 분명 카즈마의 결혼식이라고 했다.

'그 말은 즉, 카즈마가 곧 결혼한다는 거야? 대체 누구와…? 그리고 카즈마를 훔쳐오다니…?'

"와타루, 무슨 소리를 하는 거야? 카즈마를 훔쳐오자고?" 넋이 나간 하나코 대신 에츠코가 소리쳤다.

와타루가 잠시 뜸을 들이더니, 무덤덤한 표정으로 말했다.

"응. 신랑을 훔쳐오자는 거지. 하나코의 신랑이어야 할 카즈마를 훔쳐오자는 거야."

잠시 침묵이 이어졌다. 그러는 사이 스크린에는 다음 화면이 나온다. 이번에는 호텔 내부 사진이었다. 그 뒤를 이어 호화로운 파티장 사진이 연달아 나온다.

"그러니까 네 말은 사쿠라바 집안의 그 애송이가 우리 하나코와 헤어진 지 1년도 채 지나지 않아서 다른 여자와 결혼한다는 거야?"

"응, 맞아. 나도 우연히 알게 됐어. 한 달 전이었지. 길을 걷다가 우연히 카즈마를 발견했는데, 웬 아름다운 여성과 함께 있었어. 그래서 조사를 좀 해 봤더니 둘이 결혼한다는 거야."

"잠깐 기다려, 오빠. 오빠는 카즈마를 본 적도 없잖아? 그런데 카즈마의 얼굴을 어떻게 알았어?"

그러자 와타루가 살짝 고개를 숙이고는 말했다.

"미안해. 사실 네 컴퓨터에 몰래 들어가서 카즈마 사진을 봤어. 그래서 나도 얼굴을 알고 있었어."

'와타루 오빠는 내 컴퓨터까지 해킹했다는 말인가.'

그러고 보니 카즈마와 여행 갔을 때 찍은 사진이 컴퓨터에 저장되어 있었다.

"그런데 내가 왜 카즈마를 훔쳐야 해?"

"넌 지금도 카즈마를 좋아하잖아."

사실 하나코에게 카즈마가 결혼한다는 사실은 심장이 덜컥거릴 정도로 놀랍고 슬픈 소식이었다. 애써 태연한 척하고 있지만.

"아니야. 그리고 우린 진작 헤어졌어."

"정말로 아니야?"

"당연하지. 무슨 소리를 하는 거야, 오빠는."

그렇지만 하나코의 속마음은 달랐다.

'카즈마는 대체 어떤 여성과 결혼하는 걸까? 왜 이토록 빨리 결혼하는 거지?'

알고 싶은 것들이 산더미처럼 많았다.

"쓸데없는 참견하지 마. 그런다고 내가 기뻐할 것 같아?"

"미안해. 하지만 우리 식구들 중에서 하나코 너만큼은 행복해져야 해. 우리들은 전부 도둑이야. 이미 손이 더럽혀진 도둑들이라고. 하지만 너는 달라. 네 손만은 깨끗하다고. 그러니까 넌 행복할 자격이 있어."

"오, 오빠…."

와타루가 자신을 이렇게까지 생각해주는 줄은 몰랐다. 가슴이 울컥하면서 눈물이 나오려고 했다. 하지만 하나코는 냉정한 얼굴로 말했다.

"난 지금 그냥 돌아갈게. 일하러 가야 해."

그때 등 뒤에서 타케루의 목소리가 들렸다.

"기다려. 아직 얘기 안 끝났어."

"끝났어. 무슨 이야기를 더 한다는 거야?"

"재미있잖아. 결혼식장에서 신랑을 훔쳐오자니, 이렇게 통쾌한 도둑질은 세상에 없을 거야. 만약 성공하면 미쿠모 집안 역사에 남을 사건이 될 거라고."

"그런 일로 역사에 이름을 남기고 싶지 않거든."

"뭐, 어때."

에츠코가 끼어든다. 그녀의 눈이 초롱초롱 빛나고 있다.

"재밌겠네. 이제까지 보석이나 현금은 숱하게 훔쳐봤지만, 결혼식장에서 신랑을 훔쳐본 적은 없었어. 정말 재밌겠다."

망했다. 하나코는 한숨을 쉰다. 뭔가를 훔치는 일에 관해서만큼은 누구보다도 열정적인 사람들이다. 타케루도, 에츠코도 이 바보 같은 짓을 정말로 저지를 생각이었다. 이럴 때 하나코를 도와줄 사람은 단 한 명뿐이다.

"할머니, 저 좀 도와주세요. 모두 황당한 생각을 하고 있어요."

하나코의 말에 마츠가 웃으며 말했다.

"나도 괜찮다고 생각하는데…"

"하, 할머니까지…"

"가슴에 손을 얹고 잘 생각해보렴. 네가 행복해질 수만 있다면 난 그 어떤 자물쇠라도 열 수 있단다."

"그래, 잘 생각해봐. 하나코 네가 지금도 사랑하는 남자잖아.

그렇다면 훔쳐오는 게 맞지. 가만히 앉아서 손가락만 빨고 있으면 아무것도 바뀌지 않아."

"그만해요. 부탁이니까 그러지 마세요."

"말은 저렇게 하지만 하나코도 속으론 원하고 있을 거야. 우리에겐 시간이 얼마 없어. 작전을 짜야지. 야, 와타루. 다시 한번 평면도를 스크린에 띄워봐."

"여보, 그런데 사쿠라바 집안의 결혼식이니까 하객들은 당연히 경찰들뿐이겠죠?"

"생각해보니 그러네. 이거 정말 재미있겠군. 수많은 경찰들 속에서 신랑을 훔쳐오는 거지. 장애물이 높으면 높을수록 의욕은 불타오르거든, 우리 미쿠모 사람들은 원래 그래."

신이 나서 떠들어대는 가족들을 뒤로한 채 하나코는 사무실을 먼저 빠져나왔다. 불안했다. 우리 가족이라면 진짜로 일을 저지를 것이다. 어떻게 하면 가족들을 막을 수 있을까.

그건 그렇고, 카즈마는 정말로 다른 여자와 결혼을 하는 걸까? 가능한 한 머릿속에서 카즈마를 지우고 싶었다. 하지만 불가능했다.

"그럼 이제 출발할게요."

현관에 선 카즈마가 신발을 신는다.

"나중에 호텔에서 봐. 우리들도 바로 출발할 거니까." 미사코가 말했다.

"네, 어머니."

드디어 결혼식 날이다. 하지만 오늘도 마음이 설레지는 않는다. 지난 일주일도 밤늦게까지 수사를 하며 지냈다. 결혼식에 대해 생각할 짬이라고는 없었다.

대문 밖에는 호텔에서 보내준 리무진 한 대가 대기중이었다. 긴장한 표정의 리무진 운전수가 뒷좌석 문을 열어준다.

'신입인가?'

운전수의 행동이 어딘지 모르게 어색해 카즈마는 그렇게 생각했다.

차 안은 무척 넓었다. 고급스러운 가죽 좌석에, 각 좌석 뒤에는 작은 액정 TV가 달려 있었다. 곧이어 기사가 앞자리에 탑승하고, 리무진이 출발했다.

손목시계를 보니 오전 8시였다. 이제 오챠노미즈에 있는 에미리 집에 들러 그녀를 태우고 호텔로 가면 된다. 결혼식은 오전 11시부터 시작이다.

급작스레 결혼이 정해진 터라 아직 신혼집이 준비되지 않았다. 그 바람에 이번 주에 혼인신고를 할 계획이지만, 잠시 동안은 각자의 집에서 살기로 했다. 가능하면 올해 안으로 아파트를 구할 예정이다. 신혼집에서 두 사람이 같이 살기 시작했을 때, 그때야 비로소 결혼했다는 실감이 날 것 같았다.

그때 덜컹하는 소리와 함께 차가 크게 흔들렸다. 아무래도 이 기사가 운전에 익숙하지 않은 모양이었다.

주택가를 느릿느릿 지나치던 리무진은 신호등 앞에서 멈춰섰다. 다시 파란불이 되자 차는 좌회전을 했다.

카즈마가 옆창문으로 보기에 핸들을 꺾는 타이밍이 너무 빠른 느낌이었다. 이렇게 좌회전을 하다가는 리무진과 가드레일이 충돌할 것만 같았다. 일반 승용차와 달리 리무진은 앞바퀴와 뒷바퀴 사이의 길이가 길기 때문이다.

"저기요!"

그렇지만 이미 늦었다. 카즈마의 느낌대로 끼이익 하는 소리가 나더니 차체 왼쪽이 가드레일에 충돌하고 말았다. 차에서 내린 기사가 창백한 얼굴로 리무진을 살핀다.

"괜찮습니까? 제가 대신 운전할까요?"

"아, 아뇨. 괜찮습니다. 그…, 그냥 타고 계세요."

하지만 불안해서 견딜 수 없었다. 무사히 제시간에 호텔까지 도착이나 할 수 있을지 걱정이 되었다. 더 큰 사고를 낼지도 몰랐다.

하지만 달리 뾰족한 수가 없어 카즈마는 다시 차에 올라탔다. 그러다 뒷좌석에 앉아있는 누군가를 발견하고는 크게 놀라지 않을 수 없었다. 카즈마의 옆자리에는 하나코의 엄마 에츠코가 앉아 있지 않은가.

"카즈마 군, 잘 지냈어요?"

"어, 어떻게…?"

에츠코가 손으로 입을 가리고는 조용히 웃는다. 오늘은 보라색 옷을 입고 있다.

"그런 건 알 필요 없어요. 그런데 오늘 결혼한다면서요? 하나코와 헤어지고 아직 1년도 안 되었는데…, 정말 너무하네요. 결혼만 할 수 있다면, 상대는 누구라도 상관없다는 건가요?"

카즈마는 흘깃 운전석을 쳐다보았다. 난데없이 불청객 에츠코가 차에 탔는데도 운전수는 태연하기만 하다.

'이게 무슨 일이야? 대체 뭐가 어떻게 된 거야?'

카즈마는 당황해 어찌할 바를 모른다.

"꺅! 여기 차 안에 모기가 있어요!"

에츠코가 인상을 찌푸리며 외쳤다.

"네? 모기요?"

"네. 이미 10월인데도 모기가 있네요."

에츠코는 모기를 쫓는 듯이 허공으로 시선을 돌렸다.

"봐요! 안 보여요?"

그러나 카즈마의 눈에는 모기가 보이지 않았다.

에츠코는 무릎 위에 둔 손가방에서 소형 스프레이를 꺼냈다.

'뭐야? 휴대용 살충제인가?'

그런데 뭔가 이상했다. 스프레이의 방향이 카즈마의 얼굴로 향하는 것이 아닌가.

그 순간 카즈마는 아오야마 사건을 떠올렸다. 당시 중국인 일당들은 갑작스레 잠이 들었다고 했다. 그, 그렇다면…?

카즈마의 얼굴 위로 흰 안개가 분사된다.

그가 마지막으로 본 것은 안개 너머 요염하게 웃고 있는 에츠코의 얼굴이었다.

'정말 최악이다. 난 이런 곳에서 뭘 하고 있는 걸까?'

하나코는 임페리얼 도쿄 호텔 1층 로비에 있다. 최근 일주일 동안 가족들에게 전화를 해도 받지 않았고, 문자메시지를 보내도 답장이 없었다. 결국 하나코는 이러지도 못하고 저러지도 못한 채 시간만 보냈다.

그런데 어제 에츠코가 갑자기 문자메시지를 보내왔다. 문자메시지에는 '작전 결행! 오전 9시 임페리얼 도쿄 호텔!'이라고 적혀 있었다.

그냥 무시하고 싶었지만 그럴 수 없었다. 고민을 거듭하던 하나코는 결국 어쩔 수 없이 이곳에 오게 되었다.

좀 전에 2층에 올라가 식장을 둘러보았다. 입구에 적혀 있는 신랑, 신부 이름을 보니, 오늘 카즈마가 결혼식을 올리는 것은 틀림없는 사실이었다.

벌써 9시 15분이었다. 하지만 가족들 그 누구에게서도 연락이 없었다. 그때 로비를 뛰어가는 한 여성이 보였고, 하나코는 커다란 기둥 뒤로 몸을 숨겼다. 카오리였다. 카오리가 로비를 가로질러 그대로 2층으로 올라간다. 그런데 무슨 일인지 매우 심각한 얼굴이다.

'무슨 일이 벌어졌나?'

하나코도 카오리를 따라 2층으로 올라가보기로 했다.

아직은 식장에 하객들이 많지 않았다. 호텔 직원들 몇몇만 식장 한쪽 구석에 있는 문을 열고 나오는 모습이 보였다.

하나코는 그 문 쪽으로 다가갔다. 잠겨 있는 문에는 'STAFF ONLY'라고 적혀 있었다.

하나코는 문을 등진 채 머리핀을 열쇠 구멍에 집어넣어 잠금장치를 풀어보려고 했다. 그렇지만 열리지 않았다. 이럴 거면 마츠에게 좀 더 열심히 배워둘 걸 그랬다.

그때 기척도 없이 청소부 한 명이 하나코의 등 뒤에 와서 섰다. 너무 놀란 하나코는 서둘러 열쇠 구멍에서 머리핀을 뺐다.

"하, 할머니!"

그 청소부는 바로 마츠였다. 마츠는 파란색 제복을 입은 채 머리에도 흰색 모자를 쓰고 있었다. 누가 봐도 이곳 청소부처럼 보였다.

"아까부터 보고 있었어. 그런데 이런 간단한 문 하나도 못 여는구나. 넌 아직 멀었어."

"할머니, 다들 어디에 있어요?"

"글쎄. 타케루가 이 부근을 감시하라고 해서 난 그냥 이 근처에 있었어."

마츠가 머리핀을 열쇠 구멍에 집어넣고 몇 번 움직이자 문이 스르륵 열렸다.

"자! 들어가자."

"와, 역시 할머니예요!"

하나코는 살금살금 문 안으로 들어갔다. 마츠도 하나코를 따라 들어갔다. 문 안에는 긴 복도가 이어져 있었고, 그곳에 또 다른 몇 개의 문이 보였다. 그중에 '직원 탈의실'이라 적힌 문 하나가 하나코의 눈에 들어왔다.

다행히 문은 열려 있었다. 안에 사람이 없는 것을 확인한 하나코는 그 안으로 들어갔다. 그곳에는 세탁을 마친 웨이트리스 제복들이 여럿 놓여 있었다. 하나코는 그것들 중 적당한 사이즈의 옷을 골라 갈아입었다. 또, 가방에서 일회용 마스크를 꺼내 착용했다.

하나코는 마츠와 함께 다시 탈의실을 빠져나와 2층 홀로 돌아왔다.

"할머니, 정말 아무것도 들은 것 없어요?"

"그래. 그나저나 청소부로 변장했다 하더라도 안심할 순 없어. 난 적당한 데 숨어 있다가 무슨 일이 생기면 다시 나올게."

마츠는 순식간에 모습을 감추었다.

하나코는 주위를 둘러봤다. 한 남자 종업원이 바삐 걷는 모습이 보였다. 하나코는 일단 그 종업원을 따라가기로 결심했다.

종업원은 식장 건너편에 있는 문으로 들어갔다. 아무래도 그곳이 오늘 식을 치르는 친족들이 모여 있는 대기실인 듯했다.

하나코는 대기실 앞에서 멈췄다. 다행히 문이 살짝 열려 있어 그 안의 대화를 엿들을 수 있었다.

"그래서 카즈마가 어디 있는지 모르는 거예요?"

미사코의 불안한 목소리였다.

"네, 아직 도착하지 않았습니다."

"하지만 이상하잖아요. 카즈마는 분명 이 호텔 리무진을 탔어요."

목소리의 주인공은 노리카즈였다.

"그게…, 저희 호텔은 그런 리무진 서비스가 없습니다. 뭔가 착각하신 게 아닐까요?"

종업원이 잔뜩 주눅 든 목소리로 말했다.

하나코는 그제야 돌아가는 상황을 알아챘다. 호텔 리무진을 탄 카즈마는 그 뒤로 종적을 감추었다. 분명히 타케루의 작전일 것이다.

'하지만 그건….'

하나코는 화가 치밀어 올랐다.

'그건 훔치는 게 아니라 납치와 감금이잖아!'

"그럼 대체 어떻게 된 거예요? 신부는 벌써 도착했죠?"

"네, 아까 전에 도착했습니다."

"여보, 어떻게 하죠?"

"뭘 어떻게 해. 기다리는 수밖에 없지. 결혼식까지 아직 1시간 반이나 남았어."

"혹시 무슨 안 좋은 일이라도 생긴 건 아닐까요?"

"몰라. 하지만 지금은 섣불리 움직일 수 없어. 우선은 카즈마를 기다리자."

"저희들도 다시 한번 호텔 안을 살펴보겠습니다."

종업원이 대기실 밖으로 나오기 전에 하나코도 재빨리 그곳에서 벗어났다.

맞은편에 하나코와 같은 제복을 입은 한 여성이 보였다.

'미안해요.'

하나코는 속으로 그렇게 사과하고 그녀의 명찰을 훔쳐 자신의 가슴팍에 붙인다.

'자, 이제부터 어떻게 하지?'

하나코는 고민에 빠진 채 복도를 걸어나갔다.

눈을 뜨자 어두운 방 안이었다. 카즈마는 지금 의자에 묶여 있다. 에츠코가 수면 스프레이를 뿌린 것까지는 기억이 났다.

주위를 둘러보니 호텔방 안 같았다. 침대 옆에 있는 탁상 시계가 오전 9시 반을 가리키고 있었다.

"어머, 눈을 떴네요."

그때 에츠코가 다가왔다. 마치 무슨 일이라도 있었냐는 듯이 천하태평한 얼굴이다.

"이게 지금 무슨 짓입니까? 지금 무슨 짓을 저지르고 있는 줄은 아십니까?"

"어머, 화내지 말아요. 나도 카즈마 군에게 제대로 속았거든요."

에츠코가 손을 뻗어 카즈마의 턱을 어루만진다.

"귀엽게 생긴 얼굴로 잘도 날 속였어요. 내가 피운 담배꽁초를 회수하다니…."

그날 일에 원한을 가진 건가. 사실 그 DNA 감정만 없었으면 미쿠모 집안은 무사했을 것이다.

"죄송합니다. 하지만 어쩔 수 없었습니다. 저는 형사입니다. 범죄자를 내버려둘 순 없었습니다."

"네, 좋아요. 그때 일은 잊기로 하죠. 그런데 오늘 당신을 여기에 데려온 건 말이죠…, 긴히 할 이야기가 있기 때문이에요."

그때 타케루가 방 안으로 성큼성큼 걸어 들어와 침대 위에 걸터앉았다.

"이게 대체 뭐죠? 왜 이러시는 겁니까?"

"지금부터 문제를 낸다. '예!', '아니요!'로만 답하면 돼. 그럼 첫 번째 문제, 자네는 지금도 미쿠모 하나코를 사랑하나?"

타케루는 다짜고짜 카즈마에게 그렇게 물었다.

"무슨 소리를 하시는 거예요? 절 여기서 내보내주세요. 오늘은 제 결혼…."

"알고 있어. 오늘 네가 결혼식을 한다는 걸. 그러니깐 빨리 말해. 자네가 지금도 미쿠모 하나코를 사랑하는지."

이게 도대체 무슨 상황인지 모르겠지만 순순히 대답하지 않으면 안 될 것 같았다.

이곳이 정확히 어딘지는 모르지만, 어쨌든 도쿄일 것이라 추

측되었다. 그렇다면 1시간 내로 결혼식이 열리는 호텔에 도착
할 수 있다.

"아, 아니요."

"그럼 두 번째 문제. 자네는 하시모토 에미리 양을 진심으로
사랑하나?"

"네. 당연하죠. 그래서 그녀와 결혼하는 겁니다."

"쓸데없는 말은 안 해도 돼. 세 번째 문제. 만약 미쿠모 하나
코와 하시모토 에미리가 동시에 위험에 처했을 때, 자네는 주
저하지 않고 하시모토 에미리를 구할 것인가?"

"네."

"…이상이다."

타케루는 탐색하는 눈빛으로 카즈마를 노려보았다.

"우리 집안 사람들은 상대의 눈빛만 봐도 그 사람 마음을 꿰
뚫어 볼 수 있는 능력이 있다. 정말이야. 넌 모든 문제에 거짓
말로 답했어. 맞지?"

"마음을 꿰뚫어 본다니, 그런 말도 안 되는…."

"잔말 말고 대답이나 해! 거짓말이지?"

사실은 타케루의 말이 맞긴 맞다. 카즈마는 여전히 하나코를
사랑하고 있다. 지금도 그녀를 잊을 수 없었다.

"부정하지 않는다는 것은 인정한다는 것이나 마찬가지야."

"그래요. 카즈마 군, 지금도 우리 하나코를 좋아하죠? 우리
눈은 못 속여요."

카즈마는 아무 대답도 하지 않았다. 그러자 타케루가 말했다.

"이봐, 한 가지 제안을 하지. 난 해외 비밀 계좌에 돈이 꽤 많아. 자네가 상상도 못할 정도로 말이야. 그래서 말인데…, 자네 지금의 신분을 버릴 생각은 없나? 경찰이라는 직업도, 사쿠라바 집안의 장남이라는 신분도 전부 버리는 거야. 그리고 이대로 공항으로 가서 하나코와 함께 출국하는 거지. 일단 하와이가 좋겠다. 내 소유의 콘도가 있으니까. 어때?"

하와이에 가서 하나코와 함께 산다, 그럴 수만 있다면 얼마나 좋을까? 하지만 그럴 수는 없었다. 모든 것을 버리고 도망칠 수는 없었다.

그때 타케루가 주머니에서 카즈마의 핸드폰을 꺼냈다. 타케루는 입술을 일그러트리며 웃었다.

"아까부터 계속 연락이 오는군. 이번엔 또 누구야? 아…, 아라카와라는데…?"

아라카와 형사였다.

'그 사이 무슨 진전이라도 있었나?'

"부탁입니다. 그 전화를 받게 해주세요."

"안 돼. 빨리 정해. 어쩔 거야?"

"제발 부탁합니다. 미쿠모 집안과도 관련이 있는 문제예요."

타케루는 에츠코와 시선을 맞춘 뒤, 핸드폰을 카즈마 귀에 가져다 댔다.

"카즈마 형사! 아라카와다. 자네한테 부탁받았던 조사를 마쳤어."

"감사합니다. 결과는 어찌 됐습니까?"

"코마츠가와 경찰서에 몸담고 있는 수사관들 중에는 해당자가 없었어. 하지만 본청 수사과에서 파견된 수사관 중에는 그런 사람이 한 명 있었지. 그 이름은…."

그 이름을 들은 카즈마는 큰 충격을 받았다.

'어떻게 이럴 수가….'

"어이, 카즈마! 듣고 있냐?"

"아, 네. 감사합니다. 이걸로 사건을 해결할 수 있을 것 같습니다."

카즈마는 고개를 젖혀 핸드폰에서 귀를 뗐다. 그러자 타케루는 핸드폰을 다시 주머니에 넣었다.

"사건이라니 무슨 소리야? 그리고 우리와 관계가 있는 일이라니…?"

"네."

카즈마는 잠시 숨을 고른 뒤에 말했다.

"이와오 씨를 살해한 범인이 지금 밝혀졌습니다."

"뭐라고?"

"뭐?"

놀란 타케루와 에츠코가 동시에 소리쳤다.

"게다가 그 범인은 오늘 제 결혼식에 하객으로 올 것입니다."

"우리 아버지를 죽인 범인을 알아냈다고? 그게 누구야? 대답해!"

흥분한 타케루가 카즈마의 어깨를 잡고 흔들었다.

"아직 확실하진 않습니다. 증거가 없으니까요."

"상관없어. 아버지를 죽인 놈이 누구냐고? 야, 빨리 말해. 안 그러면…."

"일단 저를 풀어주세요. 도망치지 않을게요. 어차피 두 분을 이길 자신도 없고요."

잠시 생각하던 타케루는 카즈마를 묶고 있던 끈을 칼로 잘라낸다.

드디어 자유의 몸이 된 카즈마는 긴 한숨을 내쉬었다.

"그래서 범인이 누구야?"

"그 전에 여기가 어딘지부터 알려주세요."

시곗바늘은 벌써 9시 45분을 가리키고 있었다. 결혼식이 시작되기까지 이제 1시간 정도밖에 안 남았다.

"걱정 마. 임페리얼 도쿄 호텔 본관 15층이야. 결혼식장까진 5분도 안 걸려."

타케루가 웃으며 말했다.

카즈마가 창문 앞으로 가 커튼을 열어보니, 사실인 것 같았다. 창밖으로 야마노테선(線) 철로가 보였고, 그 너머로 도쿄역이 보였기 때문이다.

"…아직 확실한 증거는 없습니다. 하지만 한 가지 확실히 말씀드릴 수 있는 것은 이와오 씨를 살해한 범인이 수십년 전 저희 할머니 폭행 사건과도 관련이 있는 인물이라는 것입니다."

"네 할머니? 네 할머니 얘기가 여기서 갑자기 왜 나와?"

"네? 하나코한테 못 들으셨나요?"

타케루는 무슨 말을 하는 것인지 전혀 모르겠다는 듯 고개를 갸우뚱거렸다. 에츠코도 마찬가지였다.

어쩔 수 없이 카즈마는 처음부터 설명을 시작했다. 와이치와 노부에, 그리고 이와오, 이 세 사람 간의 오랜 인연을.

그 이야기를 하는 것만으로도 벌써 7~8분은 걸렸다. 이제 슬슬 대기실로 돌아가지 않으면 안 된다.

"그런 일이 있었다니…. 나는 처음 듣는 이야기야."

"저도 몰랐어요. 어쨌든 어머님께는 비밀로 해요. 아버님이 노부에 씨의 원수를 50년 동안이나 쫓아다녔다는 걸 알게 된다면…, 분명 슬퍼하실 거예요."

"그래, 어머니에겐 비밀로 하자."

"근데 와이치 씨도 참 괴짜네요. 손자 손녀를 그런 식으로 만나게 하다니…. 역시 당신은 미쿠모 집안과 맺어져야 하는 운명이에요, 운명!"

"그 문제와 이 문제는 다른 차원의 이야기입니다. 아무튼…, 이 방은 자유롭게 쓸 수 있습니까?"

"그래. 내일까지 예약했으니까 괜찮아. 그런데 왜?"

카즈마가 자신의 계획을 두 사람에게 이야기하자, 타케루는 팔짱을 낀 채 고민에 빠졌다.

"…불가능하진 않아. 하지만 나 혼자선 무리야. IT쪽에 좀 더 해박한 녀석이 필요해. 그런데 자넨 정말 괜찮아? 그런 짓을 하면 자네 결혼식은 완전 끝장이야."

카즈마가 씩 웃는다.

'내 결혼식을 끝장내려고 온 사람이 지금 그런 걸 걱정하다니…'

"네, 각오는 되어 있습니다."

카즈마가 고개를 끄덕였다.

"좋아, 알았어. 에츠코, 와타루는 어디 있어? 오늘 그 녀석이 할 일이 뭐였어?"

"리무진 운전과 호텔 체크인하는 거였어요. 그런데 지금 와타루는 어디로 간 거지?"

"나 여기 있어."

화장실 문이 열리더니 남자 하나가 나온다. 그는 곤색 추리닝을 입고 있는데, 추리닝 이름표에는 '케빈'이라고 크게 적혀 있다. 아까 전에 리무진을 운전했던 그 남자다.

"이 녀석은 우리집 장남인 와타루다. 뭐, 지금은 케빈이지만. 나도 기계는 좀 만지지만, 이 녀석은 완전 실력자야."

카즈마가 가볍게 목례를 하자, 와타루도 부끄러워하며 고개를 숙였다.

"이야기는 들었지? 와타루, 네 도움이 필요해. 할 수 있지?"

"응, 할 수 있어. 1시간 정도 필요하지만."

"12시 전에 1부가 끝나고 2부 준비를 위해 옷을 갈아입는 일정이 있습니다. 저는 그때 퇴장을 하는데, 바로 그 타이밍에 하려고 합니다." 카즈마가 말했다.

"알았다. 내가 너에게 협력하는 이유는 내 아버지를 죽인 범인을 찾기 위해서다. 그걸 잊지 마라."

"알겠습니다. 그럼 전 돌아가겠습니다."

문으로 향하던 카즈마가 잠시 발걸음을 멈추더니, 타케루에게 말했다.

"그리고 두 가지 더 부탁드리고 싶은 게 있습니다."

"또 있어? 뭔데?"

빠르게 용건을 말하자, 타케루가 흔쾌히 고개를 끄덕였다.

"알았어. 내게 맡겨."

"부탁합니다."

카즈마는 드디어 방에서 나왔고, 손목시계를 보니 오전 10시였다.

이제 잽싸게 호텔 복도를 달리기 시작했다.

여전히 카즈마는 호텔 식장에 나타나지 않았다. 하지만 하나코에게 연락을 취해온 가족은 없었다.

'대체 아빠, 엄마는 뭐 하고 있는 거야?'

그때 신부 대기실에서 두 명의 여성이 나온다. 한 명은 중년 여성, 다른 한 명은 젊고 예쁜 여성이다. 아마도 그 젊은 여성이 카즈마의 결혼 상대일 것이다.

"엄마, 어떡하지? 완전히 망했어."

"에미리, 그런 소리 마. 카즈마 군은 반드시 올 거야."

"이제 1시간도 안 남았어. 사고를 당했거나, 무슨 사건에 말려든 걸 거야."

에미리는 당장이라도 울음을 터뜨릴 것만 같은 표정이었다. 하나코는 핸드폰을 보는 척하며 흘끔흘끔 두 사람의 모습을 관찰했다.

"괜찮을 거야, 에미리."

"결혼식이 취소되다니, 이제 나는 다른 사람들한테 완전 웃음거리가 될 거예요. 너무 창피해요."

그때였다. 하나코의 귀에 익숙한 목소리가 들려왔다.

"에미리! 미안해."

카즈마였다. 하나코는 그 자리에서 빳빳하게 굳어 움직일 수 없었다.

"카즈마 씨, 대체 지금까지 어디서…?"

"사정은 나중에 이야기할게. 우선 빨리 옷을 갈아입자. …저기요! …저기요!"

하나코는 처음에 카즈마가 자신을 부르는 것인지 몰랐다. 카즈마가 호텔 종업원으로 착각하고 하나코를 부른 것이다.

"무, 무슨 일이시죠?"

하나코는 고개를 푹 숙인 채 기어들어가는 목소리로 대답했다.

"바로 예복으로 갈아입으려 하니, 준비해주세요!"

"아, 알겠습니다."

하나코는 카즈마의 얼굴을 살짝 훔쳐보았다. 카즈마는 근심스러운 눈초리로 에미리를 보고 있었다.

하나코는 재빨리 그곳을 벗어나 주위에 있던 호텔 종업원에게 말했다.

"방금 신랑분이 도착하셨습니다. 지금 바로 예복으로 갈아입으신다고 합니다."

"드디어 왔군요."

종업원이 안도의 한숨을 내쉬었다.

'설마 카즈마가 말을 걸어올 줄이야…'

하나코가 심호흡을 한 뒤 놀란 가슴을 쓸어내리고 있는데, 그 순간 핸드폰이 울렸다. 하나코는 서둘러 전화를 받았다.

"아빠, 뭐 하고 있어? 바보 같은 짓 하지 말고 돌아와. 엄마도 같이 있지?"

"하나코, 이곳 분위기는 완전히 무르익었다!"

수화기 너머로 타케루가 말했다. 무슨 뜻인지 알 수 없는 말이었지만, 분명히 웃음을 참고 있는 목소리였다.

"무르익다니 그게 무슨 소리야? 그리고 카즈마를 납치한 것도 아빠 짓이지? 대체 카즈마에게 뭘 어떻게 한 거야?"

"투덜대지 마라. 이미 작전은 개시됐어! 그런데 넌 지금 어디니?"

"호텔 안이야. 대기실 근처. 아까 할머니도 만났어."

"그거 다행이네. 잘 들어라. 네가 협조해줘야 할 일이 두 가지 있다."

"그게 뭐든 간에 절대 안 해!"

"알았으니까, 일단 들어봐. 첫 번째는…."

하나코는 어쩔 수 없이 타케루의 이야기에 귀를 기울인 다음, 타케루에게 물었다.

"그게 뭐야? 그런 일을 하는 게 무슨 의미가 있어?"

"나도 자세한 건 몰라. 어쨌든 부탁한다. 이건 너와 카즈마만의 문제가 아니야. 미쿠모 집안의 일원으로 너 역시 오늘 결혼식이 어떻게 끝날지 마지막까지 지켜볼 필요가 있어."

"뭐…, 뭘 지켜보라는 거야?"

"이유불문하고 일단 실행해! 잊었니? '정찰, 계획, 실행'의 3단계! 지금은 실행 단계야! 알았지?"

타케루는 엉뚱한 소리만 잔뜩 늘어놓더니, 곧 전화를 끊어버렸다.

하나코는 어쩔 수 없이 다시 2층 홀로 나와, 아까 들어갔던 직원용 탈의실로 이어지는 공간으로 들어갔다.

탈의실 안에서 자신의 옷과 핸드백을 넣어둔 사물함을 연

뒤, 핸드백 안에서 손수건을 꺼낸다. 1년 전, 카즈마 집을 방문했을 때 와이치가 준 손수건이다.

'M'이라는 알파벳이 자수되어 있는 이 남성용 손수건은 이와오의 유품이었다. 그날 이후 하나코는 이것을 항상 몸에 지니고 다녔다.

하나코는 손수건을 손에 든 채 다시 홀로 나온다. 건너편에 마츠가 보였다. 하나코는 마츠를 향해 걸어간 뒤, 그녀를 스쳐 지나가면서 손에 든 손수건을 마츠에게 건네준다. 마츠는 그것을 주머니에 넣은 뒤, 엘리베이터로 향한다. 이와오의 손수건을 마츠에게 건네주는 것이 타케루가 지시한 첫 번째 임무였다.

하나코가 시계를 보니, 이제 40분 후면 결혼식이 시작된다. 이제 두 번째 임무를 위해 하나코는 결혼식장 안으로 들어갔다.

이제 30분 후면 결혼식이 시작된다. 드디어 하객들도 거의 다 모였다. 좌석표를 입수한 하나코는 아빠가 일러준 인물의 이름을 찾기 시작했다. 하객들의 자리는 모두 지정좌석으로 테이블당 하나씩 식물 이름이 배정되어 있었는데, 찾으려는 인물은 '단풍'이라는 이름의 테이블에 앉을 예정이었다. 하지만 그는 아직까지 식장에 나타나지 않았다.

신랑 측 하객의 3분의 2 이상이 경찰 관계자였다. 경찰이 사방에 숱하게 깔린 결혼식이니 사방 모두 적인 셈이다. 하나코는 조금 긴장하지 않을 수 없었다.

"잠시만요!"

누군가가 부르는 소리에 하나코는 뒤를 돌아보았다. 그 순간 하나코는 그대로 얼어붙었다. 카오리였다. 전통옷을 입은 카오리가 등 뒤에 서 있었다.

카오리가 하나코의 눈을 집요하게 들여다보자, 하나코는 그 시선을 피해 몸을 돌렸다.

"무, 무슨 일이죠?"

"하나코, 하나코 언니죠? 맞죠?"

"사, 사람 잘못 보셨어요."

"왜 이래요? 내 눈은 못 속여요. 언니, 여기서 뭐 하는 거예요?"

더는 속일 수 없어 하나코는 한숨을 내쉬었다. 그리고 고개를 돌려 카오리에게 소곤소곤 둘러댔다.

"일하고 있어요. 보면 모르겠어요?"

"언니가 오빠 결혼식이 열리는 호텔에서 일을 하고 있다고요? 거짓말 마요! 도대체 무슨 일을 꾸미고 있는 거죠?"

"꾸미긴 뭘 꾸며요? 그런 거 아니에요."

"그런 게 아니긴, 언니가 여기에 있다는 거 자체가 무슨 일을 꾸미는 거잖아요!"

"부탁이에요, 카오리 씨. 제발 좀 비밀로…."

"일단 알았어요." 카오리가 가슴을 앞으로 내밀며 말했다.

"사실 저는 오늘 여기 오고 싶지 않았거든요. 그런데 언니를 여기서 보니까, 오늘 뭔가 재밌는 일이 벌어질 것 같은 느낌이네요!"

카오리는 갑자기 키득거리기 시작했다. 그러다 갑자기 진지한 표정으로 목소리를 낮춰 말한다.

"사실 난 저 에미리라는 사람 마음에 안 들어요. 저 여자, 분명 구린 게 있어. 저런 여자보다는 언니가 백 배 더 낫지. 물론 이제 와서 할 이야기는 아니지만…."

카오리는 하나코의 어깨를 툭 쳤다.

"그러니까 건투를 빌어요!"

카오리는 그렇게 말한 다음 신랑 측 테이블로 사라졌다. 신랑 측 테이블을 보니, 다른 가족은 아직 보이지 않았고, 카오리 혼자만 앉아 있었다.

'단풍'이라는 이름의 테이블을 보니, 어느새 남자 여럿이 앉아 있었다. 다시 한번 좌석표를 확인해 보니, 목표 인물이 와 있었다. 하나코는 그 테이블을 향해 성큼성큼 걸어간다.

걸어가던 도중에 다른 테이블 위에 있는 와인잔을 슬쩍 낚아챈 뒤, 목표 인물이 앉아 있는 자리 바로 앞쪽에 그 잔을 떨어뜨린다. 두꺼운 카펫이 깔려 있어서 잔은 깨지지 않았다.

"죄송합니다."

하나코는 그렇게 사과하고는 몸을 숙인다. 왼손으로 떨어진 잔을 주우면서 오른손으로 자신의 주머니에 숨겨두었던 종잇조각을 꺼낸다. 타케루가 말한 것을 적은 종잇조각이었다. 그 종잇조각을 목표 인물의 주머니에 집어넣는다. 남자는 다른 하객들과 담소를 나누느라 그 사실을 전혀 눈치채지 못했다.

두 번째 임무를 마친 하나코는 그대로 앞으로 나갔다. 그리고 '임무 완료'라는 짧은 문자메시지를 타케루에게 보냈다. 그런 다음 화장실로 향했다.

"오늘 이 자리를 빛내주신 일가친척 여러분들께 진심으로 감사의 말씀을 올립니다. 신랑인 카즈마는 제 아들의 동료 형사로서…"

결혼식은 이미 시작되었고, 건배사를 하는 중이었다. 건배사를 하는 이는 카즈마의 동료인 마키의 아버지 코우스케였다.

코우스케는 행정고시에 합격한 엘리트 경찰로 신부의 친척이기도 했다. 그래서 그가 건배사를 하게 된 것이다.

"…신랑 신부와 일가친척, 그리고 여기 계신 모든 분들의 행복과 번영을 기원하며 다 함께 잔을 들어주시길 바랍니다. 건배!"

코우스케의 말에 다 같이 샴페인잔을 들어올려 건배를 한다. 카즈마는 샴페인을 한 모금 마신 뒤 테이블에 놓는다. 카즈마의 옆에는 웨딩드레스 차림의 에미리가 화사하게 웃고 있다.

"사진 한 장 찍겠습니다. 두 분 다 잔을 들고 건배하시는 모습으로…"

사진사의 말에 카즈마는 다시 잔을 들어 에미리와 건배를 한다. 그러자 사진사가 말했다.

"신랑분 표정이 너무 딱딱해요. 좀 더 환하게 웃어주세요."

그 말에 카즈마는 억지로 웃음을 지어보인다.

이어서 카메라 플래시가 터졌고, 카즈마는 샴페인을 한 모금 마셨다. 하지만 아무 맛도 느껴지지 않았다.

카즈마는 지금 마치 꿈과 현실의 경계에 서 있는 기분이었다. 자신이 이곳에 있다는 것 자체가 아직도 믿어지지 않았다.

그때 카즈마 곁으로 사람들이 몰려들었다. 처음으로 몰려든 무리는 화려하게 치장한 여성들로 에미리의 대학 친구들이라고 했다.

카즈마가 가족들이 있는 신랑 테이블을 흘깃 보자, 와이치, 노부에, 노리카즈, 미사코, 그리고 카오리가 멀뚱히 앉아 있다.

그런데 어찌된 영문인지 조금 전까지 줄곧 심통 난 얼굴이었던 카오리가 잔뜩 신이 나 있다. 어제까지만 해도 카오리는 이 식장에 오는 것조차 싫다고 말했었다. 하지만 자기가 언제 그랬냐는 듯 카오리는 싱글벙글 입이 찢어져라 웃고 있었다.

"축하해, 에미리!"

"우아, 이게 몇 년 만이니?"

"고등학교 졸업하고 나서니까 7년 만인가?"

"어머, 넌 하나도 안 변했다, 애."

에미리는 친구들과 인사를 나누느라 정신이 없었다. 그 모습에 카즈마는 마음이 아팠다.

'나는 지금 이 결혼식을 망치려 하고 있어. 하지만 오늘이야 말로 진범을 잡을 수 있는 절호의 기회야. 더 이상 미루면 상대방이 먼저 선수를 칠 수도 있어.'

에미리에게는 미안한 마음뿐이었지만 그녀와는 결국 파국을 맞을 것이 뻔했다. 그렇다면 한시라도 빨리 결판을 내려야 한다.

"에미리, 네 남편이랑 같이 사진 찍어도 돼?"

"물론이지. 다들 뒤에 서."

카즈마는 순식간에 에미리의 친구들에게 둘러싸인다. 억지웃음을 지은 카즈마는 그대로 플래시 세례를 맞는다.

"저기요, 맥주 좀 가져다주실래요?"

"네, 알겠습니다."

아까 전부터 하나코는 웨이트리스 제복을 입은 채 마실 것을 나르고 있었다. 일회용 마스크를 쓰고 있었지만, 다들 너무 바쁜 나머지 다른 사람 일에 크게 신경쓰지는 않았다.

"오래 기다리셨습니다."

하나코가 테이블에 병맥주를 올려놓고 돌아서던 찰나에 누군가 갑자기 하나코의 손을 덥석 잡는다. 뒤를 돌아본 하나코의 눈이 휘둥그레졌다. 그 사람은 바로 노리카즈였다.

"하나코 양, 어째서 여기에…?"

지금 하나코가 있는 곳은 신부 쪽 테이블이었고, 이제껏 신랑 측 테이블에는 얼씬도 하지 않았다. 그런데 맥주병을 든 노리카즈가 이곳까지 와서 여기저기 인사를 다니고 있었다.

"자, 잘못 보셨어요. 저는 스즈키예요."

"거짓말 말아요. 내 눈은 못 속여요. 일단 이쪽으로 오세요."

"아파요. 놔주세요."

하나코는 그대로 신랑 측 테이블로 끌려갔고, 하나코를 본 노부에가 놀라 소리쳤다.

"어머, 하나코 양!"

하나코는 어쩔 수 없이 빈자리에 앉았다. 때마침 자리를 비운 미사코의 자리였다. 그 옆에 앉은 노리카즈가 하나코에게 물었다.

"무슨 일입니까? 어쩌다가 여기에 온 거예요?"

"보시다시피, 여, 여기서 일하고 있습니다."

"거짓말하지 말아요. 아직도 카즈마한테 미련이 남았나요? 그래서 카즈마의 결혼을 방해하려는 속셈인가요?"

"아니에요. 그런 건 절대 아니에요."

일단 아니라고 부정했지만, 양심에 찔렸다. 어쨌든 하나코 가족들이 뭘 꾸미고 있는 건 사실이니까.

그때 옆에 있던 카오리가 하나코를 두둔하고 나섰다.

"뭐 어때, 아빠. 신경 쓸 거 없어. 언니도 오빠의 결혼을 축하해주러 온 거야."

"카오리, 그게 무슨 말도 안 되는 소리냐. 그리고 너도 하객들한테 인사 좀 하러 다녀라."

"아, 그런 건 귀찮아."

카오리는 심드렁하게 말하고는 지나가던 웨이터를 불러 세웠다.

"여기 맥주 한 병 더 부탁해요. 그리고 메인 요리는 언제 나와요? 빨리 갖다 주세요."

웨이터는 꾸벅 인사하고는 자리를 떴다.

"하나코 양, 그동안 잘 지냈어요?" 노부에가 물었다.

"아, 네. 덕분에요."

"그거 다행이네요. 괜찮으면 또 우리 집에 한 번 놀러 와요. 돈도 하나코 양을 만나고 싶어 해요."

"어머니, 무슨 말씀을 하시는 거예요?"

당황한 노리카즈가 펄쩍 뛰었지만, 노부에는 아랑곳하지 않았다.

"어차피 카즈마는 곧 분가할 거잖아. 그렇다면 하나코 양이 우리 집에 못 올 이유가 없지. 그렇죠, 여보?"

그러자 와이치가 헛기침을 하고 말했다.

"그건 그렇지. 그리고 노리카즈! 오늘 결혼식은 무사히 끝나지 않을 게다!"

"네? 그게 무슨 뚱딴지같은 말씀이세요?"

"네가 그러고도 카즈마의 아비라 할 수 있냐? 카즈마의 얼굴을 보고도 모르겠어? 저건 지금 무슨 중대한 일을 숨기고 있는 표정이야. 생각해봐라. 오늘 아침 리무진을 타고 나간 카즈마가 한동안 종적을 감추었어. 그러더니 아무렇지도 않게 다시 나타났지. 그런데 그 사이에 무슨 일이 있었는지 카즈마는 아무런 설명도 하지 않았어. 이상하지 않니?"

"…설마 미쿠모 집안에서…?"

"거기까진 나도 모르겠지만 무슨 일이 일어날 게 틀림없어."

그때 전통옷을 입은 미사코가 자리로 돌아왔다. 하나코는 후다닥 자리에서 일어났고, 미사코는 말없이 자신의 자리에 앉았다.

"미사코, 내가 하나코 양을 발견했어. 이곳 종업원 옷을 입고 일하고 있더군."

그러나 미사코는 노리카즈의 말을 들은 척도 하지 않았다. 미사코는 손뼉을 쳐서 웨이터를 불렀고, 웨이터에게 이렇게 말했다.

"여기 의자 하나 더 부탁드려요."

"네, 알겠습니다."

잠시 후 의자를 가져온 웨이터가 그것을 카오리와 미사코 사이에 놓는다.

"앉으세요."

미사코가 의자를 가리키며 하나코에게 말한다.

"아, 네."

그때 노부에가 허공을 응시하며 말했다.

"아직 1년도 안 지났구나. 우리 집에서 하나코 양이 카레를 만들었잖아. 그 카레, 참 맛있었는데. 카즈마도 두 그릇이나 먹었잖아. 사실은 말이야, 그날 밤에 하나코 양이 만든 카레를 몰래 훔쳐 먹은 사람도 있단다."

그러자 와이치가 흠흠 헛기침을 한다. 부끄러운지 얼굴도 약간 상기되어 있다.

"그때도 말씀드렸잖아요, 어머님. 카레는 요리가 아니라니까요."

"미사코, 그때도 내가 말했잖니. 너 설마 하나코 양한테 질투하는 거니?"

"그런 거 아니에요."

미사코는 부루퉁한 얼굴로 툴툴거렸고, 노리카즈를 제외한 모두가 밝게 웃었다.

"우리가 이렇게 웃고 떠들 때야? 설마 다들 하나코 양의 정체를 잊은 거야?"

노리카즈가 버럭 소리쳤다.

"당신, 아직도 몰라요?"

"뭘 몰라?"

"지금 상황이요. 우리 모두 1년 전으로 돌아간 것 같잖아요. 지난 1년간 우리 가족은 서로의 눈치만 살피며 살았어요. 좀 전까지 우리들은 결혼식이 아니라 장례식에 참석한 사람들 같왔다고요. 하지만 하나코 양 덕분에 원래대로 돌아온 거예요."

생각지 못했던 미사코의 반응에 하나코는 더욱 당황스러웠다.

"잠깐! 지금 거기 앉아서 뭐 하는 거예요?"

고개를 들자 호텔 종업원이 하나코의 명찰을 보며 외쳤다. 웨이트리스가 신랑 테이블에 앉아 있으니 이상하게 보이는 것도 당연했다.

바로 그때 호텔 안이 술렁이기 시작했다. 무슨 일이 벌어진 게 분명했다. 옷을 갈아입으러 간 카즈마와 에미리는 아직까지 돌아오지 않고 있었다.

'무슨 일이 일어난 거지? 상황을 살펴보는 게 좋지 않을까?'

그때 갑자기 식장 조명이 전부 꺼지더니, 식장의 오른편 벽에 있는 거대한 스크린이 환하게 빛나기 시작한다. 하객들의 메시지나 친구들의 축하 영상을 틀기 위해 설치해둔 스크린이었다.

스크린에서는 동영상 하나가 재생되기 시작했다. 식장은 순식간에 조용해졌고, 다들 묵묵히 스크린을 응시한다.

호텔방 안을 위에서 촬영하는 구도로 찍은 동영상이었다. 그 호텔방 안에는 카즈마가 앉아 있었다. 영상 왼쪽 하단에는 'LIVE 영상'이라는 문구가 적혀 있었다.

"카즈마 녀석, 2부 예복으로 갈아입으러 간 거 아니었어?"

"그러게요. 저기서 뭘 하고 있는 거지?"

하나코가 생각하기에, 이런 짓을 벌일 사람은 자신의 가족들

밖에 없다. 하나코는 긴 한숨을 내쉬지 않을 수 없었다.

그때 식장 문이 벌컥 열리더니, 한 여성이 들어왔다. 신부인 하시모토 에미리였다. 그녀 역시 불안에 떨며 조용히 스크린을 응시했다.

그때였다. 카즈마 말고 다른 남성 한 명이 화면에 잡혔다. 방에 들어온 남자는 침대에 걸터앉으며 말했다.

"무슨 일이야, 카즈마? 이런 곳으로 날 부르고…?"

단풍 테이블에 앉아 있던 바로 그 남자였다. 하나코는 타케루가 말해주었던 호텔 방 번호와 약속 시간을 종이에 적어, 그의 주머니에 슬쩍 넣어두었다.

"네가 내 사촌과 결혼하다니, 이제 우린 먼 친척이잖아. 별일 다 있네."

"마키 형사님!"

카즈마가 진지한 표정으로 입을 연다.

"전 알아냈습니다. 드디어 알아냈습니다."

"알아내다니, 뭘?"

"1년 전 사건 말입니다. 코마츠가와 공원 사건, 기억하시죠?"

그 말에 식장 안이 술렁거린다.

"그 사건? 하류에 살던 노숙자가 범인이었던 사건?"

"맞습니다, 그 사건입니다. 하지만 진범이 따로 있습니다. … 마키 형사님, 바로 당신이 범인이죠? 당신이 다테시마 마사오, 아니 이와오 씨를 살해한 범인이죠?"

'마키라는 저 남자가…, 할아버지를 살해한 범인…?'

하나코는 스크린에서 눈을 뗄 수 없었다.

카즈마는 마키의 안색을 살폈지만, 동요한 기색이라고는 전혀 없었다.

"지금 무슨 소리를 하는 거야? 머리가 어떻게 된 거 아냐?"

마키가 실실 웃으며 다시 빈정거렸다.

"전 제정신입니다. 마키 형사님, 이제 진실을 이야기해주세요."

"무슨 소리를 하는 건지 전혀 모르겠어. 아무튼 난 식장으로 돌아간다."

마키는 자리에서 일어났고, 카즈마는 서둘러 그 앞을 막아선다.

"그렇게 끝까지 숨기지 않아도 돼요, 마키 형사님. 우리들은 이제 곧 친척이 될 거잖아요. 서로 숨기지 말자고요."

"너 정말 어떻게 된 거 아냐?"

카즈마는 재빨리 손수건 하나를 꺼낸다. 'M'이라는 글자가 새겨진 이와오의 갈색 손수건이었다. 아까 전에 마츠를 통해 타케루에게서 건네받은 것이었다.

카즈마는 그 손수건을 침대 위에 올려놓고는 마키에게 물었다.

"이거 기억하시죠?"

마키는 손수건을 흘깃 보더니, 곧바로 시선을 돌린다.

"몰라."

"사건이 있던 날 밤을 잠깐 정리해보죠. 그날 밤 사건이 발생했다는 연락을 받은 저는 곧바로 사건 현장인 코마츠가와 공원으로 향했습니다. 그곳에는 이미 마키 형사님이 와 계셨죠. 마키 형사님의 집은 세이죠인데, 히가시무코지마에 사는 저보다 더 빨리 도착했다는 게 이상했죠. 돌이켜 생각해 보니, 그 이유도…."

"그건 외출했다가 곧바로 사건 현장으로 가서 그런 거야."

"그렇다면 그 부분은 일단 넘어가죠. 현장에 도착한 마키 형사님은 근처에 있던 화장실로 들어갔습니다. 기억하시나요?"

"잘 기억나지 않아."

하지만 카즈마는 정확히 기억한다. 지은 지 오래된 화장실이었다. 화장실에 갔던 마키가 돌아오기를 기다렸다가 둘이서 함께 시신이 있는 사건 발생 지점으로 향했다.

"사실 지난주에 저는 그 화장실에 갔었습니다. 그런데 화장실이 새롭게 지어졌더군요. 구청에 문의해보니 반년 전에 새로 지었다고 합니다. 2년 전에 하수도가 고장 나서 사용할 수 없었던 상태라고요. 즉 1년 전, 사건 발생 당시에는 화장실을 사용할 수 없는 상태였습니다. …마키 형사님, 그런데 그때 왜 화장실에 들어갔습니까?"

"기억 안 난다고, 그런 건."

'끝까지 모른 척할 생각인가.'

카즈마는 한숨을 쉬고는 화제를 돌렸다.

"발견된 시신은 얼굴을 알아볼 수 없을 정도로 망가져 있었습니다. 그렇다면 범인은 왜 그렇게까지 시신의 얼굴을 숨기려고 했을까요. 그 점에 의문을 품기 시작했던 저는 끝내 그 이유를 밝혀냈습니다. 피해자를 살해한 진범과, 이미 숨을 거둔 피해자의 얼굴을 짓이긴 사람이 다르기 때문입니다. 그래서 진범인 당신은 나중에 시신의 상태를 보고 놀랐을 테고요."

마키가 짜증스러운 얼굴로 입술을 깨물고 있다.

카즈마가 이어서 말한다.

"자, 그런데 문제는 이 손수건입니다. 이건 이미 숨을 거둔 피해자의 얼굴을 짓이긴 인물이 피해자의 주머니에서 꺼낸 유품입니다. 'M'이라는 피해자 이름의 이니셜이 새겨진 손수건이지요."

그 손수건이 이와오의 유품이라 생각한 와이치는 손수건을 챙겨와 하나코에게 주었던 것이다. 하지만 일주일 전, 신주쿠의 백화점에서 똑같은 손수건을 발견한 카즈마는 한 가지 의문점을 떠올렸다.

'그 손수건이 정말 이와오의 것이었을까?'

경찰청 데이터베이스를 미리 바꾸어놓았을 정도로 이와오는 철두철미한 사람이었다. 그런데 그런 사람이 자신의 이니셜이 새겨진 손수건을 가지고 다녔을까? 만약 그가 아니라면 이 손수건의 진짜 주인은 누구일까?

"어쩌면 이 손수건은 피해자의 유품이 아니라 진범의 것이 아니었을까, 전 그런 추리를 하기에 이르렀습니다. 범인으로부터 공격당할 때, 피해자가 범인의 손수건을 슬쩍 해 자신의 주머니에 넣은 것입니다."

"웃기지 마! 누가 공격당하면서 그런 짓을 할 수 있겠어."

마키가 코웃음을 치며 비아냥거렸다.

"할 수 있어요, 그 사람이라면…."

전설적인 소매치기, 이와오.

그 사람이라면 가능하다. 자신을 죽인 범인이 누군지 단서를 남기기 위해 그는 마지막으로 자신의 기술을 발휘한 것이다. 그런데 얄궂게도 그 결정적인 증거를 친구인 와이치가 가져가 버렸다.

"이러한 저의 추리를 입증하기 위해 저는 코마츠가와 경찰서의 아라카와 형사에게 부탁했습니다. 그날 밤 사건 현장에 있던 경찰 관계자 중 'M'이라는 이니셜을 지닌 사람과 그들의 알리바이 조사를 말입니다. 코마츠가와 경찰서 사람들 중 'M'이라는 이니셜을 가진 사람은 있었지만, 그들 모두 알리바이가 있었습니다. 그리고 본청 수사과에서 파견된 형사 중에도 동일한 이니셜을 가진 수사관은 여럿 있었습니다. 하지만 명확한 알리바이가 없는 인물은 단 한 명뿐이었습니다. 마키 형사님, 바로 당신입니다."

"과연 명탐정이네. 거기까지 잘도 조사했구나. 하지만 나에겐 알리바이가 있어. 그날 나는 가족들과 함께 식사를 하고 있었다. 아마쿠사에 있는 튀김집이었어. 그래서 현장에 일찍 도착한 거야."

"알리바이에 대한 가족들의 증언은 신빙성이 부족하다는 것은 마키 형사님도 잘 아실 텐데요. 그날 밤 범행을 마친 당신은 유유히 사건 현장을 떠났겠지요. 그러던 중 자신의 손수건이 없어진 걸 알아챘겠죠. 당황한 당신은 다시 사건 현장으로 돌아가려고 했지만, 이미 신고가 들어온 후였어요. 그래서 당신은 내가 오기를 기다렸다가 겨우 현장에 들어갔죠. 살해를 끝낸 당신은 화장실을 발견하고, 그곳에 들어가 거울로 혹시라도 자신에게 피가 묻어 있지 않을까 확인해 본 거겠죠. 흐트러진 머리를 정리하기 위해 들어갔을지도 모르고요. 아무튼 당신은 거울을 보기 위해 화장실에 들어갔던 터라 변기가 고장났는지도 몰랐던 거죠."

카즈마는 손을 뻗어 손수건을 든 뒤, 이어서 말했다.

"이 손수건에는 저를 포함한 여러 사람들의 지문이 묻어 있습니다. 만약 이 손수건에서 당신의 지문이 나오면 그땐 뭐라고 변명하시겠습니까?"

"좋아, 카즈마. 일단 내가 범인이라고 가정하지. 그럼 범행 동기가 대체 뭐야? 내가 그런 영감을 굳이 죽일 필요가 어디 있겠어?"

"네, 그 질문에 대해서도 대답해드리죠. 이와오 씨를 살해한 사람은 마키 형사님이지만, 사실 그것을 명한 사람은 따로 있습니다. 그분 역시 지금 제 결혼식장에 있겠지요. 마키 에이스케, 바로 당신의 할아버지입니다."

하객 모두가 숨을 죽인 채 스크린에서 눈을 떼지 못했다. 침을 삼키는 소리까지 들릴 정도로 식장 안은 한없이 고요해졌다.

그때 갑자기 삐익- 하는 소리가 들렸다. 마이크를 켤 때 나는 소리였다. 마이크를 든 사회자가 애써 밝은 목소리로 말한다.

"죄송합니다. 아무래도 뭔가 착오가 있었나 봅니다. 바로 영상을 멈출 테니, 양해 부탁드립니다."

그러자 카오리가 자리에서 벌떡 일어나 단상 위에 올라갔다. 카오리는 허리에 손을 얹고 외쳤다.

"안 돼요! 계속 틀어놔요! 이건 살인 사건의 범인이 밝혀지는 순간이라고요."

"손님, 제자리로 돌아가 주세요. 지금 통신팀 책임자가 이쪽으로…"

"책임자든 누구든 상관없어요. 이 영상은 절대 멈출 수 없어요. 저는 신랑의 여동생이에요. 이것은 끝까지 지켜봐야 하는 거라고요."

"그러니까, 손님…."

어쨌든 영상은 계속해서 이어진다.

노리카즈가 손을 들어 대기 중이던 종업원을 부른다. 다가온 종업원에게 노리카즈는 뭐라 속삭였고, 하나코는 그 말소리에 귀를 기울인다.

"지금 이 순간부터 그 누구도 이 식장 바깥으로 절대 내보내지 말아주세요. 부탁합니다."

"그, 그건 무리입니다. 그럴 수 없습니다."

"나는 신랑의 아버지이며, 경찰청 경호부서에서 근무하고 있습니다. 하객 중 누구도 이곳을 빠져나가서는 안 됩니다."

"하지만 화장실에 가려는 손님도 계실 텐데요."

"그렇다면 이렇게 하죠. 여성분이라면 허락하지만, 남성분은 참도록 전달해주세요. 어떻습니까?"

잠시 고민하던 종업원은 고개를 끄덕였다.

"알겠습니다. 그렇게 전하겠습니다."

"감사합니다. 그럼 잘 부탁드립니다."

노리카즈는 잔을 들어 반쯤 남은 맥주를 단숨에 들이켰다. 그리고 작은 목소리로 중얼거렸다.

"카즈마, 나도 애비로서 널 위해 내 몫은 한 거다."

그때까지 스크린에 주목하고 있는 다른 하객들과 달리, 와이치는 조용히 팔짱을 낀 채 눈을 감고 있었다.

하나코는 와이치의 입가에 만족스런 미소가 걸려 있음을 놓치지 않았다.

마키는 배를 움켜잡고 웃기 시작했다.

"우하하, 우리 할아버지가 나에게 살인을 명령했다고? 그건 또 무슨 뚱딴지같은 소리냐?"

"뚱딴지같은 소리가 아닙니다. 지금으로부터 50년 전의 일입니다. 대학가 근처 숲속에서 한 여성이 강간범을 만났습니다. 다행히 성폭행은 미수로 끝났지만, 그때 일로 여성의 이마에는 큰 흉터가 생겼습니다. 그런데 지금까지도 범인의 정체는 오리무중이고요."

"50년 전 일이라고? 너무 오래된 일이잖아. 그게 이번 사건과 무슨 관계가 있는데?"

마키는 눈을 동그랗게 뜨고 과장스럽게 몸을 흔들었다.

마키 에이스케. 78세. 마키의 할아버지, 그리고 전직 경찰청 경찰.

카즈마는 조금 전 경찰청 형사에게 그에 대한 조사를 부탁했다. 그 결과, 마키 에이스케 역시 메이세이 대학 출신이라는 걸 알아냈다. 에이스케가 그들보다 두 학년 아래지만, 같은 시기에 대학을 다닌 것은 틀림없는 사실이었다. 즉, 할머니를 덮치려던 범인은 마키 에이스케였던 것이다. 그게 카즈마가 내린 결론이었다.

"한 남자가 있었습니다. 무역회사에 취업이 결정되었던, 미래가 창창하게 빛나던 남자였습니다. 하지만 그 사건 이후 그는 평생 범인을 쫓아다녔습니다. 그는 피해자를 지키지 못했다는 죄책감으로 살아있는 내내 괴로워했습니다. 그러다 그는 드디어 지금 범인을 찾아낸 것입니다. 그의 집념이 마침내 결실을 거둔 것입니다."

그 말 그대로였다. 50년 넘게 범인을 찾아다닌 이와오의 집념이 마침내 죽음을 통해 지금 결실을 맺은 것이다. 고개가 절로 숙여질 정도로 카즈마는 이와오가 존경스러웠다.

"마키 형사님, 이제 진실을 말해주세요."

"…"

"…제가 당신을 고발할 것 같나요?"

카즈마의 말에 마키가 어리둥절한 표정을 짓는다.

"…그럼 아니라는 거냐?"

"당연하죠. 전 이제 마키 형사님과 친척이잖아요. 마키 형사님을 경찰에 넘길 생각은 전혀 없습니다."

"그럼 뭣 때문에…? 왜 그렇게 진실을 알고 싶어 하는 거야?"

"코마츠가와 경찰서에 아라카와라는 형사가 있습니다. 그는 계속해서 이 사건을 추적하고 있는 위험한 인물입니다. 저라면 지금 단계에서 적당히 둘러대고 그를 사건에서 손 떼게 만들 수 있을 겁니다. 그러기 위해서는 제가 진실을 알아야 합니다."

마키는 한참을 침묵하더니, 드디어 입을 열었다.

"카즈마, 그렇지만 난 널 믿을 수 없어. 무슨 다른 꿍꿍이가 있는 거 아니냐?"

"물론 아주 없다고 하면 거짓말이겠지요. 굳이 얘기하자면…, 대가를 좀 받고 싶습니다. 계속해서 승진을 하려면 마키 형사님 아버님의 도움이 필요하니까요."

그 말에 마키는 코웃음을 친다.

"흥, 그런 거였군. 네가 그렇게까지 야망이 있는 놈인 줄은 몰랐어."

"남자라면 이 정도 포부는 가져야죠. 저 역시 청장까지 올라가고 싶습니다. 마키 형사님, 절대로 배신하지 않겠습니다. 그러니깐 알려주세요. 코마츠가와 공원 사건은 마키 형사님이 하신 거죠?"

"…그래."

마키가 얼굴을 일그러트리며 쓸쓸하게 웃는다.

"너도 알다시피 우리 집안은 대대로 경찰 집안이야. 그리고 나한테 2살 아래 남동생이 하나 있는 건 알지? 녀석은 어릴 때부터 몸이 약해서 걸핏하면 울기만 했던 아이였어. 그런데도 공부를 잘해서 도쿄대에 진학하더니, 녀석이 행정고시에 합격하고 경찰청에 들어갔지. 어느새 나와 동생의 입장이 역전된 거야."

마키의 동생 같은 사람들을 일컬어 초엘리트 경찰이라고 한다. 카즈마와 마키 같은 경찰대학 출신과는 전혀 다른 위치의 사람들이다.

"동생은 아마 2년 내에 또 승진하겠지. 그래서 난 삐뚤어진 거야. 꼬맹이처럼 유치하게 동생을 질투한 거지. 그러다 작년 가을에 할아버지의 호출을 받았어. 그리고 모든 이야기를 듣게 되었지. 나는 솔직히 기뻤어. 할아버지가 동생이 아닌 나에게 부탁한 거잖아. 할아버지의 명으로 난 남자의 정체를 알아내고 접근했지. 그는 다테시마 마사오라는 노숙자였어. 할아버지 말에 따르면, 다테시마 마사오는 할아버지의 비밀을 알아내고 할아버지를 협박했대."

그래서 마키는 그를 추적해 인적이 드문 공원에서 덮쳐, 그의 머리를 돌로 내려쳤다.

"난 서둘러 그곳에서 도망쳤어. 어차피 그는 신원이 불분명한 노숙자였고, 사건은 자연스레 미궁에 빠질 거라고 생각했지. 그런데 무슨 이유에선지 나중에 사건 현장에 와보니, 시신의 얼굴이 뭉개져 있던 거야. 그래서 엄청 놀랐지. 그런데 수사 중에 다테시마 마사오라는 사람의 사진을 보니, 내가 원래 죽였던 사람의 얼굴이 아니라서 나는 다시 한번 경악했지."

마키는 고개를 절레절레 저었다.

그 모습을 본 카즈마의 머릿속에 또다른 의구심이 피어오르기 시작했다.

'설마 이 사건에 또 다른 무언가가 숨겨져 있는 건가?'

"뭐가 어떻게 된 건지 전혀 알 수 없었어. 어쨌거나 경찰에

잡힐 수는 없는 노릇이잖아. 그래서 난 흉기로 사용했던 돌을 하류에 사는 노숙자 집에 숨겨놓았던 거지."

"그 노숙자를 죽인 것도 마키 형사님인가요?"

"아니, 나 그 정도로 나쁜 놈은 아니야. 그 노숙자는 당장이라도 죽을 것처럼 몸이 안 좋았어. 사건이 발생 3일 후 지병으로 죽었어."

마키는 쓸쓸히 웃었다. 자조 섞인 웃음이다.

"너라면 진실을 알아낼 거라고 생각했었어. 하지만 이렇게 빨리 알아낼 줄이야…."

"자수하세요, 마키 형사님. 부탁합니다."

"…자수라고? 그게 무슨 소리야?"

"자수해야 해요. 경찰이 사람을 죽이다니, 결코 있을 수 없는 일이에요."

"역시 연극한 거냐? 그사이 너도 꽤 연기력이 좋아졌구나. 하지만 난 절대 자수하지 않아."

카즈마는 한숨을 푹 쉬었다. 그리고 오른손을 들어 문 위의 천장을 가리켰다.

"마키 형사님, 저길 보세요. 저기 카메라가 있죠? 지금 우리 둘이 나눈 대화는 결혼식장에서 생중계되고 있었습니다."

마키는 카메라를 본다. 와타루가 설치한 소형 카메라였다.

마키의 얼굴이 하얗게 질린다.

"거, 거짓말이지…?"

"거짓말이 아닙니다. 마키 형사님, 이제 포기하세요."

"카, 카즈마! 너…. 그동안 돌봐준 은혜도 모르고…. 절대 용서할 수 없다."

마키는 주머니에서 접이식 칼을 꺼낸다. 그 칼을 카즈마에게 들이대며 마키가 외쳤다.

"이렇게 된 이상 어차피 난 여기서 끝이야. 그렇다면 널 마지막 길동무로 삼아주마."

카즈마는 마키를 가만히 올려다보았다. 도저히 도망칠 수 없는 거리였다. 카즈마는 자신의 다리가 떨리고 있다는 것도 알아차리지 못했다.

결혼식장에는 기묘한 침묵만이 흐르고 있었다. 그 누구도 스크린에서 눈을 떼지 못하고 있었다.

"저 영상은 이 호텔 룸에서 찍은 거잖아!"

"그렇지. 몇 호실이지? 앗, 저기 봐!"

화면을 보던 하나코는 경악하며 손으로 입을 가렸다. 칼을 든 마키가 카즈마를 위협하고 있었기 때문이다. 마키는 카메라를 등지고 있었는데, 그가 무슨 말을 하는지는 잘 들리지 않았다.

"프런트에서 확인해보자."

하나코 주변에 앉아 있던 남자 몇 명이 자리에서 일어났다. 카즈마의 동료 형사들이다.

그때 누군가가 하나코의 손을 잡는다. 미사코였다. 하나코와 미사코의 눈이 마주친다. 미사코는 하나코에게 고개를 끄덕여 보인다.

하나코가 다시 스크린을 바라보던 그때, 갑자기 검은 옷을 입은 한 남자가 화면 아래, 그러니까 방 안 화장실 문 앞에 나타났다. 입가를 검은 천으로 덮은 남자였다.

"저걸 봐, 뭘 하려는 거지?"

"저 남자는 또 누구야?"

결혼식장이 금세 소란스러워졌다.

남자는 타케루였다. 하나코는 그를 한눈에 알아봤다. 아빠인 타케루를 딸인 하나코가 못 알아볼 리 없었다.

타케루는 조심스럽게 뒤에서 마키에게 다가가더니, 마키가 칼을 들어 올리는 순간 주사기를 마키에게 찔러넣었다.

그때부터 마키와 타케루의 격투가 시작되었고, 타케루의 손에서 주사기가 떨어졌다. 마키는 의외로 강했다. 두 남자의 싸움은 1분여 동안 이어지더니 타케루가 먼저 쓰러지고 말았다.

마키는 그 틈을 놓치지 않았고, 순식간에 마키의 모습이 화면에서 사라져 버렸다.

"마키가 도망쳐 버린 건가?"

"아마도 그렇겠지?"

사람들이 웅성대기 시작했다.

하나코는 계속해서 화면을 주시했다.

그런데 이번에는 화면 한쪽 구석에 보이던 옷장이 열리더니, 분홍색 드레스를 입은 여성이 나타났다. 가슴이 깊게 파인 섹시한 드레스의 여성은 가면무도회에서 쓸 법한 아이 마스크로 눈가를 가리고 있었다. 하지만 하나코는 그녀가 에츠코라는 걸 단박에 알아보았다.

에츠코는 타케루를 부축해 일으키더니, 카즈마에게 다가가 갑자기 흰 손수건으로 카즈마의 코를 막는다. 잠시 동안 발버둥 치던 카즈마는 곧 의자에 앉은 채 축 늘어진다.

'뭐야, 무슨 짓을 하려는 거지?'

타케루는 빈 의자를 카메라 가까이로 가져오더니, 스케치북에 뭐라고 글씨를 써 카메라에 비춘다.

'사건 해결!'

스케치북에는 그렇게 쓰여 있었다. 타케루는 스케치북을 넘겨 다시 무언가를 쓴다. 이번에는 이렇게 적혀 있다.

'신랑은 내가 가져가겠다. L의 딸.'

'무슨 짓을 하는 거야, 아빠?'

"아자!"

그때 옆에서 난데없는 외침이 들렸다. 돌아보니 카오리가 주먹을 쥔 채 팔을 흔들고 있었고, 주위 하객들은 수군거리며 카오리를 바라보았다.

"그만해라, 카오리."

노리카즈의 만류에 카오리는 부루퉁한 얼굴로 자리에 앉는다.

하나코는 카즈마네 가족들을 하나하나 둘러본다. 와이치와 노부에는 마주보며 웃음을 짓고 있었다. 미사코는 모르는 척 딴청을 피우고 있었고, 카오리 역시 환하게 웃고 있다.

그때 꺼졌던 조명이 다시 켜지면서 동시에 스크린도 꺼졌다.

그때 식장 문이 열리더니 양복을 입은 남자 5명이 식장 안으로 들어온다. 그 뒤를 10여 명의 경찰들이 뒤따르고 있다. 그중 가장 나이가 있어 보이는 남자가 이쪽 테이블로 다가왔다.

경례를 한 남자는 노리카즈에게 말했다.

"노리카즈, 미안하네. 실은 이 호텔에 타케루와 에츠코, 이 둘이 잠복해 있다는 제보를 받았네. 결혼식 중에 실례겠네만 이 호텔 내부를 수색해야겠어."

"그 강도들 말하는 거지? 나도 협력하겠네. 마음껏 수색하게나."

노리카즈가 눈을 휘둥그레 뜨고 놀란 척을 한다.

형사들 옆에는 경찰견 한 마리도 있었다. 돈과 같은 셰퍼드인데, '돈'보다 좀 더 어려서인지 눈매가 한층 더 날카롭다. 목줄에 '맥스'라는 이름표가 붙어 있다.'

경찰견 옆에 있는 곤색 제복을 입은 젊은 여성이 노부에에게 경례를 했다.

"노부에 교관님, 오랜만입니다."

잔뜩 긴장한 목소리였다.

순간 하나코는 노부에가 맥스의 목줄 언저리를 만지다가 무언가를 뿌리는 모습을 보았다.

"그러면 저희는 수색을 개시하겠습니다."

형사들이 모두 결혼식장을 빠져나간 뒤, 하나코가 노부에에게 물었다.

"아까 전에 뭘 하신 거예요?"

"어머, 봤군요? 과연 하나코 양이에요."

노부에는 수줍게 웃으며 손에 든 작은 병을 보여주었다.

"이건 미사코의 향수예요. 맥스의 목줄에 발랐어요. 향수 냄새 때문에 타케루 씨와 에츠코 씨를 찾는 건 힘들 거예요."

"할머님…."

그때였다. 식장 입구가 소란스러워졌다. 하객 몇 명이 결혼식장을 나가려고 하는 것이었다.

그 앞을 막아선 사람은 와이치였다.

"네 이놈, 네가 뭘 했는지 알기나 해? 노부에에게 못된 짓을 저질렀을 뿐만 아니라 자신의 손자까지 살인자로 만들다니, 네가 무슨 짓을 했는지 알기나 하냐고!"

"내 손자가 살인을 했는지 아닌지는 아직 확실하지 않아. 그러니깐 당장 비켜!"

에이스케는 와이치를 밀어내려고 했다. 그때 노리카즈가 에이스케의 손목을 잽싸게 낚아챘다.

"그 더러운 손으로 내 아버지를 건들지 마라. 너희들이 이곳

에 있을 자격은 없어. 꺼져. 두 번 다시 우리 눈앞에 나타나지
마."

노리카즈의 일갈에 마키네 가족은 서둘러 퇴장했다.

'전부 우리 가족 때문이야.'

하나코는 고개를 휘휘 돌려 에미리를 찾았다. 에미리는 창백
한 얼굴로 화면만 계속 응시하고 있었다. 인생 최고의 순간이
완전히 산산조각 난 것이다. 하나코는 마음이 너무나 아팠다.

"저는 이만 실례하겠습니다. 정말로 죄송합니다."

하나코는 도망치듯 후다닥 그 자리를 벗어난다. 자신의 이름
을 부르는 카오리의 목소리가 뒤에서 들렸지만, 서둘러 결혼식
장을 빠져나갔다.

"어이, 카즈마. 눈을 떠 봐!"

누군가 카즈마의 어깨를 흔들었다. 눈앞에 노리카즈의 얼굴
이 보였다. 그 옆에는 미사코와 카오리도 앉아 있었다.

몸을 일으키려는데 노리카즈가 막아섰다.

"아직 일어나지 마. 안정을 더 취해야 해."

아까 전에 스크린에 나왔던 호텔 방이다. 그동안 카즈마는
내내 기절해 있었다.

"…마, 마키 형사님은요?"

그러자 노리카즈가 절레절레 고개를 흔든다.

"도망쳤어. 아직 잡히지 않았고."

"죄송해요. 제 잘못으로 결혼식을 망쳤어요. 신부 쪽에 어떻게 사죄를 해야 할지 모르겠어요."

"괜찮아. 자신의 결혼식 중에도 범인의 정체를 밝히다니, 넌 뼛속까지 형사였구나. 난 네가 자랑스럽다, 카즈마."

"아, 아버지…."

"파혼을 당해도 어쩔 수 없지. 그냥 인연이 아니었다고 생각해라. 너에겐 에미리 양보다 더 잘 어울리는 사람이 있을 거야."

"좀 솔직해져요, 여보." 미사코가 코웃음을 치며 말했다.

"하나코 언니가 계속 우리와 같이 있었어." 휘청이는 카즈마를 부축하며 카오리가 말했다.

"그게 무슨 소리야?"

"호텔 종업원으로 변장했던 걸 내가 발견했어. 그래서 우리와 같이 그 생중계 영상을 지켜봤어."

타케루와 에츠코 그 두 사람이 여기에 있었다면, 하나코 역시 이 호텔에 있다 쳐도 이상할 게 없었다.

"노리카즈, 잠시 괜찮나?"

한 남자가 방 안으로 들어오며 물었다. 그는 경찰 관계자로, 노리카즈의 지인이었다.

"도망간 마키의 신병이 확보됐어."

"다행이네. 의외로 쉽게 체포했군."

"자, 그럼 일도 무사히 해결되었고, 모처럼 유라쿠쵸까지 왔으니 우리 맛있는 거라도 먹으러 갈까?"

노리카즈가 경쾌한 말투로 제안했다.

"좋아요, 여보. 그 가게는 어때요? 1년 전 하나코 양 가족과 상견례를 했던 그 가게요. 아버님, 어머님과 같이 가요."

"저기, 나는?"

"카오리, 너도 가고 싶어? 오고 싶으면 오든가."

"뭐야, 그 심드렁한 말투는. 약 올라."

그리웠다. 이렇게 화기애애한 분위기 속에서 이야기를 나누는 건 정말 오랜만이다. 마치 1년 전으로 돌아간 것만 같았다.

"그게 좋겠다. 카오리, 할아버지를 모셔오너라. 밖에 계실 거다."

"응, 알았어."

잠시 뒤에 카오리가 와이치와 함께 방 안으로 들어온다.

"좋아, 다들 모였지? 지금부터 가족회의를 시작한다." 노리카즈가 말했다.

"오늘 카즈마가 제멋대로 행동하는 바람에 결혼식을 망쳤다. 우리 집안의 명예에 먹칠을 한 거다. 그래서 나는 카즈마와 의절하고자 한다. 다른 사람의 의견은 어떤가?"

"이의 없어요."

가장 먼저 미사코가 손을 들었다.

"나도 이의 없어요."

카오리도 손을 들었다.

"정말 창피해 죽겠어. 경찰청에 소문이 다 났을 거야."

"나도 이의 없다."

와이치도 그렇게 말하며 손을 든다. 그 옆에서 노부에도 손을 들었다.

"만장일치로군."

노리카즈가 흐뭇한 얼굴로 고개를 끄덕이고는 카즈마에게 말했다.

"카즈마, 오늘부로 넌 우리 집안과 의절이다. 앞으로 사쿠라바 집안에 발도 들일 수 없다. 알겠냐?"

"자, 잠깐 기다려요. 갑자기 의절이라니…, 물론 결혼식을 망친 건 죄송해요. 하지만 말 못할 사정이 있었어요. 사실 미쿠모…."

"그런 건 이미 다 알고 있단다."

노리카즈는 다급히 카즈마의 입을 막았다.

"미쿠모 집안이 오늘 사건과 관계가 있다는 건 잘 알고 있다. 나는 지금 반성하고 있어. 나뿐만이 아니야. 우리 가족 모두 나와 같은 심정이다. 1년 전 우리는 도둑 집안의 딸이라는 이유만으로 하나코 양을 몰아냈어. 하지만 하나코 양의 가족들은 오늘 이곳에 왔지. 하나코 양을 위해서 널 훔치려고 말이야. 그런 모습에 난 깊은 감명을 받았다. 그래서 너와 의절하기로 결정한 거란다."

"아버지, 좀 더 알기 쉽게 말씀해주세요. 어째서 저를 의절하시…."

"카즈마, 아직도 모르겠니?" 미사코가 끼어들었다.

"태어나서 지금까지 넌 계속 우리와 함께 지냈잖니. 이제 슬슬 자립할 때가 된 거라고 말씀하시는 거란다."

다음으로 입을 연 사람은 카오리였다.

"의외로 둔감하네, 오빠. 엄마 아빠의 뜻을 모르겠어? 오빠는 의절당했고, 그래서 우리 집안에서 나가는 거야. 당연히 이제부터 혼자 살아야 하지. 그곳에 다른 동거인이 생긴다 하더라도 우린 신경 쓰지 않겠다는 뜻이야. 그 동거인이 도둑의 딸이든 뭐든 말이야."

드디어 이해했다. 집을 나가서 하나코와 살란 말이었다. 가족들은 에둘러 그렇게 말하고 있었다.

"서둘러라, 카즈마. 아직 멀리 가지 못했을 거다." 노리카즈가 재촉했다.

카즈마는 힘겹게 몸을 일으킨 뒤, 크게 숨을 내뱉는다. 그리고 신중히 한 걸음 한 걸음 움직인다. 벽을 짚으며 걸어가는데, 와이치가 다가와 주머니에서 무언가를 꺼내서 카즈마에게 주었다.

"가져가라, 카즈마."

수갑이었다. 은퇴한 와이치가 어떻게 수갑을 갖고 있는지, 그리고 왜 이걸 자신에게 주는지 알 수 없었다.

"데려오기 쉽지 않을 거다. 누가 뭐래도 그 애는 이와오의 손녀니까."

와이치가 카즈마의 주머니에 수갑을 욱여넣으며 말했다.

"할아버지, 하나만 알려주세요. 이와오 씨는⋯."

"그 이야기는 나중에 해주마."

와이치는 한쪽 눈을 찡긋 감았다.

"어쨌든 빨리 서둘러라. 하나코 양이 기다리고 있다."

"아, 네. 알았어요."

복도로 뛰쳐나간 카즈마는 엘리베이터 버튼을 누른다. 올라오는 엘리베이터의 속도가 너무나도 더디게 느껴진다.

'어차피 한 번 사는 인생이야. 나는 그녀를 절대로 놓칠 수 없어. 난 하나코를 사랑해.'

카즈마는 호텔 1층에 도착했다. 그러나 하나코는 어디에도 없었다.

'어디 있지? 대체 하나코는 어디에 있는 거야⋯?'

그러다 카즈마는 그 자리에 털썩 주저앉았다. 아직 약효가 덜 풀렸는지 머리가 지끈거렸다. 그때 얼핏 한 여성의 얼굴이 보였다. 곤색 웨이트리스 제복을 입은 여성의 얼굴이 매우 낯이 익었다.

하나코였다!

하나코는 한 무리의 호텔 손님들과 이야기를 나누고 있었다. 하지만 머지 않아 그 손님들은 하나코를 남겨 두고 어딘가로 가버리는 것 같아 보였다.

카즈마는 간신히 정신을 차리고 일어나 하나코에게로 달려
갔다.

하나코는 가족들을 찾기 위해 호텔 1층 로비로 향했었다. 하
지만 로비에 가족들은 없었다.

"익스큐즈 미."

그 소리에 뒤를 돌아본 하나코는 제 눈을 의심했었다. 그곳
에 서 있는 건 하나코의 가족들이었다. 중국인 갑부로 치밀하
게 분장했지만, 하나코의 눈을 속일 순 없었다.

"이 부근에 괜찮은 카페가 있나요?"

타케루가 하나코에게 영어로 그렇게 묻자, 하나코도 영어로
답했다.

"글쎄요, 그건 모르겠어요. 그런데 카즈마는 어떻게 됐어요?"

"아무 짓도 안 했어. 지금쯤 눈을 떴을 거야."

"하지만 신랑을 훔치겠다고 했잖아요."

"그건 그냥 허풍 떤 거야. 그렇게 하지 않으면 우리 뜻이 전
해지지 않을 것 같아서…."

"하나코, 잘 지내렴. 이번에 일을 좀 크게 벌여서 나와 네 아
빠는 잠잠해질 때까지 당분간 숨어 있어야 할 것 같아." 에츠
코가 말했다.

"할머니는? 할머니는 어떻게 해?"

그러자 마츠가 답했다. "난 시설로 돌아갈 거야. 외출 허가는

오늘 하루만이었어. 벌써부터 다들 보고 싶다고 난리들이란다. 요즘 애들 말로 그곳에서 내 인기는 아주 끝내줘, 호호."

"오빠는?"

"나? 나도 할 일이 많아. 이제 막 회사를 세웠는걸."

"모두들 그렇게 되었단다, 딸아. 우리들은 모두 잠시 각자의 길을 가기로 했어. 그렇지만 이것만은 잊지 마라. 넌 미쿠모 집안의 사람이자, 내 소중한 딸이란다. 그리고 너에겐 위대한 소매치기 이와오의 피가 흐른다는 사실을 기억해."

주변을 지나는 사람들이 하나코와 가족들을 힐긋힐긋 바라본다. 그러자 타케루는 목소리를 조금 더 낮추어 말했다.

"네 할아버지, 이와오는 위대한 사람이었어. 그리고 오늘 네 할아버지를 살해한 범인이 밝혀졌다. 한 형사의 활약으로 말이야. 난 지금도 경찰이 무지 싫지만, 그래도 카즈마란 녀석은 썩 맘에 들어."

"뭐야, 이상한 소리 하지 마."

하나코는 속마음과는 정반대로 입에서는 툴툴거리는 말이 나온다.

"뭐, 좋아. 아무튼 잘 지내라."

타케루는 하나코 옆을 무심히 지나쳐 간다. 그러자 다른 가족들도 타케루의 뒤를 따른다.

하나코는 멀어져 가는 가족들의 뒷모습을 유심히 바라보았다.

"하나코…? 하나코!"

누군가 하나코의 이름을 불렀고, 하나코는 뒤를 돌아보았다. 그곳에 카즈마가 서 있었다.

"한참 찾았어."

카즈마가 하나코에게 다가왔다. 숨을 격하게 몰아쉬며 혈색도 좋지 않아 보였다. 아직 약효가 남아 있는 모습이었다.

"카즈마, 미안해. 우리 가족들이 카즈마의 결혼식을 망쳤어. 뭐라고 사과를 해야 할지 모르겠어. 정말 미안해."

하나코는 고개를 숙여 카즈마에게 사과했다.

하지만 카즈마는 하나코의 어깨를 잡았고, 하나코는 카즈마의 얼굴을 바라보았다.

"하나코, 난 너밖에 없어. 이제야 깨달았어. 우리 같이 살자."

하나코는 제 귀를 의심했다. 그래서 목소리를 낮추고 카즈마에게 물었다.

"자, 잠깐, 카즈마. 갑자기 그게 무슨 소리야? 우리는 결혼할 수 없어."

"그럴지도 몰라. 하지만 함께 살 수는 있지. 난 아까 전에 가족들과 의절했어. 내일, 아니 오늘부터 둘이서 함께 살자."

카즈마의 눈빛은 진지했다. 농담으로 하는 소리는 아니었다.

"경찰이든 도둑이든 그런 건 아무래도 상관없어. 이제야 그걸 깨달았어. 중요한 건 사랑하는 사람과 함께하는 것인데…."

"고마워, 카즈마. 정말 고마워."

진심이었다. 카즈마가 이렇게까지 자신을 사랑한다는 걸 알게 된 것만으로도 충분했다.

"하지만 우리가 함께하는 건 있을 수 없는 일이야."

경찰 집안과 도둑 집안, 마치 평행선처럼 이어질 수 없는 관계이다.

"흠, 어쩔 수 없나…?"

카즈마는 옅은 한숨을 내쉬었다. 그러더니 하나코의 왼쪽 손목에 수갑을 채웠다.

"난 진심이야. 이걸로 넌 나한테서 벗어날 수 없어. 절대로."

카즈마는 반대편 수갑을 자신의 오른손에 채운다.

카즈마의 어깨 너머로 호텔 입구가 보였다. 체크아웃을 한 손님들 몇 명이 택시를 기다리고 있었고, 하나코의 가족들 역시 그 줄의 끝에 서 있다.

그때 하나코의 어깨에 누군가가 부딪쳐 왔다. 베레모를 깊게 눌러쓴 노인이었다. 그러더니 노인은 호텔 입구 쪽으로 걸어갔다.

"하나코, 내 말 듣고 있니? 응?"

'뭐지, 이 익숙한 느낌은? …아니, 설마…?'

하나코는 멀어져가는 노인의 모습을 바라보았고, 노인은 로비를 빠져나갔다.

가족들은 택시에 타는 중이었다. 뒷좌석에 타케루와 에츠코, 조수석에는 와타루가 타고 있었다. 마츠는 다음 택시에 혼자

탈 예정인지 그 자리에 우두커니 서 있다.

이윽고 가족들을 태운 택시가 출발했다.

"왜, 왜 그래?"

"하, 할아버지…."

"뭐라고?"

"미안, 카즈마."

하나코는 재빨리 카즈마의 주머니에 있던 수갑 열쇠로 자신의 손목에 채워진 수갑을 풀었다.

"하나코, 무슨 일이야?"

"미, 미안, 카즈마."

하나코는 앞으로 달려간다. 택시에 올라타는 마츠의 모습이 보였다. 배웅을 나온 호텔 직원이 뒷좌석 문을 닫으려는 순간, 베레모를 쓴 그 노인이 경쾌한 발걸음으로 미끄러지듯 마츠가 탄 택시에 올라탔다.

이내 택시 문이 닫혔지만 하나코는 발걸음을 멈추지 않았다.

카즈마는 화려한 고층 아파트를 올려다 보았다. 그 옆에는 하나코가 서 있었다. 이 아파트 꼭대기에 하나코의 가족들이 살고 있다.

"어쩌지? 긴장해서 그런지 배가 아파…."

"괜찮아. 잠깐 인사하러 온 거잖아."

"그래도…."

하나코와 함께 산 지 벌써 3개월이나 지났다. 카즈마는 여전히 형사이고, 하나코 역시 '코마츠야'라는 가게에서 계속 일하고 있다. 서로 일이 바빠 저녁을 함께 먹을 시간이 별로 없지만, 아침만은 꼭 함께 먹는 것이 그들만의 암묵적인 룰이었다.

일요일인 오늘, 마침 카즈마도 쉬는 날이기에 그들은 나들이를 가기로 했다. 그런데 갑자기 하나코가 이런 제안을 했다. 니시카사이 타워 아파트에 사는 친정 식구들에게 인사를 하러 가자고 말이다.

그동안 솔직히 카즈마는 마음이 많이 불편했다. 하나코의 부모님에게 제대로 된 허락도 받지 않고 그녀와 함께 살게 된 것이 영 죄스럽게 느껴졌다.

하나코가 버튼을 누르자 1층 현관 자동문이 열렸고, 그들은 나란히 엘리베이터에 올라탔다.

"갑자기 얻어맞거나 하진 않겠지?"

"후홋, 괜찮을 거야."

엘리베이터가 꼭대기 층에 도착했고, 나란히 복도를 걷던 하나코와 카즈마는 복도 끝에서 멈추어섰다.

하나코가 인터폰을 누르자 안쪽에서 말소리가 들린다.

"열려 있어!"

하나코가 문을 열자, 그 앞에는 고양이를 안은 에츠코가 서 있었다. 빳빳하게 긴장한 카즈마는 허리를 숙여 에츠코에게 인사한다.

"그동안 잘 지내셨는지요?"

"카즈마 군, 오랜만이에요. 어서 들어오세요."

서둘러 신발을 벗던 카즈마의 눈에 한 장의 사진이 들어왔다. 하나코의 가족사진이다. 돌로 만든 현판을 둘러싼 그들은 다 함께 브이 사인을 하고 있었다.

"…그거? 대영박물관의 로제타 스톤이야."

하나코가 심드렁한 얼굴로 말했다.

"내 고등학교 졸업 기념으로 다 같이 영국 여행을 갔었어."

"아하, 그렇구나."

"새벽에 다 함께 대영박물관에 숨어들어서 찍은 거야. 로제타 스톤은 훔치면 안 될 것 같아서 사진만 찍었지. 그러다 오빠가 실수로 적외선 레이저를 밟을 뻔해서 아빠한테 엄청 혼이 났었어. 그때는 정말 경찰에게 잡히는 줄 알았지 뭐야."

하나코는 고개를 절레절레 흔든다.

"이쪽이에요, 카즈마 군."

거실 소파에는 타케루와 마츠가 앉아 있다. 아직 점심 전인데도 타케루는 벌써부터 와인을 홀짝이고 있었다.

"카즈마 군, 오랜만이군. 잘 지냈나?"

"네, 덕분에요. 인사가 늦어 죄송합니다. 하나코와 저는 현재 함께 살고 있습니다. 미리 말씀드리지 못한 점 용서해주세요."

카즈마는 넙죽 고개를 숙이고는 말했다.

하지만 아무 대답도 없다. 대답 대신 들려온 건 아삭아삭 전병 과자를 씹는 소리였다. 고개를 들자 타케루와 마츠는 이미 카즈마가 선물로 사온 전병 과자를 먹고 있었다.

'어, 어느 틈에…?'

그때 추리닝 차림의 한 남자가 거실에 들어와 전병 과자를 몇 개 집어 먹었다. 그러자 타케루가 그 남자 앞에 서서 말했다.

"야, 와타루. 제대로 된 인사는 해야지. 이 사람은 네 매부 카즈마야."

추리닝 차림의 남자는 카즈마에게 살짝 고개를 숙인다. 그러고는 다시 방 안으로 돌아간다.

그의 얼굴을 보는 건 오늘이 두 번째다. 처음 봤을 때와 마찬가지로 곤색 추리닝을 입고 있지만, 이름표에 적힌 이름은 '케빈'에서 '미쿠모'로 돌아와 있었다.

"카즈마, 이리 와."

하나코의 부름에 둘은 복도 가장 안쪽 방 앞에서 발걸음을 멈추었다. 그 방 안에서는 두 노인이 장기판을 사이에 두고 대전을 벌이고 있었다. 한 사람은 이와오, 그리고 다른 한 사람은 와이치였다.

"하, 할아버지? 여기서 뭐 하세요?"

"내가 어디서 뭘 하건 네가 무슨 상관이냐? 혹시 이 사람들을 체포하려고 온 거라면 내가 절대 용서하지 않으마."

"와이치, 그렇게 겁주지 마." 이와오가 웃으며 말했다.

"일단 앉게, 카즈마 군. 나한테 묻고 싶은 게 많지?"

카즈마는 자리에 앉았고, 그 옆에 하나코도 앉는다.

"할아버지, 잘 지내셨어요?" 하나코가 이와오에게 물었다.

"응, 하나코 너도 좋아 보인다."

두 사람은 잠시 서로를 바라본다. 3개월 전에 호텔에서 마주친 이후로 처음 만나는 것이다. 그동안 전화 통화는 가끔 했지만, 이렇게 직접 얼굴을 보는 것은 그때 이후 처음이다.

"할아버지, 한마디라도…, 한마디라도 해주셨으면 좋았잖아요. 살아 있다고 한마디 말이라도 해주었으면…."

갑자기 감정이 북받친 하나코가 울먹거렸다.

"미안하다, 그동안 말 못할 여러 사정이 있었어. 널 슬프게 할 생각은 없었어. 아니, 오히려 널 행복하게 해주고 싶었다. 그래서 이 일을 시작했던 거야."

"자세한 사정을 알려주세요. 저도 궁금합니다." 카즈마가 말했다.

'어쩌면 이와오가 살아 있는 게 아닐까?'

카즈마가 그렇게 생각한 것은 호텔방에서 마키와 이야기를 나누었을 때였다.

마키가 살해한 사람은 다테시마 마사오였는데, 수사 자료로 배부된 사진은 이와오였다. 그러므로 마키가 그렇게 놀란 것도 무리는 아니다.

"너희가 막 사귀기 시작했을 때였어. 평소처럼 나와 와이치는 킨시쵸에 있는 술집에서 함께 술을 마시고 있었다. 그러다 와이치가 갑자기 이렇게 제안하는 거야. '그 두 사람을 결혼시킬 순 없을까?'라고 말이야. 물론 상식적으로는 힘든 일이었지. 하지만 난 해볼 가치가 있다고 생각했어."

서로의 신상을 속이고 결혼하는 건 의미가 없었다. 두 집안의 내력과 비밀이 모두 밝혀진 상태로 결혼을 해야 의미가 있다고 판단했다. 그것이 이와오와 와이치의 바람이었다.

"왜죠? 왜 그렇게까지 해서 저와 하나코를 결혼시키려고 하신 겁니까?"

"원래 경찰과 도둑은 물과 기름과도 같이 결코 섞일 수 없는 관계지. 하지만 우리 둘의 우정이라면 그걸 섞는 것도 가능하지 않을까 생각했단다."

이와오는 호탕하게 웃으며 말했다.

"그즈음이었지. 난 드디어 노부에를 덮친 범인을 찾았지. 하지만 놈에게 섣불리 접근하는 건 위험했어. 그래서 난 노숙자인 다테시마 마사오라는 이름으로 마키 에이스케에게 연락을 취했지."

2년 전, 다테시마 마사오를 우연히 만나게 된 이와오는 그의 신분증을 위조해 마사오 행세를 하고 다녔다. 마사오의 체격이 자신과 비슷하였기 때문이다.

"그런데 에이스케의 손자가 그를 살해한 거고. 나 역시 그 사건 현장에 있었지만, 다테시마를 구할 수는 없었어. 섣불리 나섰다가 내 얼굴이 알려지기라도 하면 큰일이니까."

사건 현장에 있던 이와오는 다테시마 마사오의 죽음을 어떻게든 이용할 수 없을까 고심했다. 그러다 생각해낸 것이 바로 다테시마의 죽음을 자신의 죽음으로 위장하는 것이었다.

"나는 곧장 와이치에게 연락했고, 그와 현장에서 만나기로 했어. 그런 다음 에이스케의 손자 놈을 쫓았지. 적절한 틈을 타 그의 주머니에서 놈의 손수건을 훔친 뒤에 바로 현장으로 돌아왔어."

이미 그 사건 현장에는 와이치가 와 있었다고 한다.

그 후, 와이치는 카즈마가 이 사건을 맡았다는 이야기를 경찰청의 후배를 통해 전해 들었다고 했다.

"그런 다음에는 추이를 지켜보기만 하면 되는 거였어. 우리의 짐작대로 카즈마는 시신의 정체에 의문을 가졌고, 하나코는 나와 와이치의 관계를 의심했지. 전부 나와 와이치의 계획대로였어."

그런데 카즈마는 지금도 이해할 수 없는 점이 두 가지 있었다.

"말씀 중에 죄송하지만, 두 가지 이해가 안 되는 것들이 있습니다. 먼저 경찰청 데이터베이스입니다. 그곳에 등록된 다테시마 마사오의 데이터는 해킹당한 것이었습니다. 그렇다면 바꾸신 것은 사진뿐이었나요?"

시신 발견 당시에 다테시마의 얼굴은 뭉개져 있었고, 소지품도 없었다. 그런데 경찰청 데이터베이스에 등록되어 있는 지문과 일치했기에 경찰은 그 시신의 정체가 '다테시마 마사오'라고 결론 내렸다. 만약 경찰청 데이터베이스 내에 있는 다테시마 마사오의 사진과 지문 둘 다를 이와오의 사진과 지문으로 바꾸어 놓았다면, 사건의 양상이 다르게 진행되었을 수도 있다.

"엄밀하게 말하면, 사진뿐 아니라 지문도 내 것으로 바꾸어 놓았었단다. 나는 죽은 다테시마 마사오가 완벽히 나를 대신하게 할 계획이었다. 그래서 와타루에게 부탁해 모든 데이터를 바꾼 거야. 하지만 도중에 계획을 바꾸었지. 시신은 다테시마 마사오라고 공인시켰지만, 카즈마 자네만이 의문을 품도록 말이야. 그래서 와이치에게 말해서 다시 지문만 원래대로 돌려놓았지."

"그 정도는 식은 죽 먹기지."

와이치가 가슴을 쭉 펴며 말했다.

"내가 노리카즈의 ID를 이용해서 데이터베이스를 수정했다. 해킹할 필요조차 없었어. 도쿄 방범협회의 명예이사로 재직 중이던 나는 한 달에 한 번 반드시 경찰청에 들어가거든. 그날도 그랬어. 9월에 있던 정기회의를 마친 나는 다른 경찰들이 있는 가운데 당당하게 데이터를 수정했다."

어쩜 이런 사람들이 다 있나, 카즈마는 당혹감을 감출 수 없었다. 하지만 하나코는 신이 난 얼굴로 그들의 이야기를 듣고 있었다.

"그리고 의문이 하나 더 있습니다. '해바라기회'를 통해 입수한 다테시마 마사오의 머리카락 말입니다. DNA 감정 결과, 그것과 다테시마 마사오의 DNA는 불일치한다는 결과가 나왔습니다. 그건 대체 어떻게 된 일입니까?"

그러자 이와오가 천천히 입술을 떼고 설명한다.

"사실 나도 정말 놀랐어. 설마 자네가 다테시마 마사오의 머리카락까지 입수할 줄은 꿈에도 몰랐다. 과연 와이치의 손자다워. 하지만 그건 간단한 일이었어. 코마츠가와 경찰서에 잠입해서 네가 제출한 머리카락을 훔치고, 대신 내 머리카락을 두고 온 것이다."

"이와오에겐 식은 죽 먹기지. …아무튼 나 역시 그때는 좀 놀랐다." 그때 와이치가 웃으며 대화에 끼어들었다. "카즈마, 네가 하나코 양과 헤어졌을 때 말이다. 사실 난 우리 가족들이 그렇게까지 하나코 양을 거절할 줄은 몰랐어. 하지만 반드시 좋을 기회가 다시 올 거라고 생각하고 상황을 지켜보았지. 그러다 네가 에미리 양과 결혼하게 되었을 때, 나와 이와오는 일부러 그 정보를 와타루에게 흘렸어. 하나코 양을 아끼는 와타루라면 반드시 무슨 행동을 취할 거라고 생각했지."

"역시 그랬군요. 어쩐지 이상하다고 생각했어요. 늘 뒤로 빠져 있던 오빠가 갑자기 적극적으로 나섰으니까요."

"그래, 그랬단다. 나와 와이치 정도의 연륜이면 그 정도는 쉽게 예측할 수 있지. 나뭇잎으로 만든 배를 강에 띄우고 그 배가 가는 모습을 지켜보는 것과 같단다. 그러다 가끔 바람을 불어넣어 진로를 조절하는 거지. 나와 와이치가 한 일은 딱 그 정도란다."

"그래, 카즈마. 너도 노리카즈도 아직 날 당해내지 못한다. 그러니 더 정진하도록."

와이치가 환하게 웃었다. 이렇게 즐거운 얼굴의 할아버지는 처음이다. 어쩌면 지금 이 장난스럽고 경쾌한 모습이 와이치의 본모습일 수도 있다고 카즈마는 생각한다.

"저기, 할아버님들. 이 모든 것들이 전부 두 분의 계획이었다고 하셨는데요, 그런 두 분도 예측하지 못한 게 한 가지 있어요. 그게 뭔지 아세요?"

잔잔한 미소를 띤 하나코가 그들에게 물었다.

이와오와 와이치는 팔짱을 끼고 곰곰이 생각한다. 카즈마 역시 어리둥절한 얼굴로 하나코의 얼굴을 훔쳐본다.

'하나코가 무슨 말을 하는 거지?'

"전혀 모르시겠어요?"

하나코는 자신의 배를 양손으로 조심스레 쓰다듬는다. 그 모습을 본 카즈마의 눈이 휘둥그레진다. 서, 설마…?

"해냈구나, 하나코!"

"정말이야, 하나코 양?"

이와오와 와이치가 허둥거리며 일어나 소리친다.

"이, 이러고 있을 때가 아니야. 난 마츠랑 같이 축하파티를 준비할게."

"그, 그래. 나는 바로 가족들에게 알릴게. 살아생전에 증손녀를 보게 될 줄이야…."

"태어날 애는 남자애야."

"왜? 이와오, 왜 남자애야?"

"그냥 감이야, 감. 에츠코도 미사코도 첫째는 남자애였잖아. 우리는 그런 집안이거든."

"그런 말도 안 되는…."

두 사람은 아웅다웅 다투며 서둘러 방 밖으로 나갔다.

카즈마는 하나코를 본다. 하나코도 카즈마를 본다. 둘은 서로의 얼굴을 보며 미소를 짓는다.

카즈마는 손을 내밀어 하나코의 손을 잡는다. 그동안 많은 일이 있었지만, 지금은 너무나 행복하기만 하다. 사실 불안한 마음이 아주 없는 것은 아니다. 태어날 아이가 앞으로 어떤 사람으로 자랄지 걱정이 되기도 한다. 하지만….

카즈마는 그 불안감을 떨쳐버린다.

'걱정할 거 없어. 사쿠라바 집안과 미쿠모 집안, 두 집안은 모두 다 최고니까.'

옮긴이 최재호

일본 출판물 기획 및 번역가. 중앙대학교 일어일문학과를 졸업하고, 동대학
원에서 일본문화를 전공하였다. 센다이 도호쿠 대학에서 유학하였다. 번역
작으로《형사의 눈빛》,《익명의 전화》,《짚의 방패》등이 있다.

루팡의 딸
DAUGHTER OF LUPIN

초판 2020년 6월 1일 13쇄
저자 요코제키 다이
옮긴이 최재호
ISBN 978-89-98274-41-2   03830

출판사 도서출판 북플라자
주소 경기도 파주시 파주출판단지 문발동 638-5
홈페이지 www.book-plaza.co.kr